별것 아닌 리더십

일상에서 발견한 55가지 작은 깨달음

별것 아닌 리더십

초판 1쇄 2015년 1월 30일

지은이 김종철
펴낸이 전호림 **편집총괄** 고원상 **담당PD** 최진희 **펴낸곳** 매경출판㈜
등 록 2003년 4월 24일(No. 2-3759)
주 소 우)100-728 서울특별시 중구 퇴계로 190 (필동 1가) 매경미디어센터 9층
홈페이지 www.mkbook.co.kr
전 화 02)2000-2610(기획편집) 02)2000-2636(마케팅)
팩 스 02)2000-2609 **이메일** publish@mk.co.kr
인쇄·제본 ㈜M-print 031)8071-0961

ISBN 979-11-5542-206-9(03810)
값 15,000원

별것아닌
리더십

김종철 지음

일상에서 발견한 55가지 작은 깨달음

매일경제신문사

우리가 리더를 원하는 이유

우리는 누구나 행복하게 살기를 원한다. 정신적으로 편안하고 오순도순 단란한 가정도 꾸리며 아름답게 세상을 그리고 싶어 한다. 여기에 물질적인 축복도 있으면 금상첨화다. 돈이 있으면 맛있는 것을 먹고 여행도 마음대로 할 수 있다. 자식을 공부시키는 것도 그리 어렵지는 않을 것이다.

그런데 이 세계가 인간을 가만두지 않는다. 자고 일어나면 사건, 사고가 생긴다. 지구촌 곳곳에서 시시각각 터져 나오는 뉴스는 순식간에 퍼지고, 좋은 소식과 나쁜 소문이 교차하면서 하루에도 몇 번씩 희비가 엇갈린다. 인류는 유사 이래 최고의 문명 속에서 살아가고 있지만, 쏟아지는 정보 홍수 속에 무엇이 참이고, 거짓인지 구분하기가 쉽지 않다. 정치 불안, 테러, 빈곤, 실업난, 경제 위기 등 혼돈의 단어가 많아 올바른 나침반을 설정하기도 어렵다. 과연 학창 시절 선생님처럼 어려운 수학 문제를 쉽게 풀어 주고 명쾌한 해법을 제시해 줄 참 리더는 없을까?

　유감스럽지만 작금의 현실은 100점짜리 지도자가 나오기 어려운 시대다. 최고 정점에 있는 대통령이나 고위 관료들도 학식이나 인품이 뛰어나지만, 일반 국민도 그에 못지않다. 학벌에서 결코 밀리지 않고 현상을 바라보는 식견에서도 뒤지지 않는다. 대통령이 아무리 뛰어나도 똑똑한 국민 눈에는 부족한 면이 보일 수 있다. 과거에는 백성이 무지몽매해 지도자들의 속내를 알기가 어려웠지만, 21세기를 치열하게 달리고 있는 오늘의 현실은 그와 다르다. 그래서 어떤 리더가 나타나도 약점이 보일 수 있고, 그렇기에 국민 눈에는 만족스럽지 않을 수도 있다. 더욱이 매스컴을 통해 지도자의 단점이 부각되면 두고두고 통치력에 발목이 잡힐 수도 있다.

　그럼에도 우리는 부족한 나를 일깨워 줄 진정한 리더를 원한다. 개인으로서 스스로를 비춰 보면 단점이 많고 어떻게 어려움을 극복하고 미래를 준비해야 할지 암담하기도 하다. 우리는 옛날에 비해 많이 배우고 나름대로 지혜도 갖췄지만, 여전히 험한 세파를 헤쳐 나가기엔 어리숙한 존재인 것이다.

흔히 마음먹기에 따라 세상을 대하는 시각이 달라진다고 한다. 긍정의 눈으로 바라보면 기쁨으로 충만하고, 부정의 잣대로 재단하면 슬픔과 불만이 담겨 있는 게 우리네 모습이다. 결국 생활 속에서 어떤 가치관을 갖고 임하느냐가 행복과 불행을 가르는 분수령이 되는 것이다.

이제 한 사람의 지도자가 이끄는 시대는 사실상 지났다. 국민 각자가 리더가 돼야 하고, 이를 위해 일상 속에서 본질을 꿰뚫는 혜안을 기르고 찾아내야 한다. 각종 사물과 현상을 접하면서 삶의 지침으로 삼을 만한 내용이 무엇인지 포착하고 실천해 보자. 더 나은 세상을 만들려면 국가와 사회를 주도하는 전통적 리더의 역할도 중요하지만, 자신의 인생을 충실히 가꾸는 개인 리더의 역할이 관건이다.

우리는 누구나 자신의 삶을 스스로 개척해 나간다는 점에서 자기 인생의 리더라 할 수 있다. 이 책은 주체적이고 겸손하게 살아가려고 노력하는 분들에게 작은 자극제가 될 수 있을 것이다.

Contents

프롤로그   5

Part 1   **봄** S P R I N G

\# 01 _ 동전 리더십   **14**

\# 02 _ 인내 리더십   **19**

\# 03 _ 재활 리더십   **24**

\# 04 _ 열정 리더십   **29**

\# 05 _ 독서 리더십   **35**

\# 06 _ 로또 리더십   **41**

\# 07 _ 밥그릇 리더십   **46**

\# 08 _ 선장 리더십   **52**

\# 09 _ 반전 리더십   **56**

\# 10 _ 회상 리더십   **61**

\# 11 _ 헌신 리더십   **68**

\# 12 _ 외길 리더십   **73**

\# 13 _ 음양 리더십   **79**

\# 14 _ 아픔 리더십   **85**

Part 2 ☀ 여름 S U M M E R

15 _ 마이 웨이 리더십   92

16 _ 무관심 리더십   97

17 _ 절실 리더십   102

18 _ 긍지 리더십   109

19 _ 순리 리더십   115

20 _ 경계 리더십   122

21 _ 형제 리더십   128

22 _ 착각 리더십   134

23 _ 완급 리더십   139

24 _ 한줄기 리더십   146

25 _ 피터팬 리더십   151

26 _ 하나둘 리더십   158

27 _ 패러독스 리더십   165

28 _ 콤플렉스 리더십   172

Part 3
가을 A U T U M N

29 _ 짬 리더십   180

30 _ 무소유 리더십   187

31 _ 정 리더십   194

32 _ 불감증 리더십   200

33 _ 동행 리더십   206

34 _ 절제 리더십   212

35 _ 한 번 더 리더십   217

36 _ 그래도 리더십   224

37 _ 점 리더십   231

38 _ '카더라' 리더십   236

39 _ 낙엽 리더십   242

40 _ 공든 탑 리더십   249

41 _ 타이밍 리더십   257

Part 4 겨울 W I N T E R

\# 42 _ 발자국 리더십   266

\# 43 _ 화장실 리더십   272

\# 44 _ 더하기 빼기 리더십   279

\# 45 _ 선물 리더십   284

\# 46 _ 미완성 리더십   290

\# 47 _ 멧돼지 리더십   296

\# 48 _ 둥지 리더십   303

\# 49 _ 선행 리더십   310

\# 50 _ 히든 리더십   316

\# 51 _ 머슴 리더십   321

\# 52 _ 소통 리더십   326

\# 53 _ 분수령 리더십   331

\# 54 _ 눈물 리더십   338

\# 55 _ 생명 리더십   344

Part 1

봄

S P R I N G

01

동전
리더십

: 세상을 바라보는 시각은 긍정과 부정,
 두 가지로 나눌 수 있다. 마치 동전의 앞뒷면과 같다.

🌱 누구나 살다 보면 희로애락을 경험한다. 고등동물인 인간의 감정이 원래 복잡하기 때문이기도 하지만, 실제 모습이 그렇다. 또 생로병사를 겪는 과정에서 누구에게나 '행복'과 '불행'이 찾아온다. 의도하든 그렇지 않든 세상이 돌아가는 자연스런 이치인 것이다.

주변을 둘러보면 이를 그대로 느낄 수 있다. 어떤 사람이건 어느 가정이건 좋은 일만 생기는 건 결코 아니다. 큰 인물이 나서 집안이 잘되면 가족 중에 누군가 희생양이 되는 불상사가 닥치기도 하고, 반대로 불행이 잦은 집안이라 해서 행운이 오지 말라는 법이 없다. 과거부터 '미인박명'이라는 말처럼 너무 잘생기고 예쁜 사람은 하늘에서 일찍 데려간다는 얘기도 있다. 그래서 우리 조상들은 자식들의 이름을 '돌쇠' 같이 투박하게 지어 자칫 닥칠지 모를 우환을 피해 가려 했다. 때론 조물주의 심술이 밉기도 하지만, 어찌 보면 세상은 공평한 것인지도 모른다.

행복과 불행의 차이는 반드시 재산의 많고 적음이나 지위고 하에 따라 이뤄지는 게 아니다. 이왕이면 돈 많고 지위도 높으면 좋겠지만 사람의 행복을 매기는 절대기준이 아닌 것이다. 실제로 1인당 국민소득이 2,000달러가 조금 넘는 부탄은 한국과 10배 가까이 격차를 보이지만 국민의 행복도는 더 높다고 한다. 이곳을 여행하는 관광객들은 "느긋하고 편안해 보인다"는 말로 현지 사람들의 표정을 전하고 있다.

1인당 국민소득이 600달러에 불과한 네팔 역시 어린이와 여성이 각종 노동을 하면서 생계를 이어가지만, 행복지수는 우리보다 높은 편이다. 오히려 산업화에 힘쓰면 힘쓸수록 인간의 존엄성이 훼손되면서 행복감은 더 떨어지는 경향이 있다. 부잣집의 경우 재산 문제로 형제 간 다툼이 종종 발생한다. 반면에 평범한 집안은 형제 간 우애가 더 끈끈한 경향을 나타낸다. 결국 돈이 있다고 자랑할 일도 아니고, 돈 없다고 기죽을 필요도 없다. 마음먹기에 따라 행복의 기준을 스스로 설정할 수 있는 것이다.

세상을 바라보는 시각은 긍정과 부정, 두 가지로 크게 나눌 수 있다. 흔히 동전의 양면성으로 설명할 수 있는데, 똑같은 컵에

물이 반이 있을 경우 어떤 사람은 "절반밖에 안 남았네"라는 부정적인 느낌을 갖지만, 다른 사람은 "절반이나 남았네"라는 긍정적인 생각을 떠올릴 수 있다. 모든 게 생각하기 나름이고 내 안에서 행복과 불행을 조절할 수 있는 것이다.

동전의 양면성은 행복과 불행을 동시에 담는 그릇일 수도 있다. 예를 들어 건강한 사람은 튼튼한 신체를 갖고 있다는 뿌듯함을 느낄 수 있겠지만, 자칫 과음하거나 몸을 함부로 놀리면 머지않아 병환이 찾아올 수 있다. 반면에 암에 걸려 허약했던 분이 음식을 가려 먹고 적절히 운동을 병행한다면 무병장수하는 행운을 맛볼 수도 있다. 결국 건강하다고 해서 자만심을 가져서도 안 되고, 몸이 약하다고 해서 그리 비관할 필요도 없는 것이다. '계영배(戒盈杯)'라는 술잔처럼 음주를 할 때도 적당히 마시면서 항상 절제하고, 겸손함을 잃지 않는 지혜를 발휘할 필요가 있는 것이다.

재산의 유무도 마찬가지다. 돈이 많은 사람은 자칫 재산을 잃을까 노심초사할 수 있고, 남을 업신여길 가능성도 있다. 더욱이 아들, 손자 대로 내려갈수록 편한 생활에 익숙해져 공부를 게을리하고 방탕한 생활에 빠질 확률도 높아진다. '부자 3대 가기가 어렵다'는 속담처럼 재산이 많은 점은 행복한 요소임에는 분명하지만, 이를 경계하지 않으면 불행의 나락으로 떨어질 개연성도 존재한다. 그래서 현명한 부자들은 자식에게는 최소한의 재산만 물려주고 모두 사회에 환원하는 경우가 많아지고 있다. '컴퓨터 황제' 빌 게이츠는 일찍이 이를 깨닫고 본인과 아내의 이름을 딴 빌&멜린다 게이츠 재단을 만들어 사회에 재산을 헌납하고 활발한 기부활동을 벌이고 있다.

한편, 돈이 없는 사람은 무기력증으로 실의에 빠질 수도 있다. 그러나 자신의 처지를 '헝그리 정신'으로 승화시켜 적극적인 노력을 기울인다면 장차 '성공의 열매'를 맛볼 수도 있다. 실제로 역사적인 위인이나 거부(巨富)들을 보면 어린 시절 평온한 생활을 한 사람은 그리 많지 않다. 증권 투자의 귀재인 워런 버핏은 한때 신문팔이를 하면서 생계를 이었고, 미국의 오바마 대통령이나 클린턴 전 대통령 역시 불우한 가정에서 자랐다. 정계에 진출한 어떤 분은 부모를 일찍 여의고 단돈 2,000원을 호주머니에 넣고 시골에서 올라와 수천억 원대의 부를 쌓기도 했다. 이들은 오히려 역경을 발판으로 삼아 힘차게 성공가도를 달린 것이다.

예를 들어 TV 방송에서 군대 체험이나 무인도에서 생활하기 등의 프로그램을 방영하는 것도 시청자들에게 호기심과 함께 강한 자립심을 불러일으키려는 뜻이 담겨 있다. 부모들이 잠시나마 자녀에게 어려운 환경을 체험하게 하는 것도 시련의 중요성을 익히 알고 있기 때문이다.

하지만, 대개의 사람들은 성공한 분들이 정상에 오르기까지 겪었던 고생담은 그리 귀담아듣지 않고 겉으로 비춰지는 번지르르한 모습에 취해 '용비어천가'만을 부르는 경향이 적지 않다. '달면 먹고 쓰면 뱉는다'는 말도 꼭 새겨들어야 한다.

우리가 사는 세상은 천당과 지옥을 오가는 일이 종종 발생한다. 인간의 힘만으로 이를 견뎌낸다는 것은 결코 쉽지 않은 일이다. 그래서 종교에 의지하거나 돌아가신 조상을 기리면서 무사함을 빌기도 한다.

그러나 결국 살아가는 주체는 바로 우리들 자신이다. 동전의 앞뒷면을 자세히 살펴보고 마음속 현미경을 '긍정의 렌즈'로 바꿔보자.

02

인내
리더십

: 인내하지 않으면 할 수 있는 게 없다.
   참을 인(忍) 자 3번이면 살인도 면한다.

🌱 언젠가 지하철역에서 2건의 몸싸움을 목격했다. 한 번은 여성끼리. 또 한 번은 남성끼리. 다들 성인이어서 점잖게 갈등을 해결하길 바랐지만, 실상은 반말과 욕설이 오가는 낯 뜨거운 광경이 연출됐다. 앞서 여성들은 혼잡한 지하철 안에서 가벼운 신체 접촉이 심한 몸싸움으로 번진 것이고, 남성들의 경우는 금연구역에서 담배 피운 사내를 나이 지긋하신 분이 잘못을 지적하는 과정에서 벌어졌다. 예부터 불구경이나 싸움구경은 이목을 끄는 관심거리지만, 외국인도 많이 사는 국제도시 서울에서 버젓이 막장드라마를 써 내려간 건 참 민망하지 않을 수 없다.

그런데 이에 대한 시시비비를 가리기 전에 우리 사회가 언제부터 분노를 참지 못하는 환경으로 바뀐 것은 아닌지 자문해 보고 싶다. 다시 말해 출퇴근 시간대 지하철에 많은 사람이 몰리는 건 당연한 일이고, 조금씩 참고 양보해야 공중질서가 바로 설 수 있다. 열차는 움직이는 기계여서 그 안에 빼곡히 서 있는 승객들은 육체적으로 부딪히지 않을 수 없다. 실제로 남의 신체를 건드리는 사람도 일부러 그런 건 아닐 터인데, 그래도 당하는 사람 입장에서 기분이 나쁜 건 어쩔 수 없다.

혼잡한 곳에서는 매일 크고 작은 충돌이 일어난다. 생활 속에서 모든 사람들이 자제력을 갖추기란 쉽지 않고, 실직이나 가정 불화, 금전 문제 등 다양한 스트레스 상황에 노출돼 법을 위반하거나 가벼운 신체 접촉에도 버럭 화를 내는 경우가 생긴다. 그렇다고 화를 참지 못하면 양쪽 모두 손해를 볼 수밖에 없다. 어떤 상황에서든 상대방 입장을 헤아리고 인내하면서 적절히 감정을 통제하는 자세가 필요한 것이다.

옛 경구에도 '참을 인(忍) 자 3번이면 살인도 면한다'는 말이 있다. 아무리 화가 치밀어도 일정한 시간이 지나면 차분해지고 이성적으로 해결할 틈이 생긴다. 그래서 '인내'라는 덕목은 수많은 관계를 맺고 살아가야 하는 '사회적 동물' 인간에게 삶을 풍요롭게 해주는 핵심적인 요소인 것이다.

각 분야에서 성공한 사람들의 스토리를 들어 봐도 그 비결은 '끊임없는 인내'의 산실인 경우가 많다. '발명의 아버지'로 불리는 토마스 에디슨은 가정 형편이 어려운데다 호기심이 많고 산만하다는 이유로 정규교육을 제대로 받지 못했다. 하지만 발명에 대한 집념이 강해 신문팔이를 하면서도 기차 화물칸에 숨어 각종 실험을 했고, 역사상 최고의 발명가로 우뚝 섰다. 평생 1,000종이 넘는 특허를 낸 그는 많은 실패를 맛봤지만 이를 악물고 참으며, "천재란 1%의 영감과 99%의 노력으로 만들어진다"는 명언을 남기며 후세의 귀감이 됐다.

세계적 투자가인 워런 버핏은 "본인이 산 주식을 10년 이상 보유하지 않을 생각이라면 단 10분도 갖고 있지 말라"고 꼬집었다. 소위 '개미'라고 불리는 일반 주식투자자들은 단기간에 주가가 오르내리는 것을 참지 못하고 잦은 매매를 시도하는데, 그렇기 때문에 큰 수익을 올리기가 어렵다. 이들 중 적지 않은 사람이 요행을 바라며 한탕 크게 먹을 주식이 없나 기웃거리다가 쪽박을 차는 경우가 비일비재하다. 물론 요즘에는 적절히 타이밍을 잡아 주식을 거래하는 개인들도 많아졌지만, 과거엔 비이성적인 매매행위가 빈번했다. '오마하의 현인'으로 불리는 워런 버핏은 이런 점을 경계하면서 "10년 이상 투자에 대해 연구하고 제대로 된 주식을 골랐다면 인내심을 갖고 지켜봐야 한다"고 조언했다.

경제력이 세상을 지배하는 사회에 살고 있는 오늘날 우리들은 대부분 직장 생활을 한다. 이런 곳에서 치열한 경쟁을 거쳐 최고 자리에 올라간 CEO들은 '치열한 노력'과 함께 '인내'를 으뜸 성공

비결로 꼽고 있다. 이들은 오랜 시간 조직 속에서 얽히고설키며 다양한 갈등을 겪었을 것이고, 목표와 실적 등에 대한 부담을 느꼈을 것이다. 하지만 이런 게 싫다고 상사에 반발하거나 사표를 썼다면 잿빛 먹구름이 끼어 최고 자리에 오르지 못했을 것이다.

일본을 통일해 도쿠가와 막부 시대를 300년간 열어준 주인공인 도쿠가와 이에야스는 '인내의 달인'으로 불린다. 그의 철학은 '때가 아니면 나서지 말고, 때가 오면 놓치지 말고, 기회가 오면 포착하자'로 요약된다. 그는 "사람의 일생은 무거운 짐을 지고 먼 길을 가는 것과 같다", "울지 않는 두견새는 울 때까지 기다려야 한다"는 말을 남기며, 시기가 올 때까지 참고 최선을 다해야 함을 역설했다. 마침내 그는 살벌한 권력세계에서 서두르지 않고 권좌에 오를 때를 기다렸고, 적절한 지략을 바탕으로 천하통일에 성공했다.

결국 인간은 사회적 동물이기에 타인과 부대끼며 살아갈 수밖에 없다. 세상이 힘들고 어려울수록 참고 기다리는 지혜는 아무리 강조해도 지나치지 않다. 기분 나쁘다고 화를 내기보다 덕을 베푸는 자세로 살다 보면 조금 더 행복해질 수 있지 않을까?

03

재활
리더십

: 누구에게나 아픔과 시련이 있다.
　재활을 통해 극복하면 더 큰 기쁨이 찾아온다.

　　　🌱 2014년 2월, 러시아 소치에서 동계올림픽이 열렸
다. 일부 경기 내용과 결과를 놓고 공정성 여부가 도마 위에 오
르기도 했지만, 인류 화합과 평화를 기치로 내걸고 세계인이 한
데 어우러진 잔치는 우리에게 큰 기쁨을 주었다. 또 대회에 참가
한 선수들은 승패를 둘러싸고 희비가 엇갈렸지만 모두 최선을
다했기에 지켜보는 이들에게 진한 감동을 선사했다.

　　흔히 스포츠에는 감동이 있다고 한다. 그래서 스릴 만점의 각
본 없는 드라마가 종종 연출된다. 이런 장면에 매료된 팬들은 환
호성을 지르고, 그 주인공은 사랑을 받는다.

　　이번 올림픽을 끝으로 은퇴를 선언한 김연아는 세계 피겨 역
사에 큰 획을 그은 살아 있는 전설이다. 그녀는 노비스와 주니
어, 시니어 무대에 걸쳐 언제나 3위 안에 입상하면서 올포디움
(all podium)을 달성했고, 피겨 스케이팅 100년 역사상 전무후무

한 기록을 세웠다. 제대로 된 빙상장이 없는 열악한 국내 현실에서 피나는 훈련을 통해 대기록을 달성했기에 그 위대함이 더욱 빛나는 것이다.

타고난 재능을 바탕으로 끝없는 연습을 반복해온 그녀는 허리 디스크와 골반 통증, 발부상에 시달렸다. 또 하체를 고정하고 골반과 척추를 당겨서 바로 서게 하는 엉덩이 근육은 얼음 위에 수없이 넘어져 말할 수 없는 고통을 겪었다. 금메달을 바라는 국민의 기대도 크나큰 정신적 압박이었다. 하지만 이런 어려움을 극복하고 올림픽 무대에서 훌륭한 연기를 펼쳤고 전 세계인에 깊은 울림을 안겼다.

여자 스피드 스케이팅 500m에서 올림픽 2연패를 거둔 이상화 선수를 수식하는 단어는 '부상투혼'이다. 그녀는 무릎에 물이 차고 통증이 심한 고질적인 무릎 부상에 시달렸지만, 재활을 통해 이겨내고 바람처럼 달려 세계신기록과 올림픽신기록을 세웠다. 그녀는 스타트가 늦은 약점을 이겨내기 위해 남자 선수들과 훈련을 함께 했고, 기록을 단축하기 위해 치열하고도 험난한 인고의 시간을 보냈다.

1970~80년대 아시아 축구와 독일 무대를 평정했던 차범근도 살아 있는 전설이다. 그는 '갈색 폭격기'란 별명에 걸맞게 빠른 발로 질주하며 상대 선수를 제치고, 멋진 골을 터뜨려 국내외 팬

들에게 짜릿한 희열을 안겼다. 하지만, 기억 속에 남아 있는 영상은 종종 허벅지에 붕대를 감고 고군분투하던 모습이다. '영광 뒤에 서려 있는 상처'란 말이 자연스럽게 떠오르는 것이다.

2002년 월드컵에서 4강 신화를 이룩한 한국 축구대표팀의 경기 모습은 다시 되새겨 봐도 뭉클함이 느껴진다. 상대편 선수와 부딪혀 이마에 상처를 입은 황선홍 선수가 붕대를 두르고 투혼을 발휘하고, 팔꿈치에 맞아 코뼈를 다친 김태영 선수가 마스크를 쓰고 덩치 큰 선수들과 몸싸움을 벌이는 모습은 가슴을 울리는 명장면으로 남아 있다.

메이저리그 통산 124승 98패로 아시아 선수로는 최다승, 최다 투구 위업을 세운 박찬호 선수는 LA다저스 시절부터 허리 통증을 안고 있었지만, 무서운 강속구로 세계 최고 선수들을 제압했다. 이후 텍사스 레인저스와 6,500만 달러의 초대형 계약을 맺으면서 아메리칸 드림을 써 내려갔고, 허리 부상이 악화되면서 내리막길을 걸었다. 하지만 꾸준한 몸 관리와 재활 치료를 통해 일본에서도 활약했고, 한국 무대를 끝으로 선수 생활을 마감했다.

국내에서 그를 접한 팬들은 전성기를 지난 투구에 아쉬움도 느꼈지만 존재감만으로도 가치 있는 선수였음을 인정했다. 특히 같은 팀에 속한 한화 선수들은 그의 눈빛과 행동만 봐도 배울 게 많았다고 한다. 성실한 자세와 모범적인 훈련 태도는 아무나 메이저리그를 평정할 수 없다는 사실을 입증해 준 것이다.

영국 프리미어리그를 거쳐 네덜란드 아인트호벤으로 임대된 뒤 은퇴한 박지성은 지칠줄 모르는 체력과 희생정신, 불굴의 투혼에 가장 잘 어울리는 선수다. 그는 세계 베스트 선수들 중에서도 베스트가 모인다는 맨체스터 유나이티드에서 7년간 활동하며 수차례 우승컵을 들어 올렸다. 특히 고질적인 무릎 부상을 참고 견디며 재활에 성공했고, 때론 눈두덩이 찢어지는 상처에도 헌신적인 자세로 팀 분위기는 물론 성적까지 상승시키는 결과를 가져왔다.

앞에서 거론한 선수들은 모두 한국이 낳은 세계적인 스포츠 스타들이다. 각기 종목은 다르지만, 모두 재활을 거쳐 부상을 극복하고 탁월한 성과를 낸 공통점을 지니고 있다. 운동 선수의 재활을 돕는 한 전문가는 "누구도 아프지 않은 선수는 없다"고 토로한다. 결국 이들의 실력은 종이 한 장 차이일 수 있지만, 언제든 닥칠 수 있는 부상과 어려움을 어떻게 극복하느냐가 관건인 것이다.

우리네 세상살이도 이와 별반 다르지 않다. 늘 행복할 수만은 없고, 누구에게나 힘들고 어려운 과정이 닥칠 수 있다. 결국 어떤 마음가짐과 노력으로 시련을 이겨냈느냐가 중요한 것이다. 최고 선수들의 영광 뒤에 가려진 발자취를 보면서 살아가는 데 필요한 자양분을 얻어 보자.

04

열정
리더십

: 성공 뒤에 숨어 있는 키워드.
  그것은 바로 열정이다.

🌱 우리는 살아가면서 다양한 유형의 사람을 만난다. 상대방의 처지를 내 모습과 비교하면서 현재 위치를 가늠해 보고, 배울 점은 없는지 혹은 나보다 못한 사람은 아닌지 판단하기도 한다. 나보다 잘난 사람이라고 여기면 그의 위상을 동경하거나 부러워하고, 때론 이유 없는 질투의 시선을 보내기도 한다. 그러면서 그런 자리에 오르지 못한 자신을 질책하는가 하면 내 능력의 한계를 부끄러워하기도 한다. 흔히 '잘되면 내 탓, 못되면 조상 탓'이란 우스갯소리도 있지만, 어쨌든 성공한 사람을 볼 때마다 부러움과 함께 다양한 감정이입이 되는 것은 어쩔 수 없는 인지상정이다.

그런데 우리는 그 위인의 겉모습을 우러르기에 앞서 정상에 서기까지 얼마나 힘든 과정을 겪었을지 상상해 봤을까? 또 그분의 업적 뒤에 숨겨진 고통과 인내의 시간을 어느 정도 헤아려 봤을까?

최근 한국 출신의 세계적인 석학의 강연을 들은 적이 있다. 그는 아시아 관광산업의 위상을 크게 바꾼 인물로 관광분야의 노벨상으로 불리는 상을 수상한 바 있으며, 홍콩 모 대학의 학장으로 재직하면서 중국 관광업계의 대부로 인정을 받고 있다.

그가 청중들에게 들려준 일상은 화려한 겉모습보다는 분주함 그 자체였다. 세계 각지를 다니면서 강의하기에 비행기에서 보내는 시간이 많고, 건강을 유지하려고 다니기 시작한 헬스클럽에서는 하루의 첫 문을 여는 손님으로 유명하다. 그런데 그렇게 뛰어난 분이 미국에서 박사과정을 밟을 때 능력의 한계를 많이 느꼈다고 한다. 우선 영어로 공부하기가 너무 어려웠고, 날마다 쏟아지는 엄청난 학업량 탓에 자주 포기하고 싶은 마음이 들었다고 한다. 하지만 꿈을 버리지 않고 열정과 인내로 극복했고, 마침내 세계적인 석학 반열에 올랐다.

그는 강연 말미에, 힘없이 바다에 빠져 허우적거리는 갈매기의 날갯짓을 영상으로 보여줬다. 무리에서 떨어져 사경을 헤매는 것처럼 보이던 그 갈매기는 끊임없이 날갯짓을 했고, 마침내 창공을 향해 거룩하게 날아갔다. 아무리 지치고 힘들더라도 열정과 의지를 갖고 노력하면 자신의 미래를 적극 개척할 수 있다는 시사점을 던진 것이다.

조직에 있는 동료나 부하, 상사들이 함께 일을 해보고 싶은 인물로 첫손에 꼽는 반기문 유엔 사무총장. 그는 "나는 탁월한 사

람이 아니다. 어떤 자리를 바라고 일하지도 않는다. 주어진 일에 최선을 다할 뿐"이라고 겸손하게 말하지만, 항상 일에 대한 고삐를 늦추지 않는다. 그는 조직원들에게 나를 따르라고 말하지 않고 목표를 향해 솔선수범함으로써 두터운 신망을 받았다. 상대방의 말을 경청한 뒤 자신의 의견을 적절히 표현해 마음을 얻어내고, 자신을 낮춰 아랫사람 말에 귀를 기울여 내 편으로 끌어들인다. 그를 접해본 사람들은 자신의 소신을 차근차근 이야기하면서 마침내 뜻을 관철하는 뚝심과 설득력을 높이 평가한다. 그는 이런 저력을 바탕으로 골치 아픈 유엔의 현안을 매끄럽게 처리했고, 유엔 사무총장으로 2번째 임기를 맞이하는 연임안건을 불과 3초 만에 192개 회원국들의 박수로 통과시켰다.

전 세계 82개국에서 7,000명의 직원을 고용하고 있는 아이디어 회사인 사치 앤드 사치(Saatchi & Saatchi)의 케빈 로버츠 회장은 1960년대에 국제적으로 사업을 넓히던 메리 퀀트에 입사할 때 이런 제의를 했다. "앞으로 6개월 동안 전임자 월급의 반만 받고 일하겠습니다. 나중에 제가 가치 있다고 판단하시면 그때부터 제 능력에 맞게 월급을 주십시오." 그는 이미 바닥부터 시작할 각오가 되어 있었고, 결국 입사에 성공했다. 그는 후일이렇게 회상했다. "나는 매 순간을 사랑했다. 혁신과 즐거움은 우리의 열정이었다." 케빈 로버츠를 변화무쌍한 화장품업계의 달인으로 만들어 준 2%는 미래를 위해 당장 손해가 되는 일이라도 기꺼이 한다는 결연한 의지였던 것이다.

마이크로소프트사의 창립자 빌 게이츠는 어릴 때부터 책을 즐겨 읽었고, 수업시간 외에는 서재에 틀어박혀 아버지의 책을 두루 살펴봤다. 7살 때 즐겨 보았던 도서는 세계대백과사전. 또래 중에서 그처럼 많은 분량의 책을 끝까지 다 읽은 아이는 없었다. 그는 휴가를 떠날 때도 평생학습 원칙을 지켰고, 항상 테마가 있는 휴가를 보냈다. 브라질로 떠날 때 주제는 '물리'였고, 휴가기간 동안 물리에 관한 서적을 탐독했다. 또한 첨단 과학 시대의 흐름에 발맞춰 걸출한 전문가를 초청해 기술발전에 대한 상세한 설명을 듣기도 했다. 빌 게이츠의 평생학습에 대한 열정은 현 시대의 요구이자 성공의 필수조건이다.

실제로 1950년대 이후 미국의 성공한 기업가 가운데 65%는 교육 수준이 높았고, 30%는 학벌이 부족해도 배움에 힘써 독학으로 성공했다. 결국 목표를 갖고 평생학습에 나서는 열정은 성공하는 사람들의 가장 큰 특징이라 할 수 있다.

"임자 해봤어?"라는 말로 유명한 현대그룹 창업자 아산 정주영 명예회장은 지칠 줄 모르는 열정의 소유자다. 정 명예회장은 현대중공업을 키울 당시 조선소는커녕 배를 만든 경험도 전혀 없으면서 거북선이 그려진 500원짜리 지폐를 갖고 외국인을 만나 여러 척의 선박을 수주하는 개가를 올렸다. 그는 오래전 멋진 거북선을 만든 조상들의 후손임을 내세우면서 상대방을 감동시켰는데, 뻔뻔하리만치 열정적인 500원짜리 지폐 사건은 아직도 영국 금융가를 비롯해 세계 경제계에 회자되고 있는 전설적인 스토리다.

우리는 평소 성공한 사람들을 보면서 부럽다는 생각만을 앞세우는 경향이 있다. 하지만 그들이 정상에 오르기까지 얼마나 치열한 노력을 했으며, 지금 이 시간에도 어떤 날갯짓을 하고 있는지 유심히 살펴볼 필요가 있다.

성공 뒤에 숨어 있는 키워드, 그것은 바로 열정이다.

05

독서
리더십

: 책 읽기의 중요성은 아무리 강조해도 지나치지 않다.
무릇 독서는 성공을 향한 첫걸음이다.

🍄 1980년대까지만 하더라도 동네 꼬마들의 놀이기구는 구슬과 딱지, 종이비행기, 연날리기 등 아날로그 문화였다. 구슬을 많이 딴 친구는 그것을 팔아 엿도 사 먹고, 잃은 아이는 엄마에게 돈을 달라고 졸라서 또래들로부터 다시 구슬을 사거나 가게에서 구입했다. 꼬마들 사이에서는 이런 놀잇감이 많고 적음에 따라 희비가 엇갈렸고, 그것을 사고파는 작은 비즈니스도 이뤄졌다. 역시 놀이를 잘하는 녀석은 개구쟁이들의 우상도 되었다. 지금 각 분야에서 왕성하게 활동하시는 분들을 조사해보면 어릴 적 구슬치기 왕, 딱지치기 왕들도 꽤 있지 않을까 싶다.

어린이 놀이문화는 이후 전자오락이 등장하면서 오락실을 들락날락하는 일상이 주류를 이룬다. 문방구나 동네 가게 앞에 설치된 게임기에는 동전을 몇 푼 쥔 개구쟁이들이 옹기종기 모여 앉아 게임에 푹 빠졌고, 시시각각으로 "아!" 하는 감탄사를 쏟아냈다. 종종 엄마들이 "내 아들 어디서 봤니?"라고 또래 아이들에게 물어보면 "오락실에 있어요"라는 답변이 가장 많았다. 즉 1980~90년대 초중생들에게 있어서 전자오락은 일상적인 생활 패턴이었던 것이다.

시계침을 20여 년 정도 뒤로 돌린 요즘, 꼬마들의 장난감은 스마트폰이다. 아니, 중고생은 물론 성인들의 장난감이자 필수 휴대품이 됐다. 아날로그를 넘어 디지털 세상이 된 지금, 지구촌에 살고 있는 우리는 집에 있든, 전철에 있든, 길거리를 걸어가든, 한 손에는 휴대폰을 꼭 쥐고 있는 경우가 흔한 풍경이 됐다. 사람들의 시야가 한 곳만을 응시하는 상황이 잦아지니까 서로 부딪히거나, 돌부리 같은 장애물에 걸려 넘어지고, 간혹 차량을 피하지 못해 낭패를 당하는 일도 발생한다. 오순도순 대화를 나눠야 할 가족의 모습을 보면 엄마, 아빠, 자녀 할 것 없이 스마트폰 삼매경에 빠져 있는 경우가 적지 않다.

베스트셀러 《무지개 원리》의 저자로 유명한 차동엽 신부는 스마트폰이 편리한 이기(利器)임에 분명하지만, 반대로 그 폐해에 대해서도 일침을 가한다. "국내에서 강의를 많이 다니기에 비행기나 열차를 자주 타는 편이다. 하지만 책 읽는 승객은 훨씬 드물게 만나는 편이다. 안타깝지만 젊은이들에게 이런 현상은 더욱 심하다. 핸드폰으로 문자 날리는 모습을 많이 봤어도 책 읽는 광경은 가뭄에 콩 나듯 하다. 인정하고 싶지 않은 현실이다."

그는 또 미국과 일본의 일상화된 독서 습관을 부러워하며, 우리나라 지하철이나 항공기에서 사람들이 책을 읽는 모습을 자주 봤으면 하는 희망을 피력했다. "몇 해 전 미국 순회강연을 하면서 거의 매일 비행기를 탔다. 그런데 그 안에 펼쳐진 장면에 눈이 휘둥그레졌다. 거의 모든 사람이 착석하면 책을 읽었고, 대합실에서도 대다수 승객의 손에 책이 들려 있었다. 일본에 있는 전철 안에서도 비슷한 장면을 봤다. 일단 자리에 앉으면 어디서 나왔는지 손에 책이 한 권씩 들려져 있었다."

동서고금의 위대한 왕들이 국정을 이끈 비밀 중 하나는 '독서휴가'라고 한다. 세종대왕은 인재를 양성하기 위해 젊고 재주 있는 선비들에게 '사가독서'라는 휴가를 주어 글을 읽도록 했다. 한글 창제에 혁혁한 공로를 세운 성삼문, 신숙주 등 집현전 학자들은 말년에 기회를 얻어 조용한 절에서 독서에 전념했다고 한다.

'군림하되 통치하지 않는다'는 입헌군주제의 전통을 확립하며, 영국을 해가 지지 않는 나라로 만든 빅토리아 여왕은 64년이라는 오랜 재임기간 동안 고위 신하들에게 3년에 한 번꼴로 한 달 남짓의 유급 독서휴가를 주었다. 그런데 그냥 쉬도록 한 것이 아니라 꼭 숙제를 냈다. 셰익스피어 작품 중 5편을 읽고 독후감을 내도록 했는데, 여기에서 '셰익스피어 휴가(Shakespeare Vacation)'란 말이 생겨났다. 그런데 셰익스피어가 누구던가. 바

로 영국의 식민지였던 인도마저도 그와는 바꾸지 않겠다고 할 정도로 소중히 여기는 작가이자 세계적인 문호가 아니던가. 결국 위대한 왕들은 일찍이 독서를 통해 인재를 키우는 것이 국가를 부강하게 만드는 지름길이라고 간파했던 것이다.

그리고 보면 세상에 족적을 남기거나 소위 한 자리 한다는 분들은 대부분 손에서 책을 놓지 않은 것 같다. 이른바 '혁신의 아이콘'이자 스마트폰의 대명사인 스티브 잡스는 인문학을 IT에 접목시킨 대가로 유명하다. 그는 대학을 한 학기 만에 중퇴한 뒤 철학과 인문학 강의를 몰래 들었고, 독서에 빠져들었다. 특히 서체(書體) 수업을 통해 자간과 행간 등 여백의 아름다움을 발견했고, 이를 바탕으로 매킨토시를 구상하는 데 적절히 활용했다.

페이스북을 키운 마크 주커버그는 원래 전공이 컴퓨터공학이지만 심리학에도 관심을 기울였다. 어린 시절부터 그리스·로마 신화에 심취했고, 역사와 문학 등 인문학 분야에도 조예가 깊은 것으로 정평이 나 있다.

요즘 기업의 크고 작은 일에 신경 쓰느라 하루가 짧은 CEO들은 독서를 위해 아침 시간을 활용하기도 한다. 본격 업무를 시작하기 전에 식사와 독서, 토론, 인맥 확장을 꾀하는 '조찬 독서모임'을 갖는데, 그만큼 책에 대한 갈증을 풀려는 노력을 하는 것이다.

세계 4대 성인 중의 한 분인 공자는 "사람은 죽을 때까지 배워야 한다"는 가르침을 남겼다. 남들과 대화하든, 강연을 듣든, 책을 읽든, 삶의 발자취 곳곳엔 배울거리가 넘쳐난다.

가끔은 스마트폰을 외면해보자. 그러면 또 다른 차원의 세상이 보일까?

06

로또
리더십

: 로또 같은 대박 꿈을 꾸는 것은 인지상정이다.
 하지만 언제나 경각심을 가져야 한다.

🌱 대부분 사람들은 부자가 되기를 꿈꾼다. 일부 성직자나 자연인, 그리고 돈에 대해 정말 관심 없는 분들을 제외할 경우 그렇다. 물론 사람마다 정도의 차이가 있어 그 부(富)의 범위를 어느 정도로 할지는 각기 다르겠지만, 어쨌든 재산이 많으면 많을수록 좋은 게 인지상정이다.

오늘날 인간이 경제활동에 참여하는 것은 결국 잘 먹고 잘 살기 위함이다. 규칙과 정도에 따라 영리생활을 하면 바람직하련만, 그렇지 않고 돈에 눈이 어두워 편법과 부정부패를 일삼으면 본인이나 그가 속해 있는 집단은 갈수록 망가지게 된다.

예를 들어보자. 택시 운전을 하는 A양의 아버지는 어느 날 뒷좌석에서 손가방 하나를 발견했다. 지퍼를 여는 순간 다이아몬드 반지와 수표, 돈다발이 눈에 띄었고, 집으로 가져가 아내에게 보여줘야겠다는 욕심이 생겼다.

"여보, 우리 이 돈으로 아파트 한 채 장만합시다. 굴러 온 복을 차 버릴 순 없지 않겠소?"

남편의 얘기를 듣던 아내는 너무 놀라 슬픈 표정을 지었고 잠시 뒤 말을 꺼냈다.

"여보, 이건 우리 재산이 아니에요. 잃어버린 사람이 얼마나 당황하고 힘들어 하겠어요. 빨리 파출소에 갖다 주세요."

하지만 남편은 강하게 반발했고 부부는 티격태격 싸웠다. 시간이 흘러 A양이 집으로 돌아오자 아내는 딸을 끌어안으며 볼을 비벼댔다.

"여보, 딸 보기가 부끄럽지도 않으세요? 우린 가난하지만 부끄럽지 않게 살았다고요."

결국 아내의 설득에 남편은 주인을 찾아 손가방을 돌려줬고, 극진한 대접을 받으며 기분 좋게 집으로 돌아왔다. 이 내용은 초등생을 위한 《이야기고전 명심보감》(최범서, 2011)에 등장한다.

불로소득이 생기는 것과 관련해 중국 북송시대의 소동파는 일찍이 "아무 까닭 없이 많은 돈이 생기면 큰 복이 아닌 큰 재앙이 있을 것"이라고 지적했다. 즉 노력 없이 얻은 재산은 금방 없어지며, 정직한 노동으로 얻은 것만이 가치 있고 복을 누릴 수 있다고 간파한 것이다. 러시아의 대문호 톨스토이도 "사람은 결국 자기가 잠든 땅 한 평밖에 갖지 못한다"며 무분별한 욕심에 대한 경계심을 드러냈다. 우리 속담에도 '아흔아홉 섬 가진 사람이 한 섬 가진 사람에게 꾸어 달라고 한다'는 말이 있는데, 결국 사람의 욕심은 끝이 없고 욕심은 부리면 부릴수록 더 생긴다는 점을 꼬집은 것이다.

요즘 성인들 사이에 '인생은 한 방'이라는 말이 종종 거론된다. 먹고살기 힘든 세상에 크게 한밑천 잡을 게 없는지 두리번거리고, 로또나 카지노 같은 사행성 산업에 눈을 돌리는 것이다. 그런데 로또에 당첨된 사람들의 발자취를 살펴보면 그리 부러워할 게 못 되는 것 같다.

로또의 본고장인 미국에는 한때 120억 원을 웃도는 당첨금 때문에 로또 열풍이 거세게 몰아쳤다. 그런데 이들 당첨자들이 어떻게 살아가는지 궁금해 당첨 이후 10년간의 모습을 추적했는데, 정상적인 생활을 해나가는 사람이 거의 없었다고 한다. 1등에 당첨된 사람들은 대부분 이혼하거나 마약 중독자가 되어 파산했고, 정신이 이상해지거나 자살한 사람도 생겼다. 재산이 불어났으면 행복한 삶이 찾아와야 하는데 애초 기대와는 다르게 엄청난 괴리감이 발생한 것이다.

우리나라도 예외는 아니어서 지난 2002년 로또가 도입된 이후 12년이 흘렀지만 폐단이 적지 않다. 유흥에 빠져 흥청망청하거나, 집안에 불화가 생기거나, 직장을 상실하는 등 문제점이 대거 등장했다. 물론 일정 부분 당첨금을 기부하면서 주변을 돕고 모범적인 생활을 해나가는 경우도 있지만, 횡재로 인한 일확천금의 폐해는 쉽사리 가라앉지 않고 있다.

아파트 재개발을 둘러싼 이권개입도 한탕주의가 낳은 병폐다. 조합장이 되면 큰돈을 챙기거나 아파트를 장만할 수 있다는 그릇된 환상에 빠져 주민을 속이고 건설업체 등과 유착해 뒷돈을 챙긴다. 세상엔 공짜가 없기에 시공사들은 부실공사를 남발하고, 짜고 치는 고스톱 속에 애꿎은 주민들만 피해를 본다. 실제로 언론에 보도된 실상을 보면 부실자재를 사용해 아파트 벽에 금이 가거나 주차장에 물이 차고, 층간소음으로 주민끼리 싸우는 나쁜 뉴스들이 등장한다. 또한 아파트 관리비를 횡령하고 피트니스센터를 제멋대로 운용해 마찰을 빚는 사례도 속출하고 있다. '세상은 요지경'이라고 하지만, 정작 당사자가 된다면 어떤 불쾌한 감정이 생길까?

고려시대 충렬왕 때 문신이었던 추적 선생이 선현들의 글귀를 골라 책으로 만든 《명심보감》에는 다음과 같은 문장이 있다.

"大廈千間(대하천간)이라도 夜臥八尺(야와팔척)이요, 良田萬頃(양전만경)이라도 日食二升(일식이승)이니라."

'큰 집이 천 칸이나 되어도 밤에 눕는 곳은 여덟 자뿐이요, 좋은 밭이 만 평이 있어도 하루에 먹는 것은 두 되뿐이다'라는 의미다.

누구나 돈에 대한 욕망을 억누르기가 쉽지 않지만, 한 번쯤 그 부작용도 헤아리는 시간을 가져보자.

07

밥그릇
리더십

: 우리 사회가 풍족해지면서 낭비하는 습성이 생겼다.
  다시 한 번 초심으로 돌아가야 한다.

🌱 이명박 정부 때 공정거래위원장과 국세청장, 청
와대 정책실장을 지낸 백용호 이화여대 교수가 오랜 침묵을 깨
고 국정 경험과 자전적인 이야기를 담은 책《백용호의 반전》을
내놨다. 보통 전직 관리가 책을 쓰면 공직 생활에서의 공과를 짚
어보고, 그에 따른 고충이나 시사점, 새 정부에 바라는 내용을
적게 되는데 이 책 역시 비슷한 맥락이다.

필자가 주목하고 싶은 내용은 이명박 대통령과 백 교수가 함
께 밥을 먹던 일화다.

"이 전 대통령과 점심식사를 할 때 나는 밥을 자주 남겼다. 그
러면 이 전 대통령은 물끄러미 바라보다가 '다 먹었느냐'고 물었
다. 고개를 끄덕이면 이 전 대통령은 밥그릇을 가져가 싹싹 비우
곤 했다. 김칫국물이 묻어 있든 아니든 신경 쓰지 않고 남은 밥
을 다 먹었다."

이어 백 교수는 "훗날 그가 서울시장과 대통령이 되어 전통시장을 방문해 누구와도 격의 없이 식사를 할 때면 일각에서 '정치쇼'라고 비난했지만, 나는 그의 진심을 믿었다"고 술회했다.

과거 우리나라가 가난했던 시절 정말 많은 분들이 배고프게 살았다. 그리 오래된 시간도 아니다. 그래서인지 당시를 뼈저리게 기억하는 분들은 대부분 식사를 할 때 거의 밥 한 톨 남기지 않고 깨끗이 비운다. 집안 어른 댁을 방문해보면 전기비를 아끼려고 다소 어둡게 생활하거나 난방비를 줄이려고 보일러를 틀지 않고 춥게 지내는 경우도 있다. 종종 노인들이 겨울철 전기료를 아끼려고 차가운 방에서 자다가 세상을 등지는 안타까운 사건도 발생하는데, 연유를 따져보면 근검절약이 몸에 밴 탓도 있을 것이다.

그런데 언제부터인지 먹고살 만해지니까 우리 국민의 절약정신이 희미해졌다. 집이든 식당이든 유원지에서든 남긴 음식이 넘쳐난다. 1년에 배출되는 음식 쓰레기가 500만 톤에 달하고, 이로 인한 경제적 손실이 20조 원으로 서울시 1년 예산과 거의 맞먹는다.

이런 상황은 경제 사정이 나은 국가들도 예외는 아닌 것 같다. 이웃나라 중국의 경우 1년에 버려지는 음식물이 무려 5,000만

톤이다. 식량 생산량의 10분의 1에 이르고 2억 명이 1년간 먹을 수 있는 양이다. 미국은 식탁에 오르지도 못한 채 버려지는 음식물이 전체 생산량의 40%, 한 해 200조 원어치에 달한다. 10만 명을 수용할 수 있는 미식 축구 경기장을 매일 가득 채울 수 있는 규모로 음식물 쓰레기는 해마다 50%씩 늘고 있다. 반면에 미국인 6명 중 1명은 돈이 없어 끼니를 거르는데 뒤늦게 폐기 처분되는 재료를 모아 어려운 이웃에게 전달하자는 운동이 전국적으로 벌어지고 있다.

세계적으로도 음식물의 3분의 1이 버려져 매년 800조 원이 낭비되는데, 이런 상황을 보면 식량위기란 말이 어디서 비롯된 것인지 도무지 알 수 없는 노릇이다. 한 번쯤 지구촌 국가들이 서로 돕고 산다는 마음으로 식량을 비즈니스로 여기지 않고 나누는 정신을 발휘하면 어떨까 하는 공상도 해본다.

내친김에 일상생활 얘기를 덧붙이자면 아이들의 학용품 문화도 거론하고 싶다. 요즘 어느 집을 가든 학생 책상엔 필기도구가 넘쳐난다. 다 쓰지도 않은 연필이나 펜이 쓰레기통으로 들어가고 여기저기 뒹굴기도 한다. 이면지를 수학문제 푸는 연습장으로 활용하면 좋으련만 새 공책만을 고집한다. 책가방도 가급적 새것이어야만 하고, 비싼 신발도 아까운 줄 모르고 구겨 신는 학생이 많다.

직장에서도 불필요한 곳에 전기를 켜놓거나 이면지를 함부로 버리는 일, 음료수용 그릇을 쓰면 될 것을 간편하다는 이유로 종이컵을 써서 귀한 자원을 낭비한다. 환경부에 따르면 2013년 국내 종이컵 사용량은 117억 개로 해마다 1억 개씩 증가하고 있다. 직장인 1인당 하루 평균 3개를 사용하는데 회수율도 14%에 불과해 매년 100억 개 이상을 소각하거나 매립해야 한다. 종이컵 1톤(약 12만 5,000개)을 생산하려면 20년생 나무 20그루를 베어야 하고, 1년에 1,000억 원 넘는 돈이 들어간다. 그에 따른 쓰레기 처리비용도 120억 원에 이른다. 1년치 종이컵을 만들 때 나오는 이산화탄소가 13만 2,000톤으로 나무 4,725만 그루를 심어야 흡수할 수 있다.

흔히 부자가 되기 위한 조건을 여러 가지 들 수 있겠지만 한국의 부자들은 절약을 으뜸으로 꼽는다. 버는 것보다 쓰는 게 많으면 절대 부자가 될 수 없기에 가장 중요한 인생 목표로 삼고 있는 것이다. 고 정주영 현대그룹 명예회장은 헌 구두 몇 켤레와 오래된 구식 텔레비전을 소중히 여겼고, 세계 1위 면세점 DFS의 창업자인 척 피니는 1만 원짜리 시계와 가장 싼 비행기 이코노미 좌석을 애용한다. 그러면서도 통 큰 기부를 실천해 한때 8조 원이 넘던 재산이 21억 원으로 줄어들었다.

우리 사회는 급속한 경제발전과 더불어 물자가 풍부해지면서 귀한 줄 모르고 펑펑 쓰는 세태가 널리 퍼졌다. 이런 현실이 그저 안타깝기보다는 그릇된 태도가 자칫 우리 정신에 스며들고 국가 존립 기반마저 해칠까 두렵다.

꼭 쓸 때는 아낌없이 써야겠지만, 절약할 때는 최대한 아끼는 지혜가 필요한 시점이다.

08

선장
리더십

: 리더는 무릇 제 역할을 할 수 있어야 한다.
  책임을 회피하는 것은 리더로서의 자격을 상실하는 것이다.

🌱 2014년은 전남 진도 앞바다에서 침몰한 세월호 사건으로 온 국민이 침통한 분위기였다. 일손은 제대로 잡히지 않고 시선은 온통 TV 화면이나 스마트폰을 향했다. 지푸라기를 잡는 심정으로 혹시 낭보가 있을까 기대하는 마음은 모두가 한결같았다. 하지만 가까스로 살아남은 사람도 정신적 스트레스로 고통을 호소했다. 수학여행을 인솔했던 단원고 교감은 학생들을 두고 빠져나왔다는 죄책감에 사로잡힌 나머지 자살이라는 극단적인 선택으로 생을 마감했다.

무엇보다 승객들의 안전과 생명을 지켜야 할 선장과 핵심 선원들이 무사한 것은 국민적 공분의 대상이 되고 있다. 이들은 승객인 것처럼 가장해 배를 빠져나왔고 뒤늦게 대국민 사과를 하거나 책임 회피성 발언을 일삼으면서 많은 비난을 받고 있다. 그들에게 돌아온 것은 전격적인 구속 조치다. 사태 해결에 일사불란하게 대처해야 할 관계당국이 혼선을 빚으면서 피해를 키운 것도 지탄을 면치 못하고 있다. 반면에 한 사람이라도 더 구하려다 미처 피하지 못하고 희생된 고 박지영 씨를 비롯한 일부 선사 직원들의 책임감은 높이 살 만하다.

일부 어린이들은 이번 사태를 보면서 앞으로 어른들의 말을 쉽게 믿지는 않을 거라고 말한다. 더 이상 어른들의 지시를 신뢰할 수 없고 본인의 이익만 앞세웠던 일부 기성세대들의 행태에 실망감이 컸다는 것이다.

과거에 일어났던 사고들을 보면 대부분 기장이나 선장의 사명감이 투철한 경우가 많았다. 2013년 미국에서 발생한 아시아나기 사고 때는 기장과 승무원들이 끝까지 남아 승객들의 탈출을 도와 피해를 줄였고, 지난 1993년 292명의 사망자를 낸 서해훼리호 사고 때는 선장을 비롯한 승무원 7명이 마지막까지 승객을 구조하다가 모두 숨진 채 발견됐다.

배가 공격당하자 선장이 자신을 희생하면서 선원들을 대피시켜 나중에 영화로 만들어진 사례도 있다. 2009년 4월 소말리아 인근 해상에서 화물선 앨라배마호가 해적들에게 점령을 당하자 리처드 필립스 선장은 선원 19명을 대신해 홀로 인질이 되기를 원했다. 끝까지 책임감을 발휘해 선원들을 무사히 대피시킨 이 사건은 톰 행크스가 주인공을 맡은 영화 〈캡틴 필립스〉로 재탄생했다.

반면에 세월호 사건과 유사한 이탈리아 호화 유람선 코스타

콩코르디아호 침몰 사건에서는 검찰이 도망친 선장에게 2697년 형을 구형하겠다는 의지를 밝혔다. 이 배는 2012년 1월 승객 4,229명을 태우고 가다 암초에 부딪쳐 32명이 숨졌다. 당시 선장은 가장 먼저 탈출했고 해안경비대의 복귀 명령도 거부했다. 담당 검사는 "대량 학살죄 15년, 배를 좌초시킨 죄 10년, 승객을 버린 직무유기죄로 승객 1명당 8년씩 총 2697년 형을 구형할 예정"이라고 강조했다.

이번 사고와 관련해 세월호를 맡은 선장의 리더십은 계속 도마 위에 오르고 있다. 리더로서의 자질이나 책임감, 대응능력 등 총체적인 면에서 한계를 드러내 불편함을 감출 수 없다. 흔히 리더는 비전과 실력, 포용력, 추진력 등 여러 요소를 갖춰야 하지만, 그중에서도 핵심적인 덕목은 조직원에 신뢰를 주는 책임감이다.

베스트셀러 《좋은 기업을 넘어 위대한 기업으로》의 저자인 짐 콜린스 전 스탠퍼드대 교수는 으뜸 리더의 특징으로 '창문과 거울'을 들었다. 실적이 좋을 때는 공을 돌릴 사람을 찾기 위해 창문을 바라보고, 반대로 상황이 나빠 누군가 책임을 져야 할 때는 거울에 비친 본인을 응시한다는 것이다. 즉 어느 곳이나 잘되는 조직은 올라갈수록 더 많은 책임과 희생을 요구하며, 그 정점에 있는 대표에게는 무한 책임과 희생이 뒤따른다.

예나 지금이나 리더십에 대한 교훈은 크게 달라진 것이 없다. 역사상 최초의 컨설턴트 보고서로 일컬어지는 플라톤의《국가론》은 펠로폰네소스 전쟁에서 패한 아테네의 잘못된 리더십에 대한 처방전이라 할 수 있다. 당시 아테네는 스파르타에 지면서 가치관이 혼란해지고 도덕이 문란해졌다. 이 와중에 플라톤은 닻이 튼튼하면 폭풍과 격랑에도 배가 끄떡없다는 절대적인 윤리 원칙을 주장하며 사회의 버팀목 역할을 충실히 수행했다.

제2차 세계대전 당시 독일군 폭격에 낙담해 있던 영국 국민에게 윈스턴 처칠 수상은 결코 포기하지 말라는 말만 여러 번 외치고 연단을 내려왔다. 그들은 주먹을 불끈 쥐고 이길 수 있다는 희망을 가졌다.

세계적인 문호 세르반테스는 한때 작은 실수로 감옥에 갇혀 생을 마감할지도 모르는 위기에 처했다. 하지만 오히려 뜨거운 창작의지를 불태웠고 그로 인해 400년 이상 읽히고 있는 고전《돈키호테》가 탄생했다.

우리 모두 힘이 들더라도 결코 절망하거나 포기하지 말자.

09

반전
리더십

: 위기의 순간에는 극적인 반전도 필요하다.
용기를 내어 그 계기를 마련해 보자.

🌱 세월호 침몰 사고 여파로 온 국민이 우울한 시기를 보냈다. 충격도 크고 파장도 오래 지속됐다. 백화점과 홈쇼핑을 비롯한 유통업계는 매출이 20%까지 줄었고, 여행업계는 예약건수가 반토막 났다. 지역경제가 마비상태를 보이는 가운데 경제마저 우울증에 시달렸다. 국내 언론은 문제점 진단과 책임자 처벌, 재발 방지를 요구하는 글을 끊임없이 올렸고, 일부 해외 언론은 대한민국의 국격까지 문제 삼았다. 아마도 하나의 사건으로 이처럼 오래 매스컴을 장식한 사례는 매우 드물 것 같다. 해외에 있는 국민들은 어처구니없는 사고에 대한 질문을 자주 받는다고 한다. 경제강국, 대한민국에서 과연 이런 사건이 일어날 법한 일이냐고. 정말 일일이 답변하는 게 난처하고, 그 순간만큼은 어디에 숨고 싶은 심정이란다.

그런데 한 번쯤 다른 상상도 해보고 싶다. 나라 전체가 침통한 분위기인데, 새롭게 반전을 꾀할 요소는 없었는지 말이다. 물론 세월호 사태를 수습하는 노력은 계속돼야 하겠지만, 다시 활력을 찾을 수 있는 방법을 고민해 보고 싶다. 모두가 죄인 된 심정으로 후유증이 오래간다면 자칫 많은 사람들이 극심한 우울증에 걸릴 수도 있다. 대한민국 특유의 역동성이 빠르게 위축되고 나락으로 떨어질 수도 있다.

과연 반전의 요소, 반전의 리더십은 없는 것일까?

지난 2002년 한일월드컵 16강전에서 우리나라는 이탈리아에 0-1로 뒤지고 있었다. 패색이 짙었지만, 히딩크 축구대표팀 감독은 수비수를 빼고 공격수를 대거 늘리는 전술적인 변화를 꾀했다. 자칫 골을 더 먹을 수 있는 위험천만한 순간도 있었지만, 설기현의 동점골과 안정환의 역전 헤딩골로 극적인 승리를 거뒀다. 히딩크 감독은 제때 기발한 용병술을 펼침으로써 월드컵 단골 우승국 이탈리아의 콧대를 단숨에 꺾어버린 것이다.

정주영 현대 명예회장은 지난 1984년 서산 간척지를 일구는 데 기상천외한 아이디어를 뽑아들었다. 이곳은 조수 간만의 차가 워낙 커 방조제 물막이를 하려면 20만 톤 이상의 돌을 사용해야 하는데, 대형 유조선으로 물살을 억제하면 흙이나 버력 등 쉽게 구할 수 있는 재료로도 된다고 판단한 것이다. 당시 정 회장은 인력만으로는 감당할 수 없고 설사 성공해도 엄청난 비용이 들어갈 것으로 분석했다. 결국 그가 꺼내든 '유조선 묘수'는 극적인 반전에 성공했고, 〈뉴스위크〉 등 해외 언론에 소개되면서 세계적인 화젯거리가 됐다. 그의 '유조선 공법'은 '정주영 공법'으로 불리기도 한다.

골프선수 박세리는 1998년 US오픈 대회에서 우승할 당시 볼이 웅덩이 근처에 빠지는 아찔한 위기를 맞았다. 잠시 고민하던 그녀는 양말을 벗고 물속에 들어가 공을 제대로 쳐냈고, 결국 우승의 밑거름이 됐다. 쉽게 구사하기 어려운 샷이었지만, 멋지게 성공함으로써 오히려 경쟁자를 뒤흔드는 반전의 계기를 마련했다. 당시 〈뉴욕타임스〉는 사진을 곁들인 박세리의 챔피언 등극 사실을 보도하면서 대한민국 이미지에 큰 영향을 끼친 사건으로 부각시켰다. 골프 역사에 길이 남을 이 명장면은 그녀를 뒤이은 명품선수들이 대거 탄생하는 밑거름이 됐고, 우리나라는 세계 최고의 여자골프 강국이 됐다.

우리나라 역사상 최고의 영웅으로 평가받는 이순신 장군은 임진왜란 때 해상 싸움에서 연전연승을 거둠으로써 육상에서 패배를 거듭하던 전란의 역사에 결정적인 전기를 마련했다. 장군과 수개월간 함께 지냈던 명나라 장수는 "천지를 주무르는 재주와 나라를 바로잡은 공이 있다"고 보고해 명나라 조정에서 상을 내릴 수 있도록 했다. 서애 유성룡은 "바르고 단정한 용모는 선비의 모습이지만 내면에는 담력이 깃들어 있다"고 평가했고, 당시 삼가현감이던 고상안은 그의 논리정연함과 지혜로움에 탄복하는 글을 남겼다.

우리나라는 지난 60년간 6·25전쟁의 폐허를 딛고 경제 기적을 이룬 세계적인 모범국가로 도약했지만, 아직 국가체계나 내부적인 질서 등은 덜 성숙한 것 같다. 특히 세월호 사고에 대처하는 과정에서 어리숙한 면을 자주 노출했는데, '체력만 어른인 부실한 청소년'의 모습을 보인 것 같아 안타깝다. 일각에서는 승객을 내팽개치고 팬티만 입은 채 빠져나온 선장을 보면서 사농공상(士農工商)의 폐해, 즉 선원을 '뱃놈'이라 천시해온 문화적인 전통에서 그 원인을 찾기도 한다. 결국 고급 인재들이 바다에서 자부심을 갖고 근무할 환경을 제대로 마련하지 못했다는 뜻이다.

하지만 우리나라는 저력이 있다. IMF 외환위기 때 금 모으기 운동을 통해 국력을 한데 모은 것이나, 세월호 사고가 터진 팽목항 현장에서 수많은 자원봉사자들이 힘을 합치는 광경은 감동을 주기에 충분했다. 희생자들을 조문하는 이름 모를 발길들과 넋을 기리기 위해 놓여진 수많은 꽃들도 마찬가지다.

옛날에 로마 지도자들은 지중해의 패권을 건 카르타고와의 포에니전쟁에서 바닥난 국고를 지도층에만 부담시키는 국채를 발행해 '노블레스 오블리제 정신'을 실천했고, 몽골 대제국을 일군 칭기즈 칸은 "중국을 지켜주는 건 만리장성이 아닌 중국인"이라고 강조하며 힘을 한데 모았다.

각자 위치에서 최선을 다하는 모습으로 어려움을 극복해보자. 대통령을 비롯한 지도자들은 반전의 리더십을 발휘해보자. 세월호 사고로 무너진 대한민국 자존심은 반전의 계기만 마련되면 다시 회복할 수 있다. 우리 모두 희망을 갖자.

10

회상
리더십

: 회상은 내가 걸어온 길을 되돌아보는 절차다.
  이를 통해 삶의 참된 가치를 깨달을 수도 있다.

🌱 3년 전 떠나온 동네 뒷산에 올라갔다. 종종 산책을 하던 코스에 있던 작은 나무들은 제법 줄기가 굵어지고 햇빛을 가린 그늘의 크기도 커졌다. 이름 모를 풀들이 고개를 들고 있던 낙엽길에는 어디서 날아왔는지 어린 나무들이 여러 군데 자리 잡았고, 산책길도 새로 단장해 조금은 달라진 모습이었다.

이발소에서 머리를 깎고 돈 1만 원을 내니 2,000원을 거스름돈으로 받았다. 이발소 주인은 머리를 손질하면서 아무개 아들이 결혼한다느니, 누가 아팠는데 어쩌고저쩌고, 세월호 사건이며, 군대 이야기며, 이곳에서 가장 출세한 사람은 어느 지역에서 시장(市長)을 한다느니 하는 말들을 구성지게 건넸다. 모처럼 살아가는, 숨 쉬는, 서민적이면서 정겨운 목소리를 들었다.

가끔 등산을 할 때는 주로 현금을 사용한다. 이것저것 먹거리를 사면서 꼬깃꼬깃 지폐를 꺼내고 거스름돈을 주고받으면 재미가 쏠쏠하다. 때론 가격 흥정도 한다. 그래서 이런 순간만큼은 신용카드가 매력을 잃어버린다. 나이 지긋한 선배들은 옛날에 받던 노란색 월급봉투가 그립다고 한다. 지금은 임금을 받기가 무섭게 은행 계좌로 들어가 바로 아내의 손에 묶이지만(?), 과거엔 현금뭉치가 들어 있는 봉투를 건네면서 가장으로서 마음껏 위세를 부릴 수 있었다고 한다.

언젠가 어릴 적 뛰놀던 시골에 휴가차 들렀다. 고속도로 주행을 마치고 톨게이트로 들어서는 순간 마음이 푸근해졌다. 조부모님과 부모님의 고향인 데다 아직까지 일부 친척이 남아 있어서일까? 선산에 벌초도 할 겸 인사도 드릴 겸 가벼운 차례를 지내기 위해 한적한 가게에 들렀다. 과자와 박하사탕, 소주 1병, 종이컵, 일회용 그릇 등을 샀다. 형님들이랑 같이 갔으면 그럴듯한 음식도 장만했겠지만, 그냥 소탈한 발걸음을 했다. 오히려 겉치레보다 조상을 공경하는 마음이면 그만일 것이라 판단했고, 땅밑에 계신 어른들도 그렇게 여기실 것이라 믿었다. 벌초를 마치고 부모님 산소 앞에 드러누워 잠시 눈을 붙였다. 내가 영원히 잠들 곳은 과연 어디지? 푸른 하늘이 참으로 평온해 보였다.

시간이 흐를수록 새로운 것보다는 익숙한 것을 더 선호하게 되는 것 같다. 김치도 숙성시켜야 깊은 맛이 우러나듯이 친구를 비롯한 지인들도 오래도록 나를 잘 아는 누군가와 있을 때 더 편한 것 같다. 물론 마음이 맞는 사람이면 가장 좋겠지만, 어쨌든 거리낌 없이 계산하지 않고 대화를 나눌 수 있는 사람이면 금상첨화다. 친구들끼리는 세대를 불문하고 편한 말과 욕설도 오간다. 가끔 그런 광경을 볼 땐 웃음이 나오기도 하지만, 그들의 관계는 원래 그랬기 때문에 자연스럽고, 그것이 인생을 즐겁게 사는 길일 것이다.

연배가 지긋한 어르신들은 흘러간 노래를 좋아하고, 베이비붐 세대들은 7080 노래를 즐겨 듣는다. 40대 끝자락에 선 필자는 산책을 마치고 돌아오는 길에 이 노래를 들었다.

"꿈에, 어제 꿈에 보았던 이름 모~를 너를 나는 못 잊어. 본 적도 없고 이름도 모~르는 지난 꿈 스쳐간 여인이여. 이 밤에 곰곰이 생각해보니 어디선가 본~듯한 바로 그 모습. 떠오르는 모습. 잊었었던 사람. 어느 해 만났던 여인이여~ 어느 가을 만났던 사람이여. 난 눈을 뜨면 꿈에서 깰까 봐. 난 눈 못 뜨고~ 그대를 보네. 물거품처럼 사라지는 내 꿈이여. 오늘 밤에 그대여 와~요."

가수 조덕배가 부른 '꿈에'라는 노래다. 자주 들어도 질리지 않고 오랜만에 접하면 더욱 깊게 울림이 있는 곡조로, 1980년대 2집 앨범으로 발매돼 100만 장 이상이 팔린 대히트곡이다. 이 노래는 18살 무렵의 조덕배가 작사, 작곡했다. 천재적인 감각의 소유자라 하지 않을 수 없다. 주차장에서 바로 집으로 올라가지 않고 여러 차례 반복해서 들었다. 원래 발라드를 좋아하기 때문일까, 아니면 문득 20대 시절로 돌아가고 싶은 생각 때문이었을까. 필자는 뭔가 분위기를 잡거나 곰곰이 생각하고 싶을 때 혹은 우울할 때 노래를 찾는다. 요즘 유행하는 K-POP 가수들의 선율보다는 여운이 있는 음악, 자라면서 들어온 익숙한 유형의 곡조에 마음을 빼앗긴다.

그러고 보면 음악을 들으면서 스트레스를 푸는 분들이 많은 것 같다. 어느 지상파 TV에 나오셨던 87살 할아버지의 장수 비법 중의 하나는 음악감상이다. 그분은 밭에서 채소를 가꾸며 멜로디에 맞춰 한바탕 춤을 춘다. 노부부가 율동하는 모습을 보면 사는 게 별것 아닌 것처럼 느껴진다. 인생이 대단한 것도 아니고 평범한 가운데 가까운 사람끼리 아껴주고 정겹게 어울리면 그만이라고 알려주시는 것 같다. 84살이신 할머니는 봉사활동도 하면서 이웃들을 위해 좋은 일을 하신다. 얼굴엔 웃음꽃이 가시질 않는다.

3년 전 정들었던 서울 강북의 어느 동네를 떠나 새 아파트로 이사를 왔다. 두 지역을 비교하면 집값이나 주차된 차량들에서

차이가 느껴진다. 그런데 왜 새것보다는 헌것이 더 좋을까? 아내가 다니던 교회를 옮긴다고 해서 그냥 30분 거리에 있으니 옮기지 말라고 당부했다. 아이들도 정겹게 살기는 그곳이 더 나은가 보다. 그러고 보면 물질적 풍요로움이나 도심의 화려함이 반드시 행복의 척도는 아닌 것 같다. 1인당 국민소득이 높은 대한민국이 소득수준이 아래인 부탄 같은 국가보다 행복순위에서 뒤지는 것을 봐도 어느 정도 이해가 되는 대목이다.

인간은 나이가 들수록 과거지향적이다. 어릴 때는 나이를 한 살이라도 빨리 먹고 싶어 하지만, 어느 순간부터는 한 살이라도 젊은 시절로 돌아가고 싶어 한다. 고향을 떠나온 사람들은 자기가 살던 곳을 죽을 때까지 잊지 못한다. 종종 눈을 감고 뒷동산을 떠올리면서 과거를 회상하는 것이다. 어려움을 극복하고 성공한 사람들은 고생했던 시절을 그리워하곤 한다. 한때 힘들었지만 목표가 뚜렷했고, 나날이 나아지는 삶을 살았기 때문일 것이다.

회상(回想)의 의미는 나를 되돌아보고, 익숙했던 것을 되새기는 절차다. 모두가 어머니 품에서 나왔기에 어머니를 그리워하고, 고향을 떠나왔기에 고향으로 돌아가고 싶은 것이다. 회상은 또 마음의 안식처를 찾아가는 과정이다. 희로애락, 생로병사의 특성을 지닌 인간 세계에서 본연의 마음, 흙의 소중함을 일깨워주는 근본 가치인 것이다. 회상이 반드시 좋은 것은 아니지만, 가끔은 이를 통해 내 삶의 주변을 돌아보자. 그러면 다소나마 마음의 평안을 느낄 수 있을 것이다.

11

헌신
리더십

: 어느 조직이든 헌신하는 인재가 있으면
  화합이 쉽고 훌륭한 성과도 이뤄 낼 수 있다.

🌱 현역에서 은퇴한 축구선수 박지성을 놓고 릴레이 칭찬이 이어지고 있다. 그에 대한 비판의 글은 거의 없고, 대부분 호의적이고 떠남을 아쉬워하는 반응 일색이다. 어떤 사람이든 허물이 있기 마련이지만, 그는 24년간 선수 생활을 하면서 동료들로부터 비판의 대상이 된 적이 없다고 한다.

박지성이 몸담았던 세계 최고의 팀 중 하나인 맨체스터 유나이티드는 은퇴 선언을 한 그를 영웅시하며 "함께여서 고마웠다"는 헌정영상을 홈페이지에 게시했다. 7년간 팀의 주축으로 활약한 박지성이 리버풀과 아스날, 첼시 등 라이벌들을 상대로 골을 뽑아낸 장면과 유럽축구연맹(UEFA) 챔피언스리그에서 활약한 경기 등을 모아 영상으로 만들었다. 맨유는 화면과 함께 "박지성은 늘 빅게임에 출전해 확실한 영향력을 보여줬다"며 감사를 나타냈다.

스승인 거스 히딩크 감독은 박지성에 대해 "근면, 성실하고 책임감이 강하다. 축구 실력도 완벽하다. 모든 감독이 좋아하는 무결점 플레이어"라고 극찬했다. 알렉스 퍼거슨 전 맨체스터 유나이티드 감독도 박지성이 QPR로 팀을 옮길 때 자필편지로 "더 신경 써주지 못해 마음에 걸리고, 너를 모두가 그리워한다"라고 뒤늦게 고백했다.

아시아에서 박지성은 존경의 대상이다. 전통적 라이벌이자 역사문제로 좋은 감정일 리 없는 일본 대표팀 선수들조차 아시아 최고 슈퍼스타로 박지성을 꼽는 것을 주저하지 않는다. 박지성은 인품이 훌륭하고 두뇌가 명석하며, 팀에서 모범이 되는 진정한 프로라고 한다. 맨유에서 활약했던 가가와 신지는 한 중국 언론과의 인터뷰에서 "박지성은 아시아 축구의 표본이자 선구자다. 같은 아시아인으로서 자랑스럽다. 모든 것을 닮고 싶다"고 경외심을 드러냈다.

이렇게 대내외 평가를 보면 박지성은 한국 축구가 배출한 역대 최고 스타임에 틀림없다. 그의 장점을 꼽으면 근면, 성실, 끈기, 배려, 이타심, 투지, 부지런함 등 다양하게 들 수 있겠지만, 가장 핵심적인 요소를 고른다면 헌신(獻身)으로 집약해 볼 수 있다. 2012년 런던 올림픽에서 주장을 맡았던 구자철 선수 역시

"지성이 형을 떠올렸을 때 먼저 떠오르는 모습은 팀을 위해 희생하는 것이었다"면서 박지성의 최고 덕목으로 '헌신'을 꼽았다.

실제로 박지성은 이기고자 하는 목표 의식 속에 그라운드의 전방, 중앙, 후방을 가리지 않고 종횡무진 뛰어다닌다. 동료들은 상대공격수를 앞선에서 먼저 저지하고, 수시로 후방까지 내려와 상대를 괴롭히는 그를 보면서 위안을 삼고 승리에 대한 전의를 불태운다. 박지성은 기본적으로 엄청난 폐활량과 근면성, 저돌적인 공격성을 타고났지만, 무엇보다 팀과 동료를 위해 헌신하는 희생정신이 최고 강점이라고 할 수 있다. 이런 그를 놓고 상대팀 선수들은 '귀신'이라는 별명을 붙이기도 했다. 귀신처럼 전혀 예측할 수 없는 움직임으로 공을 빼앗고, 지치지 않는 뜀박질에 등골이 오싹한 체험을 한다는 것이다.

한국계 미국인으로 세계은행 수장에 오른 김용 총재는 원래 유력한 세계은행 총재 후보가 아니었다. 미국에서는 비주류인 아시아계인 데다 미국 대학 중의 하나인 다트머스대 총장에 재직하고 있을 뿐이었다. 하지만, 오래 전부터 비정부기구인 '건강동반자'를 설립해 봉사와 희생정신을 실천했고, 빌 클린턴 전 미국 대통령과 함께 활동하면서 긴밀한 협력관계를 유지했다. 이때 클린턴 부부는 그를 눈여겨봤고, 오바마 정부에 영향력을 행사하던 힐러리 클린턴 전 국무장관이 1등 후보로 천거하면서 영광의 자리에 올랐다. 김용 총재는 향후 힐러리 클린턴이 2016년 대통령 선거에 민주당 후보로 출마해 승리하면 총재직을 연임하거나 행정부 요직을 맡을 것이란 관측이 나오고 있다.

러시아에서 교향악단을 맡은 모 한국인 지휘자는 고려인 이주 150주년을 맞아 그들의 삶을 조명하고 한국과 러시아의 우호 관계를 넓히기 위한 전국 순회 음악회를 개최했다. 그분은 지방에서 대학을 나왔지만, 명문대에 대한 열등감도 없고 음악에 대한 열정과 사명감, 자부심으로 살아왔다고 한다. 보통 연주회를 하려면 공연장을 빌리는 데서부터 연주자들에 대한 인건비와 교통비, 숙박비 등 상당한 비용이 소요된다. 따라서 국가나 공공기관, 기업 등의 후원이 필요하지만, 자금조달이 만만치 않고 수익을 내기도 쉽지 않다. 그러나 그는 무모하리만치 돈에 대한 계산을 하지 않는다. 숭고한 목표가 있으면 어떤 어려움에도 굴하지 않고 책임을 감당하며, 일을 헌신적으로 해나간다. 얼마전 강원도 영월에서 부모의 이혼으로 조부모에게 떠맡겨진 학생들의 어려움을 외면하지 않고 그들에게 악기를 가르치고 작은 음악회도 열었다. 시골마을은 환호의 도가니가 됐고, 사람들은 모두 눈시울이 붉어졌다. 그는 지휘자로서 사명감과 긍지, 헌신에 따른 보람을 다시금 느꼈다.

인류가 지나온 발자취를 돌아보면 위대한 인물의 탄생 뒤에는 대부분 자식을 위해 헌신한 어머니가 굳건히 자리하고 있다. 아들 맹자의 교육을 위해 집을 3번이나 옮긴 어머니, 율곡 이이의 어머니 신사임당, 조선 최고의 명필인 한석봉의 자만심을 일깨운 떡장사 어머니까지.

배고프고 가난했던 1950년대, 때 묻은 얼굴로 미군들에게 '기브 미 초콜릿(Give me chocolate)'을 외치며 성장한 세대들은 배곯던 어머니들의 헌신 속에 한강의 기적을 일궜고, 수많은 수출 역군들은 6·25전쟁으로 망가진 나라를 새로 세운다는 일념하에 묵묵히 국가에 헌신했다.

헌신(獻身)의 사전적 의미를 찾아보면 '몸과 마음을 바쳐 있는 힘을 다하다', '어떤 일이나 남을 위해 이해관계를 생각하지 않고 몸과 마음을 바쳐 있는 힘을 다한다'는 뜻을 담고 있다.
제대로 해나가기는 쉽지 않지만, 일상 속 작은 일부터 헌신의 자세를 실천해보자.

12

외길
리더십

: 억척스러울 만치 한 우물을 파다 보면
 그것이 훗날 큰 업적을 이루는 밑바탕이 된다.

🌱 일제 강점기와 6·25전쟁이라는 국난을 겪고도 짧은 기간에 한강의 기적을 이룩한 우리나라를 상징하는 단어를 꼽으라면 아마도 '빨리빨리'가 아닐까 싶다. 그래서 한국에 일하러 오는 외국인 노동자들도 '빨리빨리'를 가장 먼저 배우게 된다. '빨리빨리'라는 말은 대한민국 특유의 역동성을 대표하기도 하지만, 한편으론 모래 위에 성(城)을 지은 것이란 부정적인 의미도 내포한다. 즉 앞만 보고 서둘러 달리다 보니 주변을 제대로 살피지 못하고 챙겨야 할 것도 제대로 챙기지 못해 뭔가 빠트린 것 같고 주머니가 빈 듯한 허전한 느낌도 들게 되는 것이다.

2008년 외환위기를 전후로 구직난은 심각해졌고 취업 기상도는 양극화에 빠졌다. 비교적 근무여건이 좋은 대기업에는 청년층이 대거 몰리는 반면, 상대적으로 열악한 중소기업에는 인력이 부족하다. 신규 취업자 수를 살펴봐도 50대 이상 중장년층이 젊은층에 비해 일자리를 좀 더 수월하게 구하는 경향이 있다. 통계청이 발표한 2014년 2월 고용동향에 따르면 취업자 수는 2013년 같은 기간보다 83만 5,000명 증가했다. 그러나 베이비붐 세대들의 은퇴가 잇따르면서 중장년층의 생계형 취업이 늘어난 반면, 청년층이 선호하는 대기업이나 공공기관 등의 일자리는 부진한 실정이다.

또 같은 달 9급 공무원 공채시험과 1차 경찰공무원 시험에는 무려 25만 명이 몰렸다. 비교적 안정적이고 월급이 괜찮은 곳에는 너도나도 러브콜을 보내지만, 정작 일손이 필요한 곳은 쳐다보지 않는다. 혹여 이런 회사에 취직했다 하더라도 근무기간이 짧고, 머릿속에는 다른 좋은 직장이 없나 하는 생각을 하면서 아까운 시간을 허비한다. 물론 그들이 가진 실력과 장래 희망을 고려한다면 이를 무조건 탓할 수는 없겠지만, '젊을 때 고생은 사서도 한다'는 자세 속에 미래 직업에 대해 보다 진취적이고 도전적인 태도를 갖추길 당부해 본다.

우리 주변을 둘러보면 온갖 어려움을 겪고도 한 길만을 고집하며 큰 업적을 이룬 분들이 적지 않다. 세상을 떠난 판소리의 대가 성우향 명창은 어릴 때부터 '보성 소리'의 대부인 정응민을 비롯해 박록주와 박초월 등 여러 명창을 스승으로 모셨다. 젊은 시절 '여성으로서 무겁고 힘차게 소리다운 소리를 하는 사람은 성우향뿐'이라는 평가를 들었던 그분은 판소리를 "호랑이 꼬랑지를 잡는 것과 같다"면서 "죽을 힘을 다해 잡아야지, 놓는 순간 물려서 죽고 마는 것"이라고 강조했다. 판소리에 대한 절실함과 집요함은 그녀를 '명창'의 반열로 이끌었고, 화려한 수상 경력과 함께 500여 명의 제자를 길러내는 밑거름이 됐다. 그분은 생전에 "내 호 '춘전'처럼 판소리의 봄밭에서 큰 열매, 작은 열매, 꽃까지 모두 활짝 피었으면 하는 바람"이라며, 대대로 이어져온 판소리의 무궁한 융성을 소망했다.

세계적 신문인 〈뉴욕타임스〉 편집국장에 올랐던 고 아서 겔브는 1944년 일주일에 16달러를 받는 조건으로 직장생활을 시작했다. 원고 심부름꾼인 사동(使童)으로 입사해 신문사 내부 소식을 전하는 기사를 썼고, 이후 본격적인 취재활동을 거쳐 1986년 '기자의 꽃'인 편집국장 자리에 올랐다.

애초 정식 기자가 아니었기에 주변의 시선이나 월급 등에서 핸디캡이 있었지만, 이에 아랑곳하지 않았다. 본인이 꿈꿔 온 언론인에 대한 사명감과 열정으로 이를 극복했고, 탁월한 능력을 인정받아 모든 기자들이 선망하는 편집국장을 지냈다.

그는 문화적인 식견도 탁월해 1950년대 뮤지컬의 본산인 뉴욕 브로드웨이에서 비평가로도 활동했고, 1970년대엔 스포츠·과학·주말판 등으로 나눈 분야별 코너를 도입해 〈뉴욕타임스〉의 기틀을 다졌다. 아서 설즈버거 뉴욕타임스 회장은 "대단한 에너지와 통찰력을 불어넣은 인물이었다"면서 그와의 작별을 아쉬워했다.

대하소설 《토지》를 쓴 '한국 문단의 거목' 고 박경리 선생은 장장 25년에 걸친 집필 끝에 1994년 원고지 3만 1,200장의 분량으로 《토지》를 완성했다. 서울과 만주, 일본 등을 무대로 격동의 근대사를 살아가던 민중의 삶을 생동감 있게 그려내 전후 한국 문학사의 거장으로 우뚝 섰다. 대한제국 때인 1897년부터 1945년 8월 15일 광복 때까지 벌어진 한국 역사의 굴곡과 파장을 담은 《토지》의 집필 기간과 원고지 분량 기록은 아직까지 깨지지 않고 있다.

전쟁 와중에 남편을 여의고, 홀로 자녀 둘을 키웠던 그분은 개발독재 시대에 좌우 대립적인 이념의 굴레에서 자유롭지 못했고, 아들이 먼저 세상을 떠나는 아픔도 겪었다. 생전에 "일 잘하는 사내를 만나 촌부(村婦)가 되고 싶었다. 행복했더라면 문학을 하지 않았을 것"이라고 고백한 것처럼 생계를 위해 어쩔 수 없이 펜을 들기도 했다. 그러나 창작에 대한 집요함과 역사에 대한 올곧은 성찰이 없었다면 위대한 작품 《토지》는 세상에 빛을 드러내지 못했을 것이다.

화합의 리더십으로 세계적 오케스트라인 보스턴 필하모닉을 이끌었던 지휘자 벤 젠더 씨는 초보 연주자에서 능숙한 연주자가 되기까지의 과정을 이렇게 전하고 있다.

"7살 꼬마가 피아노를 처음 배워서 연주를 하면 '띵, 띵, 띵…' 하면서 한 음씩 끊어서 친다. 몇 년이 지나면 '띵띵띵, 띵띵띵…' 하면서 한 소절씩 끊어서 치고, 몇 년이 더 흐르면 '뚜르르르르…' 하며 부드러운 연주를 하게 된다."

인생의 어느 분야든 처음에 시작할 땐 부족함 투성이다. 하지만 차츰 노력을 더하면서 성숙해지고, 다른 이들과 조화롭게 지내는 방법도 알게 된다. 인생은 항상 평탄할 수 없고, 때로는 가시밭길도 걸어야 한다. 어렵고 힘들지만, 좌절과 아픔만을 겪는 건 아니다. 울퉁불퉁한 길을 지나면 달라진 자신의 모습도 만날 수 있다. 실패는 우리를 강하고 성숙하게 만들어준다.

1914년 12월, 발명왕 에디슨의 연구실이 불탔고, 평생의 업적 중 상당수가 잿더미로 변했다. 그러나 3주일 뒤에 자신의 첫 번째 축음기를 발명하는 데 성공한다. 당시 그의 나이 67세였다. 발명을 향한 외길 인생을 고집스럽게 걸어온 그는 "재난 속에는 큰 가치가 있다"며 실패를 두려워하지 않았다. 오랜 기간 쉽게 포기하지 않는 끈질김과 집요함으로 마침내 역사상 가장 위대한 발명가 반열에 오른 것이다.

요즘 세태를 보면 비교적 쉽고 편안한 길만을 찾아 안주하려는 경향이 있다. 그러나 지속적으로 새로운 분야를 개척해야 블루오션이 생긴다. 여기저기 살피면서 걷는 것도 필요하지만, 독자적인 분야를 개척해 외길 인생을 걸어보는 것도 바람직해 보인다. 가치 있는 삶은 과연 무엇일까?

13

음양
리더십

: 세상에는 음양의 조화가 있다.
 튀는 사람이 있는가 하면 묵묵히 뒤를 받치는 인재도 있다.

🌱 친한 동료 기자가 뉴스 프로그램 앵커를 맡았다. 그는 스스로 내성적인 성격으로 적극성이 필요한 언론 분야는 자신과 맞지 않는다며, 한때 몸담았던 회사에 사표를 내기도 했다. 하지만, 무엇보다 직무에 대한 사명감과 성실성이 뛰어난 그는 방송기자라면 누구나 꿈꿔 볼 마이크의 주인공이 됐다. 언젠가 한 방송저널지에 응한 인터뷰 내용이 참 멋지다. "뉴스에 무게감을 주는 앵커가 되겠습니다." 화려함보다는 진실성이 드러나는 그만의 매력이 돋보인 근사한 멘트다.

필자도 본래 내성적인 성향에 가깝다. 주변에선 인상 차림이 '선비 스타일'이라며 종종 선생님 같다는 소리도 듣는다. 그다지 듣고 싶은 말은 아니지만, 그리 거북스러운 표현도 아니다. 오히려 업무적으로 후배들을 가르칠 때 재미를 느끼는 것을 보면 나름 자질(?)도 있는 것처럼 보인다. 혹시 나중에 기회가 된다면 대학 강단에서 학생들을 지도하고 싶은 생각도 있다.

인간의 속성은 누구나 튀고 싶은 욕망이 있는 것 같다. 정도의 차이일 뿐 어떤 모임이나 단체, 친구 사이든 본인이 주도하고 싶은 생각이 있을 것이다. 필자 역시 어느 정도는 좌중을 이끌거나 튀고 싶은 속내가 있다. 굳이 좌장을 맡거나 인위적인 티내기를 바라는 것은 아니지만, 그렇다고 말 없이 조용히 있는 것도 썩 내키지는 않는다. 그래서 가끔 용기를 내어 적극적으로 주도하려고 하지만, 원래 의도대로 이뤄지지 않는 게 많다. 왠지 어색하고 그에 따른 멘트도 별 재미가 없다. 내 딴엔 우스운 얘기라고 여겼어도 정작 내뱉을 땐 썰렁해지기 일쑤다. 오히려 좌중을 웃기려 하지 않고 무심코 내뱉었을 때 갑자기 빵 터진다. 참 알다가도 모를 일이다.

반면에 우스갯소리도 잘하고 좌중을 리드하는 사람이 있다. 그 친구가 없으면 모임이 제대로 이뤄지지 않고 무거운 분위기가 지속되기도 한다. 이런 사람은 기자의 자질로서는 최고다. 그래서 주변에 사람들이 몰리고 활기찬 기운도 샘솟는다. 대부분 유머 감각이 있는 사람을 좋아하는 건 인지상정일 것이다.

그런데 만일 외향적인 인물들만 모였다면 어떤 분위기가 전개될까? 너도나도 튀거나 웃기려 하고 주도하는 사람들만 몰려 있다면? 물론 여기서도 누가 더 성향이 강한지에 따라 우열이 갈리겠지만, 자칫 너무 시끄럽고 삐그덕거리는 잡음이 끊이지 않을 수도 있다. 모임의 방향성이 헷갈리고 정신없는 상황도 발생할 수 있을 것이다.

우리가 사는 세상은 다양한 성향의 사람들이 어울리고 톱니바퀴처럼 맞대어져 굴러간다. 암컷과 수컷, 양극과 음극, 튀는 사람과 점잖은 사람이 골고루 섞여 있다. 한쪽 구석에만 몰려 있지 않고 음양(陰陽)의 조화가 있다. 따라서 내성적인 성격이라며 기죽을 필요가 없고 외향적인 성향이라고 그리 자랑스럽게 내세울 것도 못 된다. 성향이 어떠하든 품성이 바르면 좋은 것이고, 세상을 바라보는 가치관이 건전하며, 주변을 사랑하면서 이기적인 생각을 멀리한다면 훌륭한 인물로 평가받을 수 있을 것이다.

유대인의 교육 지침서인 《탈무드》에 나오는 몇 가지 구절을 소개해본다.

"인간에게는 하나의 입과 두 개의 귀가 있다. 말하는 것보다 듣는 것에 2배 더 힘써야 한다."
"당신의 혀에게 '나는 잘 모른다'는 말을 제대로 가르쳐라."

어느 날 랍비가 하인에게 시장에 가서 맛있는 음식을 사오라고 시키자 그는 혀를 사가지고 돌아왔다. 며칠 후 가장 싼 음식을 장만하라고 지시하자 그 하인은 또 다시 혀를 구매해 주인에게 보여줬다. 이를 이상하게 여긴 랍비가 하인에게 물었다. "지

난번에 맛있는 것을 사오라고 했을 때도 혀를 들고 왔고, 이번엔 싼 것을 가져오라고 했는데도 똑같은 걸 사왔으니 그 이유가 대체 무엇인가?" 그러자 하인이 대답했다. "혀는 좋을 때는 그 이상 좋은 것이 없지만, 나쁠 때는 그보다 더 나쁜 것이 없기 때문입니다."

흔히 '가만히 있으면 중간은 간다'라는 말이 있다. 어떤 자리나 모임에서건 리더가 된다면 좋은 일이겠지만, 자칫 거침없는 언변을 일삼다가 구설수에 오를 수도 있다. 예를 들어 일부 정치인들을 보면 설화(舌禍)에 시달리는 경우를 종종 보게 된다. 본인은 분위기가 고조돼서 혹은 어떤 메시지를 던지려고 강하게 내뱉은 말이었지만, 오히려 그 말이 부메랑이 되어 정치 인생에 마침표를 찍는 경우도 발생한다. 모임 분위기에 상관없이 여성에 대한 성희롱 발언으로 자리에서 물러난 고위층 인사들도 여러 명 목격했다. 그들은 대부분 유능하고 재치가 넘치는 언변도 구사하는 인물들이었지만, 오히려 지나친 자신감이 독이 되어 돌아온 것이다.

따라서 조용하고 내성적인 성향이라고 기죽을 필요도 없다. 꼭 필요할 때 나서고, 말을 자제해야 할 때 삼갈 수 있는 지혜를 갖춘다면 더 멋진 사람이 될 수 있을 것이다. 굳이 성향이 맞지 않는데 애써 리더가 되려고 할 이유가 없고, 억지로 나선다고 주변 사람들이 제대로 인정해주지도 않는다. 오히려 중용(中庸)의 덕을 기르면서 올바른 판단에 힘쓰고 남을 진정으로 위하는 태도를 갖춘다면 누구보다 훌륭한 사람으로 평가받을 수 있을 것이다.

끝으로 하늘나라에 계신 김수환 추기경의 말씀을 들어보자.

"진실된 마음으로 상대를 대하고 남을 존중하고 위할 줄 아는, 참으로 인간다운 인간이 먼저 되어야 한다."

오랜 민주화 투쟁에서 치열한 고독을 겪기도 했던 그분은 또 이렇게 위로하는 말씀을 전하고 있다.

"과연 나는 신부가 될 자질이 있는가? 나도 외롭다. 나도! 그리고 너의 고독을 공감한다."

허울뿐인 리더보다는 마음속에 이타심을 키우는 진정한 리더로 거듭나보자.

14

아픔
리더십

: 인간은 아픈 만큼 성숙해진다.
상처엔 삶에 대한 혜안과 내공이 숨어 있다.

🌱 눈발이 휘날리던 지난 2009년의 크리스마스 이브. 세상을 온통 하얀 물감으로 물들이고, 거리는 청춘의 설렘과 흥분으로 가득했지만, 나는 그러질 못했다. 몇 시간에 걸친 위암 수술을 받고 병원 침대에 누운 나. 마취에서 깨어나자 고통이 순간순간 밀려오곤 했다. 하지만, 이를 참고 인내하며 기나긴 항암 치료 과정도 무사히 마쳤다. 어느덧 시간이 흘러 일상으로 돌아왔고, 또 다시 꽤 오랜 시간이 흘렀다. 그리고 완치판정이라는 선물을 받았다.

젊은 날의 방종과 나태함으로 한순간 건강을 해쳤지만, 그로 인해 배운 것도 적지 않다. 무엇보다 작은 것에 감사할 줄 알고 세상을 바라보는 시각이 좀 더 긍정적으로 바뀌었다고나 할까? '건강은 몸이 좋을 때 지켜야 한다'는 평범한 진리도 깨우쳤다. 어쩌면 이런 경험담이 주변 사람들에게 전파되고, 그로 인해 지인들도 건강에 각별히 신경 쓰는 긍정적인 바이러스 역할을 했을 지도 모를 일이다.

한때 겸손해졌던 나. 그런데 다시 세파에 뒤섞이다 보니 그런 마음은 온데간데없이 희미해지고 그 못된 방종 끼가 되살아나는 것 같다. 인간은 조금만 편해지면 어려웠던 때를 잊어버리는 것일까?

문득 한 일간지를 펼쳤다. '다시 사는 삶'이란 주제로 나온 인터뷰 기사의 문구는 "죽다 살아난 사람은 안다. 물 흐르듯 살아야 된다는 것"이었다. 심장의 고동소리를 나타내는 '쿵쿵'이라는 의성어를 소재로 에세이를 펴낸 어느 목사의 체험담이 눈에 띄었다.

- 어찌 보면 인간의 삶이 투병기다.

"거의 죽었다가 살아난 사람들을 만났다. 그들이 다시 사는 삶, 거기에는 감사의 물결이 흐르더라. 그게 인간이 갖고 있는 아픔의 위대함이라고 본다."

- 인간의 아픔, 왜 위대한가?

"아픔은 아주 짧은 시간에 인간을 바꾸어 놓는다. 가서 보니 병원이 수도장이고, 수도원이더라. 수술실에도 들어가 봤다. 뇌를 절개한 모습도 보고, 대장암 수술을 위해 벌려놓은 광경도 봤다.

그게 모두 삶과 죽음의 기로였다."

그는 개신교 목회자이면서도 행낭 하나 달랑 메고 인도를 누볐다고 한다. 10년 넘게 힌두교 고대경전 《우파니샤드》를 묵상하고, 《노자》를 공부하고, 거기에 담긴 영성을 노래했던 시인. 좁은 시야에서 벗어나 유연한 사고를 하려고 노력한 덕택인지 성경이 더 잘 읽힌다고 한다.

그는 책을 쓰면서 몇 번이나 눈물을 쏟았다.

"그동안 책을 여러 권 냈지만, 집필 중에 운 적은 없습니다. 이번이 처음이었습니다."

목사는 어느 병원에서 죽음의 문턱까지 갔다가 돌아온 30명의 환자를 만났다. 그리고 일종의 투병기라 할 수 있는 《쿵쿵》이란 책을 내놨다. 심장의 울림 소리를 상징하는 '쿵쿵'. 죽음의 문턱에서 돌아온 분들의 이야기이기에 그 전해지는 감동이 더 크다.

- 끝없는 어둠이 아니라, 단지 긴 터널. 그걸 지나면 어찌 되나?

"일상을 바라보는 눈이 바뀐다. 가령 아내가 밥 챙겨주는 걸 당연하게 여기지 않나. 다시 살아난 이들은 거기서 깊은 고마움을 느낀다. 너무도 당연했던 일상이 이제 너무도 당연하지 않은 일상이 되더라. 그렇게 삶이 달라지더라."

- 아픔이 십자가가 된 건가?

"그렇다. 삶과 죽음의 기로에서 지독한 고통을 겪고서 돌아온 이들이 하는 말이 있다. 나는 이제 '덤'으로 산다."

세상의 이치는 참 묘한 것 같다. 평범함 속에는 별다른 감흥이 없고, 오히려 어려움 속에서 서광이 비치고 깊이 울리는 뱃고동 소리가 있으니 말이다. 사람들은 죽음의 코앞까지 가 봐야 삶의 소중함을 알고, 눈물 젖은 빵을 먹어 봐야 인생의 깊이를 알게 되니 정말 알다가도 모를 일이다.

우리네 삶을 곱씹어 볼 수 있는 '눈물 젖은 빵'은 유행가에도 등장한다.

"눈물에 젖은 빵을 먹어보지 않고서 어찌 인생을 논할 수 있니.
쓰라린 사연 하나 가슴에 없으면서 어찌 인생을 안다 하겠니.
산다는 게 그렇게 만만하지가 않아. 만만하다면 그것 또한 재미없는 거잖아.

진흙탕 속에도 뒹굴어보고 가시밭길도 걸어봐야지.
인생에 제맛이 진하게 우러나는, 먹어봤나 '눈물빵 눈물 젖은 빵.'"

장년층의 이마엔 깊은 주름이 패어 있다. 살아오면서 다친 상처이든, 고단한 삶의 흔적이든. 그런데 이들의 주름엔 인생의 내공이 숨어 있고 다양한 스펙트럼의 빛을 발산한다. 그래서 젊은 사람들에게 지혜를 일깨워주고 어떤 길로 걸어가야 할지 나침반 역할을 해준다.

아픔이라는 것은 단순한 아픔으로 존재하지 않는다. 모든 사람의 스승이 될 수 있고, 인생을 보다 지혜롭게 살아갈 수 있는 처방전이 될 수도 있다. 각자가 어떤 시각으로 상처를 바라보느냐가 관건이겠지만, 거기에는 깊은 혜안과 내공이 숨 쉬고 있는 것만은 분명해 보인다.

Part 2

여름

S U M M E R

15

마이 웨이
리더십

: 누구나 모든 걸 잘할 수는 없다.
  하지만 장점을 제대로 찾으면 소기의 성과를 거둘 수 있다.

☀ 자본주의는 원래 경쟁이 치열한 사회다. '창조적 파괴'라는 경제학 용어로 널리 알려진 조지프 슘페터(Joseph Alois Schumpeter)는 "자본주의란 끊임없는 혁신을 통해 진보했고, 기업가들이 성공에 안주하거나 혁신을 멈추는 순간, 위기가 시작된다"고 지적했다. 즉 어떤 분야든 창조적인 생각으로 쉼 없이 노 젓기를 해야 밥 굶지 않고 제대로 살아갈 수 있다는 뜻인데, 한편으론 숨쉬기조차 힘든 냉혹한 현실을 여지없이 드러낸다고 할 수 있겠다.

이처럼 치열한 경쟁이 강조되는 사회이다 보니 우리 주변은 온통 스트레스가 지배하는 세상처럼 보이기도 한다. 학생들은 공부를 잘해야 성공할 수 있다는 강박 관념에 시달리고, 기업은 경쟁력을 확보해야 생존할 수 있다는 위기감에 사로잡힌다. 국가는 경제력이 뛰어나야 부강한 나라가 될 수 있다는 초조감에 시행착오를 거듭한다. 그야말로 여러 난제들이 뒤섞여 있어서

활로를 모색하기가 쉽지 않다.

학력지상주의가 널리 퍼져 있는 우리 사회는 학생들에게 만능플레이어가 되기를 요구한다. 마치 축구경기에서 공격과 수비, 미드필더, 골키퍼까지 모든 역할을 잘하는 선수를 주문하는 것과 그다지 다를 바 없다. 과연 가능한 일일까? 명문대를 가려면 몇몇 과목만 잘해서는 안 되고 모든 과목에서 뛰어나야 겨우 명함을 내밀 수 있다. 조기 학습열 덕택에 학력 수준도 월등해져 갈수록 시험 난이도가 높아졌는데, 과거에는 중학교에서 나온 문제가 초등학교에 등장하고, 고등학생 때 접했던 문제는 중학생들이 풀어야 하는 시대가 됐다. 부모들은 이를 보고 눈이 휘둥그레지기 마련인데, '내가 다시 시험을 치른다면 대학에 턱걸이나 할 수 있을까?'라며 자조 섞인 한숨을 내쉬기도 한다.

하지만, 과거보다 학력 수준이 높아졌음에도 여전히 학교 교실엔 졸거나 잠을 자는 학생들이 눈에 띈다. 특히 수학시간만 되면 문제풀기를 포기한 학생들의 모습이 가관(?)이라고 하는데, 고등학교 3학년 수험생 가운데 10명 중 5명 정도가 수학이 어렵다며 아예 기피한다고 한다. 이런 풍경은 이미 중학교나 초등학교에서도 나타나고 있어 보다 나은 교육 환경을 위한 진지한 성찰이 필요하다. 모름지기 각자 타고난 재능이 다를 터인데, 수학이나 영어를 못하면 아무리 다른 과목을 잘해도 열등생이 되는 현실이 기가막힐 따름이다.

그런데 학교를 졸업하고 사회에 나와 보면 공부 성적과 인생에서의 성공 가능성이 반드시 정비례하는 건 아니라는 사실을 느끼게 된다. 사업가나 경찰 간부, 음악가, 운동선수, 연예인, 문학인 등 소위 한가락 한다고 일컬어지는 분들이 우등생이 아니었던 경우도 자주 본다. 그래서 동창회에서는 학교 때 모범생보다 오히려 놀기를 좋아하고, 외향적이었던 친구들이 분위기를 이끌고 모임의 리더가 되는 경우가 적지 않다. 그들 중 일부는 사업을 번창시키고, 각종 봉사활동에도 열성적으로 참여한다. 아마도 일찍 자신의 적성을 찾아내 열심히 갈고닦았기 때문이 아닐까?

제2차 세계대전에서 영국을 지켜냈던 윈스턴 처칠 수상은 학창시절 결코 우등생이 아니었다. 수학을 무척 싫어했고 사관학교도 3번이나 응시한 뒤에야 붙었다. 그러나 그는 사람들을 끌어들이는 웅변술과 글쓰는 재주가 있었다. 거기에 목표를 향한 치열한 노력이 숨어 있었다. 그는 자신의 한계를 극복하고 남들과의 경쟁에서 승리하기 위한 지름길로 영국의 역사를 공부하고 수많은 문학 작품을 탐독했다. 과연 인간의 성공을 이끄는 핵심 열쇠는 무엇일까?

요즘 개인의 성공을 좌우하는 주요 이론으로 '다중지능(MI, multiple intelligence)' 이론이 자주 거론된다. 이른바 개인의 잠재성향 중 가장 강한 요소를 파악해 활용 방안을 찾아주는 것으로, 어떠한 성공 지능을 보유했는지를 알아낸 뒤 그 가능성을 높이는 인생설계기법으로 주목을 받고 있다.

하워드 가드너 하버드대 교수가 개발한 이 이론은 인간의 지능을 논리수리, 언어, 대인관계, 공간, 신체, 음악, 자연탐구, 자기이해 등 8가지 지능으로 분류한다. 여기에 《나만의 성공 DNA를 깨워라》라는 책을 저술한 정효경 박사는 자기이해지능을 제외하는 대신, 봉사지능과 감각지능을 더한 9가지 지능을 수정하여 제시해 관심을 끌고 있다. 즉, 진단검사를 통해 9가지 지능과 각 항목별 점수를 파악한 뒤 개인별 장단점을 세밀히 알 수 있게 되는 것이다. 이렇게 되면 주로 두뇌 회전이 빠른지 여부만을 평가하는 IQ테스트를 대체할 수도 있고, 각자가 타고난 재능을 파악해 최대한 적성을 살리면서 성공 가능성을 높이는 지름길을 발견할 수도 있게 되는 것이다.

또한 자신의 강점을 알아냈다면 그 분야에서 최선을 다하는 자세가 반드시 이어져야 한다. 주변에서 "아무개는 머리가 좋은데 노력을 안 해"라는 말을 종종 듣게 되는데, 아무리 재능이 뛰어나도 목표를 향한 치열한 정진이 없으면 이른바 '말짱 도루묵'이 되는 것이다. 실제로 지능지수가 꽤 높은 친구들이 머리만 믿고 공부를 게을리해 평범한 성적을 내는 경우도 종종 볼 수 있고, 뛰어난 운동 재능을 타고났음에도 연습을 게을리하거나 모난 행동을 하면서 선수 생활을 망친 사례도 어렵지 않게 목격할 수 있다.

반면에 적성과 맞지 않는 분야에서 일하더라도 지금 하고 있는 일을 애써 좋아하게 되면 성공 방정식을 쉽게 찾아내는 해법이 될 수도 있다. 즉 주어진 업무를 좋아하고 열성적으로 임하다 보면 어느 순간 본인이 좋아하는 일을 하고 있음을 느낄 수 있는 것이다. 혹여 주어진 일을 제대로 하지도 않고 불평만 늘어놓거나 쉽게 포기하는 사람은 다른 회사에 가서도 별 볼 일 없는 사람으로 평가받을 확률이 높다. 다시 말해 어떤 연유로 인해 하고 싶지 않았던 분야에서 일을 한다고 하더라도 '긍정의 힘'을 믿는 '자기 최면술'을 걸면 성공으로 향하는 계단을 수월하게 찾을 수 있는 것이다.

어차피 사람은 누구나 타고난 적성과 재능이 있다. 만능맨이 될 수 있다면 더 이상 좋을 게 없겠지만, 굳이 무리하게 이것저것 다 잘하려고 고민할 필요는 없다. 한 가지 바란다면 본인이 잘할 수 있고, 하고 싶은 분야를 일찍 발견하는 것이다. 결국 무엇이든 열심히 하려는 태도, 세찬 비바람에도 흔들리지 않는 마이 웨이(my way) 정신이 필요하다.

16

무관심
리더십

: 무관심은 결코 버림받은 단어가 아니다.
　때로는 무관심이 필요한 시기가 있다.

☀ 인간은 누구나 주변 사람들로부터 관심이나 애정을 받고 싶어 한다. 하지만 때로는 그것이 오히려 짐이 될 경우도 있다. 어떤 사건이나 사연으로 인해 몸과 마음에 상처를 입었거나 악몽의 트라우마에 시달릴 때는 더욱 그렇다. 어느 날 사소한 일로 시무룩해진 자녀에게 엄마가 "무슨 일 있었니?"라고 물으면 "저를 그냥 내버려 두세요"라고 말했던 경험, 한두 번쯤 있을 것이다. 이럴 때 주변인들은 그냥 그대로 지켜보면서 별일 없다는 듯 평소처럼 대할 필요가 있다. 자칫 위로를 건넨다고 무심코 던진 말 한마디가 그 사람을 더욱 힘겹게 만들 수 있기 때문이다.

국민들 가슴에 깊은 아픔을 남긴 세월호. 그 격랑에서 살아 나온 학생들은 여전히 충격에서 헤어나질 못하고 있다. 문득 눈물을 쏟다가 갑자기 웃고, 우울해졌다가 금방 웃기도 한다. 정상적인 생활을 하고 싶지만 그게 말처럼 쉽지만은 않다. 종종 그들은 교복, 이름표, 체육복 등을 통해 단원고 학생이라는 사실을 드러내는 것이 싫고, 사람들이 아는 척하는 것도 부담스럽다고 한다.

"괜찮냐고, 힘내라고, 고맙다고, 아무것도 말하지도 묻지도 말아주세요. 불쌍하고 안쓰럽다고 생각하는 시선과 이상한 시선으로 바라보지 말아주세요."

한 온라인 커뮤니티에 공개된 편지의 한 구절이다. 왜 그럴까?

지인 가운데 너무 일찍 뇌졸중으로 쓰러진 분이 있다. 30대 초반 돈을 벌겠다고 한창 치킨사업을 하던 그 분은 어느 날 갑자기 몸 오른쪽에 마비가 왔다. 청천벽력 같은 아찔한 순간이었다. 마침내 오랜 치료 끝에 고비를 넘기고 지금은 거의 정상적인 생활을 하고 있지만, 그래도 예전처럼 온전치는 못하다. 그럼에도 그는 꿋꿋하게 잘 살아가고 있다. 그런데 문득 이런 고민을 토로한다. 한동안 주변 사람들이 만날 때마다 몸 상태를 물어보는데 정말 미치겠다고. 아무리 좋은 얘기라도 아픔을 경험한 사람에게는 여전히 병자(?)처럼 취급당하는 것이 영 불편한 게 아니다.

암 같은 질병에 걸려 수술받은 분들도 예외는 아니다. 한국 사람들에게 암은 아직까지 죽음과 밀접한 연관이 있는 것처럼 여겨지기에 암 통보를 받는 순간 심리적인 충격이 엄청나다. 그래서 암에 걸리기 이전과 이후의 삶이 많이 달라진다. 정신적으로 육체적으로, 인생에 대한 가치관과 생활 태도에 큰 변화를 겪는다. 평소 알던 지인들은 그 사람을 진심으로 걱정해준다. 그런데 그 위로를 해주는 데도 일정한 시한이 있다. 따뜻한 걱정의 말은 최소 기간으로 그치고 가급적 아무 일 없었다는 듯 과거처럼 허물없이 대해주는 것이 바람직하다. 위로를 건네는 사람은 1명일 수 있지만, 암에 걸렸던 당사자는 여러 지인들을 상대하게 된다. 만일 그들로부터 똑같은 얘기를 자주 듣고 비슷한 답변을 여러 번 한다고 상상해보자. 흔히 좋은 이야기도 너무 자주 거론하면 짜증 나고 지겨울 수 있는데, 만나는 사람마다 "몸 괜찮니?"라고 물으면 그 당사자의 기분은 어떨까? 그 말을 건네는 상대방을 이해하면서도 속내는 편치 않을 수 있다. 우리 국민은 평생 살면서 암에 걸릴 확률이 36%에 달한다고 한다. 3명 가운데 1명 이상이 암에 노출된다는 뜻인데, 확률적으로 보면 누구의 사례도 아닌 바로 나의 경우가 될 수 있는 것이다.

무관심은 또 자녀를 키우는 모든 부모에게 바람직한 덕목일 수도 있다. 갈수록 출산율이 떨어지면서 외아들이나 외동딸을 키우는 가정이 많아졌는데, 미국 중앙정보국 《월드 팩트북(The World Factbook)》에 따르면 2014년 한국의 합계출산율(여자 1명이 평생 낳을 것으로 예상하는 평균 출생아)은 1.25명에 그쳐

조사대상 224개국 가운데 219위, OECD 34개 회원국 가운데 꼴찌로 나타났다. 출산율이 가장 낮은 국가는 싱가포르로 0.80명에 불과했고, 이어 마카오 0.93명, 대만 1.11명, 홍콩 1.17명, 버진아일랜드 1.25명 순이다.

과거보다 자녀가 적으니까 부모들은 엄격하게 키우기보다 '금이야 옥이야' 귀하게 키울 확률이 높아진다. 갖은 응석도 받아주면서 애정이 풍부해지는 장점도 있지만, 자칫 버릇없이 성장할 가능성이 커진다. 세계 으뜸 교육열을 갖춘 엄마가 이것저것 간섭하면서 아이들이 스스로 자랄 토양을 척박하게 만들 수도 있다. 맞춤형 교육에 길들여진 자녀가 대학에서 배울 과목에 대한 수강신청이 서툴러 부모가 대신 해주고 있다는 일부 캠퍼스 풍경은 정말 부끄러운 자화상이 아닐 수 없다. 교육 당국이 아이들 스스로 공부 계획을 세워서 실천하도록 하는 자기주도학습을 강조하지만, 가정에서 먼저 자율적인 습관을 터득하지 못하면 한계에 부딪힐 수밖에 없다.

기본적으로 누군가에게 관심을 보여주고 받는다는 건 매우 좋은 현상이다. 강원도 고성 군부대 총기 난사 사건에서 드러나듯 세심한 보살핌이 없을 경우 소중한 생명이 목숨을 잃는 참사가 벌어질 수도 있으니 말이다. 그래서 관심과 격려, 사랑은 인간이 살아가는 데 있어서 매우 중요한 덕목이다. 이런 사랑의 메아리가 울려 퍼지면 결손 가정도 줄어들고 우리 사회는 건강한 기운이 넘쳐날 것이다. 동물의 경우도 비슷해서 맛있는 먹이를 주고 진심 어린 애정을 베푼다는 걸 느끼면 말 못하는 짐승도 마음의 문을 연다. 반면에, 사랑하는 눈빛이 없이 함부로 대한다는 것을 체감하면 절대 가까이 오지 않는다.

그러나 우리가 살아가는 세상에서 무관심은 종종 유용할 때도 있다. 특히 한 번쯤 큰 상처를 입었던 사람과 마주했을 경우 더욱 그렇다. 그래서 위로의 말을 건네는 것에 대해서도 한 번쯤 곱씹어볼 필요가 있다. 혹시 내가 건네는 위로의 말에 상대방의 마음이 상하지는 않을런지….

가정을 책임지고 있는 중년의 가장 역시 가끔은 그냥 내버려 둘 필요가 있다. 날마다 일을 마치고 돌아오는 남편에게, 아내는 "어휴, 많이 힘들죠? 정말 고생했어요"라며 인사를 건넨다. 남들이 보기엔 정말 따뜻한 표현이지만, 이런 말을 자주 듣는 남편에겐 오히려 스트레스가 될 수 있다. 집에 들어온 순간 바깥 일을 그저 잊고 싶은데 다시 회사 생활의 기억이 떠올라 울화가 치밀 수도 있다.

어찌 보면 결코 반갑거나 달갑지 않을 '무관심'이라는 단어가 필요한 경우가 있다니…. 모든 게 과유불급이지만, 참 알 수 없는 게 인생이라는 생각도 든다.

절실
리더십

: 인내는 쓰지만 그 열매는 달다.
절실하지 않으면 위대한 업적을 이뤄 내기 힘들다.

☀ 2014년 브라질 월드컵에 나간 한국 축구대표팀 선수들이 고개를 숙인 채 귀국했다. 국민적 성원 속에 세계 8강을 목표로 야심찬 장도에 올랐지만, 16강에도 오르지 못하고 예선에서 탈락했기에 상실감과 충격이 오래 이어졌다.

전문가들은 성적 부진의 원인으로 세계 흐름에 뒤떨어진 전술적 낙오와 축구협회의 소홀한 준비, 허술한 경기 전략, 부적절한 선수 교체 타이밍, 감독과 선수 간 의리 논란 등 여러 원인을 들고 있지만, 이구동성으로 선수들의 정신력이 예전만 못했다는 지적을 내놓고 있다. 2002년 월드컵 4강이나 2012년 런던올림픽 3위 등의 쾌거를 이룩할 때는 확실한 동기부여가 있었지만, 이번에는 그렇지 않았다는 것이다. 당시 해외 언론은 "객관적으로 우세한 상대를 꺾은 한국의 최대 경쟁력은 바로 병역혜택"이라고 평가했다. 하지만 브라질에서는 그런 나침반이 희미해졌기에 예전만큼 투혼이 살아나지 않았다고 본 것이다.

2010년 남아공 월드컵과 유럽축구선수권(유로 2008, 2012)을 연달아 제패한 스페인은 티키타카(탁구공이 끊임없이 오가는 것처럼 세밀한 패스축구를 구사)로 세계 축구 역사를 다시 쓴 팀이다. 2014년 브라질 월드컵에서도 우승 0순위로 꼽힐 정도로 주목을 받았지만, 네덜란드와 칠레에 잇따라 무너지며 예선 탈락의 고배를 마셨다.

프리메라리가 등 세계 최고 리그에서 뛰는 선수들과 두터운 선수층, 조직적인 전술 등으로 무장해 다시 왕관을 차지하려 했지만, 안일한 대응이 실패를 가져왔다. 이미 그들이 오래 써먹은 전략이 상대팀들에 완전히 간파당했지만, 새로운 변형보다 기존 시스템을 고수하고 나이 먹은 선수들을 고집했다. 물론 일부 변화도 꾀했을 터이지만, 결국 핵심 메뉴가 똑같았기에 손에 쥔 패를 보여준 채 도박을 벌인 셈이 됐다.

가장 근본적인 원인은 과거에 비해 목표의식이 흐려졌다는 점. 수년간 굵직한 국제대회를 석권하다 보니 승리에 대한 굶주림이 부족했고, 정신력마저 흐트러졌다. 우승을 당연시할 뿐 그에 따른 치밀한 전략이나 노력, 절실함이 떨어져 세대로 총력전을 펴지 못한 것이다.

우리 속담에 '궁(窮)하면 통(通)한다'는 말이 있다. 매우 힘들고 어려운 처지에 이르면 오히려 젖 먹던 힘까지 발휘해 위기를 돌파할 길을 모색하게 되는데, 인간은 어쩌면 막다른 골목에 몰렸을 때 초인적인 힘이 나오지 않을까 짐작해 본다. 흔히 고양이 앞에서는 한없이 약한 동물인 쥐도 막다른 곳에 몰리면 죽기 살기로 덤빈다고 하지 않던가.

너무나도 유명한 이건희 삼성그룹 회장의 신경영 스토리. 1994년 당시 삼성 가전제품은 해외 매장에서 먼지를 뒤집어쓴 채 천덕꾸러기 신세를 면치 못했고, 무선전화기 사업부의 시장 불량률은 무려 11.8%에 달했다. 이 회장은 "소비자한테 돈 받고 물건 파는데 불량품 내놓고 파는 게 미안하지도 않습니까?"라고 임직원들을 호되게 질책했다. 이후 삼성전자는 소비자들에게 무조건 새 제품으로 교환해 주고 수거된 15만 대, 150억 원어치 전량을 전 임직원들이 보는 앞에서 폐기 처분했다. 국내 최고라는 자부심이 있던 삼성인들이 한 방에 무너지는 순간이었다. 이듬해 3월 다시는 불량제품을 만들지 않겠다는 결의대회가 경북 구미 사업장에서 열렸고, 이때부터 '품질의 삼성'으로 거듭나 오늘날 세계 최우량 기업으로 우뚝 서는 계기가 됐다.

글로벌 기업으로 명함을 내밀며 삼성전자를 바짝 뒤쫓아 오고 있는 중국의 가전업체 하이얼. 그러나 이 회사는 30년 전에는 그 야말로 골칫덩어리에 불과했다. 주력으로 내세우던 냉장고는 품질이 엉망이었고, 나날이 적자가 쌓여 폐업을 앞두고 있었다. 직원들은 패배주의에 젖어 중국 정부의 공장 폐쇄 날짜만을 기다리는 비참한 신세였다. 그러던 1985년 어느 날, 장루이민이라는 무명의 과장급 직원이 공장장으로 부임한다. 그는 고민 끝에 정신이 번쩍 들 만한 충격요법을 쓰기로 한다.

찬바람이 매섭게 몰아치던 12월의 어느 날, 전체 임직원들을 모은 뒤 큰 목소리로 외친다.

"우리는 스스로를 속였습니다. 세계에서 가장 추잡한 제품을 만들었습니다. 손가락질을 받아야 하고 소비자들에게 용서를 빌어야 합니다. 이런 제품이 존재하면 스스로에게도 욕을 먹게 됩니다."

직원들은 하나같이 고개를 들지 못했고, 그는 풀이 죽은 모습에 아랑곳하지 않은 채 더욱 격하게 지독한 말을 퍼붓는다.

"더 이상 일할 필요가 없고, 문을 닫을 수밖에 없습니다. 그러면 이 상황에서 영원히 패배자로 전락하겠습니까? 아니면 세계 일류기업의 직원이 되겠습니까? 1등이 되려거든 나를 따라 함께 망치를 드십시오."

장루이민은 말이 끝나기 무섭게 망치를 집어 들었고, 그 앞에 놓여 있던 냉장고들을 때려 부수기 시작했다. 처음엔 머뭇거리던 직원들도 하나둘 앞으로 나와 사정 없이 망치를 휘둘렀고, 일렬로 세워져 있던 냉장고들은 순식간에 고철 덩어리로 변했다.

그들의 눈에는 뜨거운 눈물이 흘렀고, 이때부터 정신력을 가다 듬는 계기가 된다. 이후 하이얼은 불과 몇 년도 안 지나 중국에서 가장 품질이 뛰어난 냉장고 회사라는 명성을 얻게 됐다. 당시 '흑묘백묘론(검은 고양이든 흰 고양이든 쥐만 잘 잡으면 된다)'을 내세우며 중국을 경제강국으로 키우려고 동분서주하던 덩샤오핑 국가 주석은 장루이민 공장장을 "자신의 의중을 가장 잘 파악하는 경영자"라고 치켜세우기도 했다.

한때 삼성 신입사원으로 들어온 한 청년의 성장 스토리가 화제를 모았다. 그가 4살 때 어머니가 갑자기 집을 나갔고, 형편이 어려워진 아버지는 "4학년이 되면 데리러 올게"라는 말을 남기고 7살이던 아이를 보육원에 맡겼다. 하지만 애타게 기다렸던 아버지는 초등학교 5학년 때 그만 세상을 떠났다.

정신적 기둥을 잃어버린 그는 중학교 2학년 때 보육원 형들의 괴롭힘이 싫어 혼자 자취를 시작했고 학교에서 급식으로 나오는 한 끼만 먹으며 하루를 버텼다. 끝없는 외로움에 빠진 그는 "너무 배가 고파서 꿈을 꿀 생각조차 못했고, 더 나빠질 게 없다는 심정으로 자취 생활 1년 만에 다른 보육원에 들어갔다. 하루 세 끼를 먹게 되자 안정감을 찾았고, 비로소 꿈과 미래가 보였다. 집도 돈도 가족도 없던 내가 살아갈 길은 공부뿐이라는 생각에 '미쳤다'는 소리를 들을 정도로 지독하게 공부했다. 그러다 보니 과거에는 상상도 못했던 꿈과 목표를 갖게 됐다"고 당시를 회상했다. 마침내 그는 서울대 동물생명공학과에 당당히 들어갔고, 졸업 후 삼성바이오로직스에 입사해 삼성그룹 토크 콘서트인 '열정락서'에서 많은 청중들을 눈물과 감동의 도가니로 몰아넣었다.

위대한 인물이나 유명 기업가, 정치인, 예술가, 자수성가한 사람 등 족적을 남긴 분들의 발자취를 찾다 보면 순탄함보다는 가시밭길을 걸어온 사례가 많다는 것을 알게 된다. 그들은 고통과 어려움을 스스로 극복하는 과정 속에서 용기와 지혜를 발휘했고, 튼튼한 내공을 쌓아 큰 업적을 일궈냈다. 귀가 안 들리고 눈이 안 보이는 등 여러 신체적 장애를 지녔던 헬렌 켈러 여사는 웬만한 사람들은 내뿜지 못할 명언을 다수 남겼다.

"고통의 뒷맛이 없으면 진정한 쾌락은 거의 없다."
"역경에 대해서 하나님께 감사한다. 역경 때문에 나 자신과 일, 나의 하나님을 발견했기 때문이다."
"여러분이 정말 불행할 때, 세상에는 당신이 해야 할 일이 있다는 것을 꼭 믿으십시오."

시련 속에서 더욱 단단하고 위대해지는 인간. 무수한 맹수들이 우글거리던 원시시대부터 종족을 지키고 생존하기 위한 치열한 고민과 절실함이 없었다면 과연 인간이 '만물의 영장'이 될 수 있었을까?

18

긍지
리더십

: 자신감은 나를 지켜 주는 원동력.
순간에 위축되지 말고 긴 호흡으로 역경을 헤쳐 나가자.

☀ 우리 사회가 부쩍 자신감을 잃어가고 있다. 주변을 둘러보면 웃는 얼굴을 마주하기보다 우울하거나 무기력한 모습들이 자주 눈에 띈다. 연일 매스컴을 장식하는 소식들도 기쁜 뉴스보다는 우울한 이야기가 상대적으로 더 많다. 이런 분위기가 이어지다 보면 '정말 어떻게 되는 건 아닐까?'라는 생각마저 든다.

전반적으로 이런 느낌을 갖게 된 건 직접적으로 1997년 외환위기 시점부터가 아닐까 싶다. 그동안 견고한 성장세를 유지하던 한국이 갑자기 부도국가로 전락했고, 대규모 기업도산과 실업자 등이 쏟아지면서 먹고살기가 빠듯해졌다. 여기에 정치 갈등과 남북 대결, 불미스러운 사건과 사고 등이 겹치면서 심리적 불안을 부채질했다. 물론 세상 일에는 다양한 희로애락이 발생하기 마련이지만, 지금은 우리 민족 특유의 역동성이 주춤거리면서 자칫 '잃어버린 20년'을 경험한 일본을 닮아 가지 않을까 하는 우려감이 커지고 있다.

하지만 잠시 멈추어 그동안 대한민국이 걸어왔던 길을 살펴보자. 마냥 이렇게 우울한 모습을 하고 있는 게 과연 맞는 것인지를….

1962년에 제1차 경제개발 5개년 계획이 실시되고 나서 2년이 지난 1964년, 당시 우리나라 수출은 지금과 비교할 수도 없는 1억 달러에 그쳤고, 세계 경제계에서 차지하는 비중도 0.07%에 불과했다. 그러나 시곗바늘을 50년 가까이 돌린 2013년에는 수출이 5,600억 달러를 기록했고, 세계 경제계에서 차지하는 점유율도 2.98%로 훌쩍 뛰었다. 대한민국의 교역규모는 3년 연속 1조 달러를 돌파하며 세계 9위로 올라섰다. 지구촌에서 가장 잘 사는 나라들의 모임인 OECD 회원국이자 20개 경제 강국들만 모일 수 있는 G20 정상회의 멤버이다. 하계올림픽과 동계올림픽, 월드컵, 아시안게임, 세계육상선수권대회 등 굵직한 스포츠 행사는 대부분 유치한 매우 드문 국가이기도 하다. 국토 면적만 봐도 세계 108위로 땅콩 크기만 한 나라이지만 조선업 1위, 반도체 1위, 컴퓨터 보급률 1위, 고속통신망 보급률 1위, 철강 생산 5위, 자동차 산업 5위, 제조업 5위 등의 성적표를 일궈냈다. 이게 가능한 일일까?

또 다시 시곗바늘을 역으로 멀찌감치 돌려보자.

일본 등 침략주의 국가들의 마수가 노골화되던 120년 전, 파란 눈의 할머니가 삼천리 금수강산을 돌아다녔다.

"한강의 뱃길을 따라 시선을 돌려보면 이곳저곳 천혜의 절경이 넘쳐났지만, 거리에 들어서면 여기저기 오물이 가득했다. 백성들은 대부분 초라한 움막에서 극빈층으로 살았고, 비좁고 더러운 골목길엔 굶주린 개 떼가 몰려다녔다. 청나라의 베이징 다음으로 세계에서 2번째로 더러운 도시라는 오명을 뒤집어쓴 한양의 풍경. 백성들은 틈만 나면 취하도록 막걸리를 마셔댔고, 지주와 아전들은 강제로 서민의 재산을 빼앗고, 이에 저항하면 투옥시키고 곤장을 쳤다."

한국학의 필독서라 불리는 이사벨라 버드 비숍(Isabella Bird Bishop)의《조선과 그 이웃 나라들》에 소개된 당시 모습이다.

이후 열강의 틈바구니 속에서 일제 강점기 36년의 암흑기를 거쳤고, 민족 상잔의 비극인 6·25전쟁과 4·19, 5·16 혼란기까지 겪었다.

시계를 좀 더 확장한다면 탁월한 리더였던 정조 임금이 세상을 떠난 1800년부터 우리나라는 세도정치와 매관매직이 성행했고, 지배층 부패와 이익세력 간 다툼, 하층민에 대한 횡포가 끊이질 않았다. 이런 극심한 혼란은 대한민국 수립 이후인 1960년대 초반까지 계속됐다.

어찌 보면 지구촌에서 가장 못살 것 같은 나라가 온 힘을 모아 '한강의 기적'이라는 대역사를 일궈냈고, 개발도상국들이 첫 손에 꼽는 경제개발 모델국가가 됐다. 이를 토대로 유엔사무총장과 세계보건기구 사무총장, 세계은행 총재도 배출했다. 아마 이웃 나라 중국도 대한민국의 성공 사례를 배우지 않았다면 지금처럼 당당하게 세계에 명함을 내밀 수 있었을까? 역사에는 가정이 없다지만 대한민국이 이룩한 기적은 다른 저개발국들에게 '우리도 할 수 있다'는 자신감을 불러일으켰다.

실제로 말레이시아의 마하티르 전 수상은 32년 전 나라가 발전하려면 동양의 역동적인 두 나라인 한국과 일본을 보고 배워야 한다는 '동방정책(Look East Policy)'을 내걸었다. 이 정책에 따라 많은 공무원들이 다양한 발전모델과 정책을 배워 갔고, 정부 고위직에 오른 이들은 "일본보다 한국으로부터 더 많은 것을 배울 수 있었다. 한국이야말로 진정한 성공모델"이라며 극찬을 아끼지 않았다. 지금 중앙공무원교육원에는 동남아는 물론 중남미와 중동, 인도, 러시아, 아제르바이잔 등에서 온 공무원들이 한국의 발전모델을 배우기 위해 구슬땀을 흘리고 있다.

이처럼 세계 곳곳에는 코리아 열풍이 세차게 불고 있다. 주요 도시 번화가에는 삼성전자와 LG전자의 광고가 자리잡고 있고, 도심에서는 우리나라 자동차들이 쌩쌩거리며 달리고 있다. K-POP과 드라마를 위시한 한국 문화와 생활양식이 폭넓게 확산되면서 문화대국으로까지 발돋움하고 있다. 세계에서 가장 땅덩이가 넓은 러시아뿐만 아니라 저 멀리 아프리카에서는 맛으로 무장한 국산 라면이 선풍적인 인기를 끌고 있다.

지난 세월 성장 가도를 달리던 우리나라는 외환위기를 전후로 경제에 급브레이크가 걸렸고, 인터넷 등 각종 매스컴 발달로 과거에는 접하지 못했을 별난 소식들을 만나게 됐다. 세상을 구성하는 메커니즘이 계속 변하면서 우리가 살고 있는 세계가 불안한 것처럼 보이고, 심리적으로 위축된 것도 사실이다. 가뜩이나 세계 곳곳에서 터지는 전쟁과 신자유주의 등장으로 인한 빈익빈 부익부 심화, 1,000조 원에 달하는 가계부채, 교육비 부담, 핵가족화, 고령사회 등이 맞물리면서 더욱 안갯속을 걷는 형국처럼 보이게 된 것이다.

하지만 우리가 지나온 발자취를 돌아보면 대한민국처럼 뛰어나고 위대한 나라가 드물다. 당당히 내세울 자원도, 변변한 산업시설조차 없던 국가가 짧은 시간에 세계 강국으로 우뚝 섰다. 일시적으로 경제성장이 주춤해졌다고, 살기가 빠듯해졌다고 힘없이 고개 숙일 일이 아니다. 물론 글로벌 경기 침체 등으로 경제가 어려워진 것도 사실이지만, 우리는 유사 이래 가장 부유한 시기를 보내고 있다. 어느 가정이건 대부분 먹을 게 풍족하고, 과거엔 상상도 못 할 해외여행도 버젓이 다녀오고 있다. 주말 고속도로엔 나들이 차량들로 **빽빽**하고, 산에는 삼삼오오 웃고 즐기며 행복감을 만끽하는 등산객들로 **빼곡**하다.

원래 인간은 편해지면 한없이 편해지고 싶고, 욕심을 부리면 끝없이 욕심을 부리는 특징을 지니고 있다. 그래서 가난한 집보다는 오히려 돈이 있는 집안에서 형제 간 재산다툼이 더 자주 일어난다고 하지 않던가.

잠시 살기가 어려워졌다고 우울해 하기보다는 그동안 이룩해 온 대한민국의 기적들을 돌아보면서 자신감과 긍지를 갖자. 스스로 위축되면 갖고 있는 능력도 제대로 발휘할 수 없다. 욕심과 불만을 잠시 내려놓고 마음을 비우면서 최선을 다해 보자. 햇볕이 쨍쨍한 날은 조만간 다시 찾아온다.

19

순리
리더십

: 순리는 정직하게 받아들이는 것을 뜻한다.
  반대로 이를 거스르면 역리가 된다.

☀ 강가나 바닷가에 있는 돌들은 비교적 반질반질하다. 특히 손에 쥐기 좋은 자갈은 둥글둥글한 모양에 반짝반짝 윤기가 난다. 그래서 아기자기하고 예쁘게 생긴 녀석들은 놀러 온 여행객들의 주머니나 배낭 속으로 들어가 자기가 살던 고향을 등지기도 한다.

이 돌들은 애초에 큰 바위나 거대한 돌이 모체(母體)이다. 하지만 오랜 세월을 벗 삼아 깨지고 부서지고 비바람에 씻기면서 지금과 같은 형태로 변모했다. 모서리나 표면이 울퉁불퉁했을 옛날에는 물속 생명들에게 위협적인 존재로 군림하기도 했을 터이지만, 시간이 흐르면서 자연의 질서를 따르다 보니 온화한 모양으로 바뀌었다. 그래서 자갈 주위에는 물고기들이 거리낌 없이 와서 노닐고 인간들도 친구가 된다.

한때 세계 헤비급 프로복싱 무대를 평정했던 '무쇠주먹' 조지 포먼은 미국 휴스턴 빈민가 뒷골목의 불량소년이었다. 재능을 알아본 지도자의 권유로 권투선수로 변신해 1968년 멕시코 올림픽에서 금메달을 따고 1974년 알리에게 KO로 패배할 때까지 수백만 달러의 돈방석에 앉았다. 하지만 그는 돈의 노예가 되어 어머니의 조언도 무시한 채 주먹만을 믿고 방탕하게 살았다.

어느 날 지미영과의 시합 도중 큰 부상을 당해 죽음의 고비를 맞은 포먼. 이후 자신이 소중하다고 여겼던 것들이 사실은 소중한 것이 아님을 깨닫고 기독교 목회자로 변신했다. 그는 이혼을 네 번이나 할 정도로 평탄치 않은 삶을 살았지만, 마침내 고단하고 힘겨운 인생을 불굴의 의지로 극복하고 불우이웃을 돕는 모범적인 사람으로 새롭게 태어났다. 인간의 삶을 겸허히 받아들이고 삶의 이치, 즉 순리(順理)를 깨달았기 때문이다.

국어사전에서 순리를 찾아보면 순한 이치나 도리 또는 도리나 이치에 순종하는 것을 뜻한다. 공부를 열심히 하는 사람이 시험에서 좋은 성적을 거두면 그것은 바로 순리다. 반면에, 학업을 게을리하면서 요행으로 뛰어난 성적을 기대한다면 자연스러운 이치에 어긋나는 역리(逆理)다. 봄이 지나면 여름이 오고, 가을이 떠나면 겨울이 얼굴을 내민다는 사실을 깨닫는 것도 순리다.

이를 거역하고 자연의 질서에 반항하면 감기에 걸리고, 심하면 폐렴에 걸려 사경을 헤맬 수 있다.

사람의 일생은 천방지축 말썽을 피우는 개구쟁이 시절을 거쳐 질풍노도의 청소년기, 이어 피끓는 청년 시절을 지나 점차 중년, 장년, 노년의 시기로 진행되면서 삶을 마감한다. 젊을 땐 사소한 것에도 화를 내며 반발하지만, 서서히 나이가 들면서 이를 다스리고 자제하는 능력을 터득하게 된다. 어릴 땐 누군가와 싸워서 이겨야 직성이 풀릴 수 있지만, 성년이 되고 연륜이 쌓여감에 따라 싸움의 무의미함, 즉 인생의 순리를 깨닫는다. 자칫 상대방에 상처를 입혔을 때 불어닥칠 후폭풍을 감내하고 싶지 않고, 인간에 대한 온정이 많아진 탓이기도 하리라.

73살까지 수명을 누렸던 공자는 일찍이 인간의 연령대에 맞는 특성을 예리하게 짚어냈다. 학문에 뜻을 두는 지학(15세), 인생의 계획을 세우는 입지(30세), 사물의 이치를 터득하고 세상 일에 흔들리지 않는 불혹(40세), 하늘의 뜻을 아는 지천명(50세), 자연의 이치를 통달하고, 듣는 대로 이해할 수 있는 이순(60세), 뜻대로 행하여도 도리에 어긋나지 않는 종심(70세). 인간이 이런 변화의 흐름을 보이지 않는다면 과연 세상 일이 제대로 굴러갈 수 있을까?

고교 때 구기종목을 비롯해 운동을 정말 못하는 한 우등생이 있었다. 그는 선천적으로 운동신경이 부족했지만, 어떤 분야든 끈질기게 파고드는 노력파였다. 체육 실기과목에서 평행봉 팔굽혀펴기를 20개 이상 해야 만점을 주는데, 처음에 그는 자신감이 없어 고개를 숙였다. 그런데 어느 날부터 거의 매일 교실 밖 운동장에서 평행봉에 매달리며 체력을 단련하는 모습을 볼 수 있었다. 하나둘씩 팔굽혀펴기 횟수를 늘려나가던 그 친구는 결국 20개 이상을 달성해 만점을 획득했다. 결국 이런 끈질긴 노력 덕분에 국내 최고 대학을 졸업했고, 지금은 모교 교수로 후진을 양성하고 있다. 그 나이 때 웬만한 친구들은 귀찮다며 게을리했을 평행봉을 집요한 노력 끝에 정복했고, 마침내 만점을 받아 미소를 띠던 모습이 여전히 선명하다. 바로 열심히 노력하는 자가 결실을 맺는 것은 순리다.

각박한 현대사회에서 사람들은 스트레스를 달고 산다. 워낙 경쟁이 치열하다 보니 어른이건 학생이건 상당한 중압감에 시달린다. 특히 어른들 세계에서는 여기저기 비방과 권모술수가 적지 않다. '너를 이기지 못하면 내가 진다'는 생각에 평정심을 잃고 종종 다툼을 벌인다. 일부 직장인들은 승진 압박에 동료를 험담하고 윗사람에 대한 인위적인 줄서기를 통해 눈도장을 확실히 찍으려고 한다. 그래야 내 자리를 보전할 수 있고, 좀 더 나은 위치로 이동할 수 있는 지름길을 찾을 수 있기 때문이다. 하지만 이런 분들도 회사를 벗어나 가까운 지인들끼리 대화할 때는 비교적 진솔한 얘기를 꺼낸다.

"가정 지키고 자식 키우고 먹고살아야 하니까 어쩔 수 없네. 직장생활 참 고단해…."

이것은 순리일까? 역리일까?

국가를 올바른 방향으로 이끌 책무가 있는 정치권도 경쟁과 갈등이 심한 건 마찬가지. 정치인들은 국회의원 선거 등에 출마할 자격이 주어지는 공천권을 따 내기 위해 필사적인 노력을 기울인다. 흔히 국회의원이 되면 200가지의 특권이 쏟아지는데, 3만 5,000원짜리 금배지를 하루만 달아도 65세부터 평생 130만 원의 연금이 나오고, 연봉 1억 5,000만 원에 장관급 대우를 받는다. 최대 9명까지 보좌진을 거느리며 선박과 항공기 등 각종 운송수단과 편의시설 등을 무료로 이용할 수 있다. 임기 4년 동안 한 사람에게 무려 32억 원이 들어가는데, 그야말로 기를 쓰고 감투를 얻으려는 이유가 된다. 물론 능력이 출중하고 존경받을 만한 분이 공직에 나간다면 더할 나위 없이 좋겠지만, 특별한 실력도 없으면서 돈과 연줄에 기대어 억지춘향격으로 금배지를 달려고 하는 사람들이 질서를 흩트린다. 이것은 순리가 아닌 역리다.

대개 역사는 힘 있는 자의 기술이고, 승자의 논리가 이 세상을 지배한다. 어찌 보면 역리가 주인공 행세를 하고, 순리는 조연 역할에 머무르고 있을지 모를 일이다. 누군가의 수첩에 적혀 있을 순리, 그 안에는 우리 인간들이 미처 깨닫지 못한 진실이 담겨 있을 수 있다.

20

경계
리더십

: 세상은 변화무쌍하다.
  잘 풀린다고 으스댈 일도 아니고 안 풀린다고 좌절할 것도 아니다.

☀ 세상을 살다 보면 누구나 좋은 일도, 나쁜 일도 겪게 마련이다. 이는 지위의 높고 낮음이나 재산 유무, 나이, 성별 등에 관계없이 일어난다. 예를 들어 집안에 경사가 있어 멋진 옷을 차려입고 행사장에 간다고 치자. 그런데 갑자기 날씨가 심술을 부려 비가 내리면 흙탕물이 튈 수 있고, 자칫 길거리에서 넘어져 옷이 더러워질 수도 있다. 그러면 유쾌했던 기분이 허공으로 날아가고 감정도 상하게 된다.

젊은 연인이 사랑하는 사람을 한시라도 빨리 만나려고 택시를 잡아탔는데, 차량이 몰리면서 길이 꽉 막힌다. 아뿔싸! 속은 타들어가고 약속 시간에 늦을 수 있다는 걱정에 온몸에 진땀이 나면서 마음이 괴로워진다. 애초 애인을 가까이 접하고 직접 만져볼 수 있다는 설렘으로 가득했던 행복의 순간이 어느새 착잡한 분위기로 바뀌게 되는 것이다.

흔히 이런 경우를 한자성어로 풀이하면 호사다마(好事多魔)란 표현이 적절하지 않을까 싶다. 좋은 일이 생기면 이를 시샘하는 나쁜 일들이 발생할 수 있다는 뜻으로, 기쁜 일에는 방해가 따르거나 모진 풍파를 겪고 나서야 마침내 좋은 일이 실현될 수 있다는 것을 의미하기도 한다.

일반적으로 사람은 기쁜 일이 생길 때 마음이 들뜨게 되는 건 인지상정이다. 그런데 공부를 잘해 학교에서 상장을 받은 어린이가 엄마에게 빨리 소식을 전해주려고 뛰어가다가 길 모퉁이에서 불쑥 튀어나온 자전거에 치일 수 있고, 오랜 기다림 끝에 임신 소식을 접한 늦깎이 신부가 감격에 겨워 방 안에서 쿵쿵 뛰다가 유산이 될 수도 있다. '문명의 이기'인 스마트폰을 손에 쥐어 호기심이 발동한 나머지 지나치게 화면을 응시하면 시력이 급격히 나빠질 수 있고, 시험이 끝났다고 현란한 전자오락에 심취하면 안경 도수가 높아지고 성적이 떨어지는 불행이 밀려올 수 있다. 따라서 좋은 일이 있을 땐 반드시 나쁜 일도 생길 수 있다는 점을 염두에 두고 평소 경계하는 습관을 들이는 게 바람직하다. 그래야 들뜬 감정을 차분히 가라앉혀 불의의 사태를 예방할 수 있고, 좋은 기분을 오래 유지할 수 있는 밑바탕이 될 수 있다.

직장에서 고속 승진을 거듭하던 어떤 회사원이 동료들보다 빠르게 선망의 꽃인 임원을 달았다고 치자. 좋게 보면 최고경영자로 가는 지름길을 앞서 개척한 경우가 되지만, 지금과 같은 치열한 기업 환경에서 회사의 앞날은 변덕스러운 사막날씨처럼 어떻게 변할지 모른다. 오히려 경영이 어려워지고 불가피하게 인력을 줄이거나 다른 회사로 넘어갈 위기에 닥칠 때 그 잘 나가던 임원은 구조조정 대상이 되어 가장 먼저 짐을 쌀 수 있다. 오히려 정상 속도로 올라가거나 다소 뒤쳐졌던 동료가 회사 생활을 더 길게 할 수도 있는 것이다.

더욱이 지금처럼 인력 퇴출이 빈번해진 현실에서 1년이라도 더 봉급을 받을 수 있다는 건 상당한 행운일 수 있다. 실제로 필자는 공공기관에서 임원승진 대상임에도 이를 거부하고 기존 직책에 머무르거나 연공서열에 맞지 않는 자리를 신청해 직장 생활을 좀 더 늘린 사례를 직접 목격했다. 그분은 당시 자녀 등록금을 몇 년 더 벌어야 하는 데다 인생 2막에 대한 체계적 준비 없이 무작정 '승진열차'에 동승할 수 없었다며, 씁쓸한 웃음을 짓기도 했다. 정말 알 수 없는 게 인생이고, 그래서 새옹지마(塞翁之馬)란 말이 등장했는지도 모를 일이다.

대한민국의 축구 영웅인 홍명보 전 국가대표팀 감독이 월드컵 실패로 낙마한 것은 어떻게 봐야 할까? 그는 국민의 큰 기대감을 안고 브라질행 비행기에 올랐지만 경험 부족과 전술미비, 의리 논란 등이 불거지면서 좌절을 맛봐야 했다. 그는 경기가 끝난 후 선수들에게 소중한 경험이 됐다는 나름의 철학을 표현하기도 했지만, 다른 한편에선 "월드컵은 결과로 말한다"는 반박에 부딪히기도 했다. 이유야 어찌 됐든 그는 브라질 월드컵을 통해 상처를 안게 된 건 분명한 사실이다. 혹시 그는 '독이 든 성배'라는 한국 축구대표팀 감독 자리를 너무 짧은 기간에 어쩔 수 없이 맡은 환경적 요인을 탓하지는 않을까? 하지만 홍명보 전 감독은 앞으로 풍부한 지도자 경험을 더 쌓고, 그에 걸맞은 공부에 매진한다면 명예를 회복할 날이 반드시 올 것이라 믿어 의심하지 않는다. 이것이 바로 새옹지마다.

이번엔 갈수록 치열해지는 기업 환경을 살펴보자. 비즈니스 업계에서는 한 순간 집중하지 못하거나 자칫 미래를 준비하는 데 소홀히 하면 제대로 버텨낼 재간이 없다. 지난 2009년 한국경제연구원에서 발간한 《한국 기업의 생존 보고서》에 따르면 기업이 설립된 지 30년이 지나면 10곳 중 8곳이 사라지고, 50년을 넘어 100년 이상 유지되는 곳이 매우 드문 것으로 나타났다.

실제로 1980년대 초 세계적인 베스트셀러였던 톰 피터스의 책 《초우량 기업의 조건(In Search of Excellence)》에서 으뜸 기업으로 소개된 46개 회사 가운데 살아남은 건 6곳에 불과하고, 1955년에 〈포춘(Fortune)〉지가 선정한 500대 기업에 들었던 미국 회사들 중에 1994년까지 3분의 1이 다른 곳에 넘어가거나 독립법인으로 분리되고, 생존한 기업은 160개에 그쳤다. 지난 50여 년간 꾸준히 상위 10위권에 포함된 곳은 GM, 엑손 모빌, 포드자동차, GE 등 손에 꼽을 정도이다.

이 밖에 미국의 경제지 〈포브스(Forbes)〉에서 1917년 당시 미국 경제를 이끌던 100대 기업을 조사한 결과 39개만 살아남았고, 명성을 유지한 회사는 18개, 나머지 82개 기업은 경영 성과가 미흡하거나 아예 사라지는 신세가 됐다. 결국 기업들이 오래 존속하려면 수많은 위기 속에서 발 빠른 변신과 환경 대응력을 높이는 게 절실히 요구되는 것이다.

인간을 둘러싼 세상을 보면 한동안 위세를 떨치던 사람이 한순간에 몰락하거나 건강하던 분이 갑자기 병원 신세를 지면서 사경을 헤맬 수 있다. 또한 승승장구하던 대기업이 급박한 환경을 만나 공중분해될 수 있는데, 과거 한국적인 세계 경영의 선구자 역할을 하던 대우그룹이 외환위기를 만나 무너진 사례나 '샐러리맨 신화'를 쓰면서 급속도로 덩치를 키우던 STX그룹이 휘청거린 건 이런 단면을 잘 설명해 준다. 반면에 가난에 찌들어 어렵게 살던 사람이 어느 날 로또 대박이 터져 부자가 될 수도 있고, 제품 판매에 어려움을 겪던 벤처기업이 노다지 시장을 개척해 웅비의 날개를 활짝 펼 수도 있다.

본래 인간사는 변화무쌍하기에 제대로 예측하기가 매우 어렵다. 하지만 평소 경계하고 삼가는 태도를 지니려고 노력한다면 위험요소만큼은 다소나마 줄일 수 있다. '경계(警戒) 리더십'은 그래서 필요하다.

21

형제
리더십

: 우리는 대부분 지인들끼리 연결된 사이다.
　같은 형제로 생각하면 다툼이 끼어들 여지가 없다.

☀ 필자는 비 내리는 소리를 참 좋아한다. 비와 함께 잠을 청하면 편안히 꿈나라로 향할 수 있고, 자연스럽게 힐링도 된다. 아파트 창문 밖에서 세차게 두드리는 빗줄기, 안방 침대에 조용히 앉아 밖을 내다보면 상쾌한 기분과 더불어 안락함이 밀려온다. 특히 몇 년 전 살던 숲 속 근처 집은 그야말로 쉼터의 보고였다. 무수히 떨어지는 빗줄기에 크고 작은 나무들은 이리저리 흔들리고, 나무 꼭대기에 앉아 자신의 영역을 지키던 까치는 비바람에 아랑곳하지 않고 하염없이 주변을 응시하고 있었다. 내게 비춰진 그 모습은 오묘한 자연의 질서이자 조화를 상징하는 풍경이었다.

　그러나 오랜 장마가 이어지거나 쉼 없이 폭우가 쏟아지면 빗줄기를 원망하게 된다. 각종 사건, 사고를 다뤄야 하는 언론사에서 일하는 직업적인 탓도 있지만, 한 해 농사가 걱정되고 각종 재해의 원인이 될 수 있기에 그런 생각을 갖게 되는 것이다. 그

럼에도 비는 숙명적으로 나의 가까운 친구이자, 내 마음의 보석
상자다.

　필자는 출퇴근 수단으로 지하철을 애용한다. 그런데 언제나
그렇듯 서울 지하철의 출퇴근길은 매우 혼잡하고 다소 인정이
메마른 모습이다. 회사를 오가며 마음이 편할 리 없는 직장인들
의 심정이 드러난 탓도 있겠지만, 대부분 무표정하거나 찌들어
있는 듯한 분위기가 그리 달갑지는 않다.

　비가 내리는 장마철, 우산과 옷은 젖어 있기 마련이고, 자칫
어설픈 몸짓을 하게 되면 옆사람에게 물방울 세례도 안길 수 있
다. 특히 무더운 여름엔 대부분 불쾌지수가 올라간다. 그래서 북
적이는 열차 안에서 가벼운 접촉이 있거나 타인에게 조금이라
도 폐를 끼치는 상황이 발생하면 찡그린 표정이 나타나고 티격
태격 말싸움도 종종 벌어진다. 각박한 현대사회의 한 단면일 수
있지만, 이런 모습을 목격하면 참 안타까운 심정이 들기도 한다.
서로 조금만 참고 양보하면 아무 탈 없이 온전히 지나갈 수 있을
것을….

　그래서 필자는 언젠가부터 생각을 고쳐먹기로 했다. 혼잡한
전철 안에 있는 분들이 내 가족이고, 형제라면 과연 불편한 존재
라거나 밉다고 여길 수 있을까? 일부러 그렇게 생각을 전환하고

조금이라도 양보하려는 마음을 먹게 되니 오히려 애틋한 마음이 생겨나고 있음을 느꼈다. 설사 누군가 내 구두를 밟더라도 가급적 이해하고, 나보다는 남 먼저 타고 내리게 하자는 생각을 하게 되니 주변 사람들을 보다 존중하게 되고 출퇴근길이 한결 가벼워짐을 느낀 것이다.

한편으론, 조금이라도 양보하고 착한 일을 행하게 되면 하루 운세가 나에게 조금은 좋게 작용할 것이라는 속좁은 이기심도 일부 작용했다. 이런 마음은 아마도 가끔 지하철이나 길거리에서 동냥을 하는 분들에게 몇 푼 안 되는 돈을 기부했을 때 느끼는 그런 얄팍한 꼼수와도 다소 비슷한 것이리라. 아무튼 그러함에도 누군가를 긍정적으로 바라보는 행위는 바람직한 것이 아닐까 감히 단언해 본다.

그런데, 사실 좁은 한반도에 어울려 사는 우리들은 매우 가까운 혈연관계임에 틀림없다. 서로 전혀 모르는 사이라 하더라도 몇 단계만 거치면 친한 이웃사촌이거나 핏줄로 맺어진 사이로 판명날 수 있다. 물론 갈수록 핵가족화가 진행되는 현실에서 친척 간의 왕래, 심지어 형제들의 연락조차 줄어드는 현실에서 '무슨 의미가 있을까?'라고 반문할 수도 있지만, 어쨌든 형제나 부모 또는 아는 사람이라고 일부러라도 간주하게 되면 서로를 대하는 태도가 조금은 넉넉해지지 않을까 짐작해 본다.

나아가 이런 관계를 지구촌 범위로 넓혀보자. 세계 각국에 떨어져 살고 있는 사람들도 몇 단계만 거치면 아는 사이로 연결되기에 그리 먼 사이가 아니라고 한다. 헝가리 소설가 프리제시 커린티에 따르면 1929년 당시 전 세계 15억 명을 대상으로 중간에 연결된 5명만 경유하면 어떤 사람들에게도 소식을 전할 수 있다는 사실이 과학적으로 증명됐다.

또한 미국의 사회심리학자 스탠리 밀그램은 1967년 〈사이콜로지 투데이(Psychology Today)〉라는 잡지에 게재한 논문에서 평균 6명을 거치면 지구상 웬만한 사람과 접촉이 가능하다는 '6단계 분리이론'을 내놨고, 이후 몇몇 후대 학자들에 의해서 매우 신빙성 있는 연구결과로 밝혀졌다. 이런 상황을 고려해보면 지구상에 살고 있는 세계인들은 서로 멀리 떨어져 살고 있지만 매우 가까운 사이일 수도 있다는 가정이 성립된다.

인간은 조물주를 믿든 종교를 신뢰하든 태초에 생겨날 때부터 서로 사이좋게 지내라는 계시를 받지 않았을까 싶다. 그런데 이처럼 가까운 관계라고 여겨도 무방할 사람들끼리 거의 날마다 아귀다툼을 벌이고 있다. 각종 사건, 사고는 수시로 발생하고, 저 너머 중동이나 동유럽 등지에서는 인명을 살상하는 살벌한 전쟁이 연일 벌어지고 있다. 피를 묻히는 게 얼마나 두려운 일인데, 마치 숙명인 것처럼 싸움이 그칠 날이 없으니 너무도 안타깝기 그지없다. 어찌 보면 이런 불상사가 서로를 오해하는 가운데 아끼려는 마음을 상실했기 때문이 아닐까?

일반적으로 우리 사회에서 깊은 지혜와 연륜을 갖춘 분들이나 중병에 걸린 환자들은 대부분 삶을 바라보는 식견이 남다르다. 거대한 자연 앞에서 인간의 모습은 한없이 나약하고, 순리에 순응해야 하는 것임을 잘 알고 있다. 몸이 아픈 분에게 돈다발이 무슨 소용이 있을 것이며, 세상을 통찰하고 달관한 분에게 사리사욕은 거추장스러울 뿐이다.

누구나 치열하게 경쟁해야 하는 사회, 욕심을 내려놓거나 마음을 비우기는 그리 쉽지 않을 것이다. 당장 먹고살아야 하고 미래를 설계하며, 영토를 차지하고 지켜야 하기 때문이다. 그렇지만, 때로는 모든 걸 잠시 내려놓을 필요도 있다. 남을 이해하거나 배려하지 못하면 나 역시 똑같은 대우를 받기 십상이다.

우리가 추구하려는 이기심, 간혹 그것의 덧없음도 느껴야 한다.

22

착각
리더십

: 원숭이도 나무에서 떨어질 때가 있다.
  능력 있다고 자만하면 큰코다친다.

☀ 매번 선거가 끝나면 되풀이 되는 말이지만, 정치
권은 언제나 '유권자의 뜻을 겸허하게 받아들이고 쇄신에 나서
겠다'고 다짐한다. 그러나 실제 나타난 모습은 기대와 달랐다. 그
래서 "집권 여당은 오만하고, 야당은 지리멸렬한 모습을 보여 유
권자들에게 실망을 안겨줬다"는 게 전문가들의 시각이다.

기본적으로 정계에 발을 들여놓은 분들은 대개 지·덕·체(智·
德·體)가 뛰어나다. 이른바 가방끈이 길고 남들과 잘 어울리며,
일정 규모 이상의 돈도 갖고 있다. 실제로 2013년 국회의원들의
평균 재산은 18억 원이 넘어 대부분 중산층 이상의 삶을 누리고
있다.

그런데 이렇게 우수한 분들이 정계에 발을 들여놓기만 하면
상당히 다른 모습으로 변한다. 특정 정당의 집단적 사고에 매몰
돼 자신의 장점을 제대로 발휘하지 못하고 공천권을 쥐고 있는
리더의 눈치를 보면서 목소리가 작아지는 것이다. 물론 소신껏

나랏일을 하는 분들도 적지 않으나 여태껏 정치권이 국민에게 보여준 모습들을 보면 실망스러운 게 사실이다.

정치인들은 또 선거 때만 되면 유권자들에게 바짝 엎드린다. 한 표 한 표가 아쉽기에 눈빛을 진하게 마주치고 힘찬 악수를 하면서 자신을 꼭 찍어 달라고 호소한다. 그런데 선거가 끝나면 발길이 뜸해지고, 본인이 우월한 사람인 것처럼 착각해 국민 위에 군림하려는 볼썽사나움도 드러낸다. 실제로 필자가 시사뉴스 프로그램 책임자로 있을 때 방송에 들어가기 전 마주했던 일부 정치인은 매우 깐깐하고 거만한 태도를 보였다. 당시 그분들을 보면서 '정말 나라를 위해 제대로 일할 수 있을까?'라는 의구심이 들 정도로 겸손함과는 거리가 꽤 멀었던 느낌이다. 이분들은 정말 자신이 원래부터 대단한 존재라고 잘못 생각하고 있던 것은 아닐까?

1961년 4월 미국은 쿠바 망명자 1,500명을 훈련시켜 피텔 카스트로 공산정권을 무너뜨리려 했지만 실패했다. 당시 피그만 침공은 쿠바군에 의해 100명이 사살되고 1,000명이 생포되면서 사흘 만에 끝났다. 미국은 소련이 쿠바로 핵미사일을 실어 나른다는 정확한 정보를 갖고 있었고, 피그만을 공격하면 이길 것이라 확신했다. 하지만 카스트로에 대한 쿠바인들의 전폭적인 지지를 아예 무시했고, 결국 쿠바 피난민들이 중심이 되어 이뤄진

피그만 작전은 참담한 결과를 낳았다. 이때 케네디 정부와 군장성, 여야 정치인들은 모두 카스트로를 축출할 수 있을 것이란 착각에 빠져 대응을 소홀히 했다.

결국 케네디 대통령은 이런 실추된 정치적 이미지를 만회하기 위해 이듬해인 1962년 소련 공산당 서기장인 후르시초프를 압박해 쿠바에서 미사일을 철수시키게 하는 위험한 승부수를 띄워야만 했다. 자칫하면 미·소 강대국 간에 핵전쟁이 발발해 지구촌이 위험에 처할 수 있는 아찔한 순간이었던 것이다.

1972년 6월 17일 민주당 본부에 잠입해 도청장치를 설치하고 선거 자료들을 훔치려 했던 워터게이트 사건으로 닉슨 미국 대통령은 1974년 8월 8일 사임을 발표한다. 그러나 측근들이 대규모 불법활동을 일삼던 2년 동안 이에 반대하거나 양심선언을 한 사람은 한 명도 없었다. 오히려 대통령을 향한 충성심만이 가득했고, 모두 자신들의 행동이 올바른 것이라 확신했다. 심지어 닉슨의 잘못이 널리 알려졌을 때에도 당시 국무장관이었던 헨리 키신저는 닉슨 대통령의 업적을 역사가 평가할 것이며, 워터게이트 사건은 작은 흠집에 불과하다는 말을 서슴없이 내뱉었다.

피그만 침공과 워터게이트 사건은 집단적 사고의 폐해를 가장 생생히 보여준 사례들이다. 흔히 집단사고는 외부 정보와 반대의견의 유입을 막고 우리 편끼리 똘똘 뭉쳐야 비판 세력을 이길 수 있다는 환상을 불어넣는다. 만일 사전에 이런 획일적 사고를 경계했더라면 케네디 정권의 머리 좋은 각료들은 카스트로의 인기를 정확히 내다본 여론조사 결과를 진지하게 검토해 다른 방안도 강구했을 것이다. 또 선거 승리를 갈구하던 닉슨 대통령의 측근들 역시 불법행위를 저지르며 민주당 의원들의 뒤를 캐려고도 하지 않았을 것이다. 결국 이런 사례들은 매우 똑똑하면서 최고의 권위와 힘을 자랑하는 엘리트들도 집단사고에 갇힐 경우 극단적으로 멍청한 결정을 내릴 수도 있다는 점을 시사해주고 있는 것이다(《낯선 사람 효과》(리처드 코치·그렉 록우드, 흐름출판, 2012) 참고). 이런 점을 빗대어 본다면 우수한 인재들이 모인 대한민국 정치권 역시 편향적인 집단논리에 빠져 수많은 우를 범해 온 것은 아닐까?

한 가지 사례만 더 들어보자. 우리나라 중앙은행인 한국은행은 학벌 좋기로 소문난 곳이다. 그런데 이주열 한국은행 총재는 8월 중순에 있었던 프란치스코 교황의 방한을 앞두고 안타까운 심정을 토로했다. '소통 리더십'으로 세계인의 존경을 받는 교황의 방한을 축하하기 위해 기념주화를 발행할 계획인데, 발행 시점을 교황이 바티칸으로 귀국하고 한 달여가 지난 9월 30일로 잡았다는 것이다. 결국 이 총재는 지나치게 절차를 중시한 시스템이 '뒷북행정'을 낳았다고 꼬집으면서 바로 이런 점이 한국은행의 고질병이라고 밝혔다. 만일 그 머리 좋은 인재들이 교황의 일정이 확정되기 전이라도 미리 준비하고 서둘렀더라면 충분히 기념주화 발행과 방한 시점을 맞출 수 있었다는 게 이 총재의 생각이다. 결국 이런 지적은 기준금리 결정 시기 등 주요 현안을 놓고 '뒷북대응' 논란에 휩싸였던 한국은행의 기존 문제점과도 맥이 닿아 있다는 게 일각의 시각이다. 그렇다면 한국은행 직원들은 높은 임금과 안정적인 일자리에 안주해 일정 부분 타성에 젖어버린 것은 아닐까?

어느 자리, 어느 위치에서든 인정을 받는 분들은 공통적으로 열정적이고 진지한 업무태도를 지니고 있다. 머리가 좋고 학벌이 높다고 자만하지 않으며, 재산이 많다고 흥청망청 낭비하지도 않는다.

우리 모두 스스로를 돌아보면서 지나친 과신이나 환상 속에 빠진 것은 아닌지 곰곰이 되새겨볼 일이다. 이를 빨리 깨달아야 개인과 사회, 직장, 국가가 제대로 살 수 있다.

23

완급
리더십

: 다가설 때와 물러설 시기를 안다면 그보다 현명한 일은 없다.
완급 조절은 그래서 필요하다.

☀ 권투 선수가 샌드백으로 연습할 때 처음부터 강한 펀치를 내뻗지 않는다. 작은 펀치를 구사하다가 점점 큰 주먹을 휘두르고 강약과 완급을 조절한다. 힘을 쏟아야 할 때와 그렇지 않을 때를 구분함으로써 체력을 안배하고, 장기전에도 대비한다.

신인 선수와 경력이 오랜 베테랑 선수들의 시합을 보면 이런 차이가 확연히 드러난다. 신인들은 패기를 앞세워 초전 박살의 자세로 돌격하지만, 얼마 지나지 않아 쉽게 지치는 경향을 보인다. 반면에 노련미가 있는 베테랑 선수들은 칠 때와 빠질 때를 골라 세기의 강도를 조절함으로써 긴 라운드도 소화한다. 기본적으로 권투시합에서는 테크닉과 펀치의 강도가 승부를 좌우하지만, 판세를 결정짓는 데 있어 노련미를 갖춘 선수를 이겨내기는 쉽지 않다.

배구 경기도 마찬가지다. 공격 선수가 스파이크를 때릴 때 무조건 강하게 내리꽂는 게 정석은 아니다. 상대팀의 블로킹을 살피면서 강하게 때릴지 혹은 약하게 때릴지 판단하고, 간혹 빈자리가 보이면 가볍게 찔러 넣어 점수를 얻어내야 한다. 자칫 강하게 때리려다가 라인을 벗어날 수 있고, 상대방이 장벽을 세운 곳에 강하게 맞대응하다가 블로킹을 당해 점수를 내줄 수 있는 것이다. 결국 어떤 식으로든 요령껏 공격과 수비를 하는 것이 중요하고, 결과적으로 승리를 따내면 그만인 것이다. 즉 스포츠에서는 상황에 따라 적절히 강약 및 완급 조절을 하는 게 필요하고, 여기에 충실한 기본기가 뒷받침되면 승리의 발판을 마련할 수 있는 것이다.

그런데 스포츠를 벗어나 일상생활로 돌아오면 완급 조절이 그리 녹록한 게 아니다. 언제나 사람들은 바쁘게 사는 데 익숙하고 여유로운 삶을 찾기가 쉽지 않아 보인다. 치열한 경쟁사회를 살아가기에 왠지 쫓기는 듯 보이고 편안히 대화할 시간을 내기도 만만치 않다. 학교를 졸업하고 사회에 나와서도 스펙을 더 늘려야 할 것 같고, 이를 위해 바쁜 시간을 쪼개 이것저것 기를 쓰고 공부하는 분들도 적지 않다. 그래서 오랜 친구나 형제 간에도 얼굴 보기가 어렵고, 오히려 한 직장 내에 있는 사람들이 때로는 더 식구 같고, 익숙하고, 편안한 사이처럼 여겨지는 것이다.

그렇다면 한국을 찾은 외국인들이 가장 자주 접하는 단어는 무엇일까?

'감사합니다', '반갑습니다' 등 가장 기초적인 인사말을 제외한다면 아마도 '빨리빨리'가 아닐까 싶다. 음식점에서 조금이라도 늦어진다 싶으면 '왜 이렇게 주문한 게 안 나오지?' 하면서 "빨리주세요"를 외치고, 종업원이나 주인 역시 '빨리빨리'를 연발한다. 어떤 점에선 식사 시간을 줄여 다른 일을 몇 분이라도 더 할 수 있는 기회를 제공한다는 점에서 일부 바람직한 측면도 있지만, 자칫 엉뚱하게 음식물을 흘릴 수 있고, 어디로 어떻게 먹었는지 기억나지 않고, 뭔가를 빠트리거나 허겁지겁 배를 채운다는 느낌도 있어 그리 반길 것만은 아니다.

우리 국민이 가장 많이 사는 아파트나 저층 빌딩에 금이 가거나 물이 새는 것은 '빨리빨리' 문화가 낳은 폐단이다. 전국에 있는 어지간한 아파트는 무리하게 완공시기를 앞당기거나 일부 함량 미달의 건축자재를 쓰면서 하자가 발생해 민원이 잇따르고, 일부 아스팔트 공사를 보면 울퉁불퉁 볼품없이 마감하는 사례가 있어 지나가던 사람들이 눈살을 찌푸리기도 한다.

얼마 전 회사 동료가 필리핀 세부로 휴가를 다녀왔다. 여러 나라 사람들이 어울려 배를 타고 섬 구경을 하는데, 나라별 언어를 소개하는 시간이 있었다고 한다. 여기서 그 동료는 우연히 '빨리빨리'라는 단어를 내뱉었고, 다른 외국인들은 그 광경을 보면서 박장대소를 했다고 한다. 낯선 나라에서 벽안의 외국인들이 '빨리빨리'를 알아듣는 것도 신기한데, 너무 익숙하게 한국말을 따라하는 것을 보면서 한편으론 뿌듯하고 웃음이 절로 나왔다고 한다. 그런데 정말 외국인들도 쉽게 알아듣는 '빨리빨리'를 보면서 마냥 기분이 좋다고만 할 수 있을까?

본래 '빠르다'는 말은 그리 부정적인 뜻을 담고 있는 게 아니다. 시험 문제도 남보다 앞서 풀면 좋은 것이고, 달리기 시합에서도 먼저 결승선을 통과하면 공책이라도 1권 더 받을 수 있다. 치열한 비즈니스 환경에서 기업의 제품 출시가 신속히 이뤄지면 시장을 선점하는 효과가 있어 권장할 만하다.

하지만 문제는 지나치게 과한 데서 탈이 난다. 시험지를 급하게 풀면 오답을 써낼 가능성이 커지고, 달리기 예선에서 전력질주하면 정작 결승에서 힘을 발휘하지 못할 수 있다. 즉 적절한 심호흡 없이 성급하게 '빨리빨리'를 외치거나 너무 앞서 가려고 하면 삐걱거림이 발생할 수 있는 것이다.

나아가 기업들도 지나치게 개발 속도를 내서 몇 단계 앞선 첨

단제품을 내놓으면 고객들이 따라가기가 쉽지 않다. 남이 쫓아온다고 급하게 고객들에게 새 제품을 쓰라고 강요할 게 아니라 어느 정도 소비자 눈높이와 걸음걸이에 맞는 신제품을 내놓고 기다릴 줄 알아야 한다. 그래서 경제전문가들은 다른 회사보다 반박자 앞선 제품을 내놨을 때 소비자에게 제대로 먹힐 수 있다고 조언한다.

2014년 월드컵에서 주최국인 브라질이 준결승에서 독일에 7-1로 대패한 원인을 놓고 축구 전문가들은 최고 공격수인 네이마르와 함께 팀의 정신적 기둥인 주장 치아구 시우바 선수가 경고 누적으로 빠진 사실을 꼽았다. 우승에 목말라하던 브라질이 다소 이른 시간에 1골을 허용하자 선수들이 조바심에 허둥대기 시작했고, 순식간에 조직력이 무너지면서 자멸의 길로 빠져버린 것이다. 만일 이때 1골을 내주고서도 완급조절을 하면서 팀을 침착하게 이끌 선수가 있었다면 그리 쉽게 패배하지는 않았을 것이란 게 전문가들의 지적이다.

우리 인생도 마찬가지가 아닐까 싶다. 때로는 회사 업무를 빨리 마치지 못해 초조할 수 있지만, 뚝심을 갖고 차분하게 마무리하면 오히려 좋은 결과를 얻을 수 있다. 자칫 성급하게 앞서 가려다 중간에서 잠을 자는 토끼보다 느리더라도 자신을 믿고 묵묵히 걸어가는 거북이가 더 나을 수 있다.

　허둥지둥 앞만 보고 준마처럼 빨리 달려온 우리 사회. 하지만 인생의 승부는 단기전이 아니다. 오히려 강약 및 완급조절을 하면서 신중히 매진할 때 보다 알찬 열매를 거둘 수 있지 않을까?

24

한줄기
리더십

: 하늘이 무너져도 솟아날 구멍은 있다.
  작은 희망을 움켜쥐면 큰 소망도 성취할 수 있다.

☀

"한 손으로 직접 무너지는 하늘을 붙든 장수."　　　- 서애 유성룡

"영국의 넬슨 제독과 나를 비교할 수는 있지만, 이순신 장군에
비교하는 건 감내할 수 없다."　　　- 일본 해군 제독 토고 헤이하찌로

"이순신 장군은 청렴한 인물로 통솔력과 전술, 충성심, 용기로
볼 때 이런 인물이 실제 존재했다는 것 자체가 기적이다."

　　　- 일본 역사작가 시바 료타로

　2014년, 이순신 장군의 행동하는 리더십이 대한민국을 뒤흔
들었다. 막힌 가슴, 응어리진 한(恨)을 말끔히 씻어내려는 듯 영
화 〈명량〉의 기세가 대단했다. 마치 아베 총리 등 일본 지도자들
의 그릇된 역사관과 수시로 도발하는 침략 근성을 꾸짖는 것처

럼 통쾌함도 느껴졌다. 극장을 찾은 관객들은 조선 수군의 포격으로 적선이 파괴되고, 울돌목의 소용돌이에 혼비백산하는 왜군들을 보면서 환호성을 질렀다. 장군의 영민한 전술과 두둑한 배짱, 과감한 지도력에 탄성을 자아냄도 물론이다.

하지만 영화 전반부에는 답답하고 적막한, 무거운 분위기가 짙게 이어진다. 고작 12척의 배로 수백 척의 적선을 상대해야 하는 장군의 고뇌와 장수들의 두려움이 교차하고, 불협화음도 튀어나오면서 당시 형세가 얼마나 험난했던가를 여실히 드러내고 있다. 만일 오늘 같은 상황이라면 이해타산을 따져 절대로 모험을 걸지 않았을 터인데, 성웅(聖雄) 이순신은 어떻게 절체절명의 한계를 극복해냈는지 불가사의한 일이다. 그래서 전 세계 어느 대단한 명장들도 이순신 장군 앞에선 명함을 내밀지 못한다고 하지 않던가?

이순신 장군의 이런 언급이 참 인상에 남는다.

"신(臣)에게는 아직 12척의 배가 남아 있습니다."

수군을 해체하고 육군에 합류하라는 임금의 명령을 간곡한 심정으로 거부했는데, 아무리 상황이 어렵더라도 '한줄기 희망'을 붙들고 역경에 맞선 정신은 가히 '초인(超人)의 경지'라 하지 않을 수 없다.

남아프리카공화국의 인종차별 정책을 막고 노벨평화상을 수상한 고 만델라 전 대통령. 그는 권력에 맞서 싸우다 종신형을 선고받고 외딴 섬 감옥에 갇힌 지 4년째 되던 해 어머니를 잃었다. 그리고 이듬해 큰아들마저 교통사고로 세상을 떠났다. 14년째 독방에 있던 어느 날 큰딸이 자식을 낳았다며 이름을 지어 달라고 찾아오자, 그는 고개를 끄덕이며 작은 쪽지를 내밀었다. 다름 아닌 아즈위(Azwie, 희망)였다.

그분은 백인이 지배하는 곳에서 흑인의 인권을 주장하는 행동이 반체제 투쟁과 다름없었지만, 그래도 평등사회를 이룩해야 한다는 '한줄기 희망'을 잃지 않고 끝까지 맞서 싸웠고, 마침내 권좌에 올라 노벨평화상까지 수상하는 역사적인 획을 그었다. 대개 교도소에서는 강제노역 시간을 제외하면 햇볕을 볼 수 있는 틈이 거의 없어 우울증에 걸리거나 자살하는 사람들이 적지 않지만, 그는 27년의 복역기간 동안 역사를 바로 세우겠다는 불굴의 의지로 희망의 끈을 놓지 않은 것이다.

유대인들을 대거 학살한 아우슈비츠 수용소에서 살아 돌아온, 《죽음의 수용소에서》의 작가 빅터 프랭클은 다음과 같이 의미심장한 결론을 내린다.

"마지막까지 살아남은 생존자들은 체력이 뛰어난 사람들이 아니었다. 강한 체력의 소유자도 대부분 끌려온 지 얼마 안 돼서 약골이 되었지만, 최후의 생존자들은 살아남아야 할 이유와 생존의 목적을 분명히 갖추고 있던 분들이었다."

덴마크의 종교철학자이자 실존주의 철학 창시자로 불리는 키르케고르 역시 '절망이야말로 죽음에 이르는 병'이라고 진단해 저 반대편에 있는 '희망'의 단어가 얼마나 중요한지 꿰뚫어 봤다.

러시아 바이칼호 인근에서 활동하는 한 지휘자가 아름다운 풍광을 담은 여러 장의 사진을 내게 보내왔다. 이것저것 살피다가 눈에 띈 장면 중에 하나는 호수 위 짙은 구름 사이로 내리비치는 몇 갈래의 햇빛. 그 광경은 주변 산의 경치와 어우러져 위대한 자연의 힘을 마음껏 발산했다. 그런데 맑게 갠 여름 하늘에서 무수한 햇볕이 쏟아진다고 상상해보자. 과연 멋져 보일까? 아니면 무더운 느낌이 들까?

잠시 군 복무 시절이 생각난다. 1980년대 후반, 보초를 서다가 문득 먼 도로를 바라보면 왼쪽은 산골, 오른쪽은 서울로 향하는 버스가 지나다녔다. 당시 혈기 왕성한 나이에 병영 생활이 쉽지 않고 상당한 인내와 용기를 요구했지만, 그 버스는 언젠가 자유로운 무대로 복귀시켜주는 상징이자 '희망의 신호탄'이기도 했다.

최근 마음에 깊이 새기려는 한줄기 빛은 '열정'이다. 아스팔트로 뒤덮인 도로나 보도블록 틈새 사이로 살짝 튀어나온 이름 모를 잡초는 과연 무엇을 뜻할까? 무릇 노력하지 않고 시간을 무의미하게 보내면 도태될 것이요, 조금이라도 활발히 움직이면 삶을 풍성하게 살찌울 수 있다고 믿는다. 처음부터 과실을 따려고 무리수를 두기보다 열심히 농사를 짓다 보면 맛있는 열매가 자연스럽게 따라오지 않을까? 이런 느낌은 가끔 갓 사회에 나온 새내기들과 대화를 통해 공유하기도 한다.

필리핀 속담에 '하고 싶은 일에는 방법이 떠오르고, 하기 싫은 일에는 핑계가 보인다'는 말이 있다. 아무리 거칠고 힘든 환경에서도 '한줄기 희망'을 부여잡고 원대한 꿈을 품으면 실마리를 찾을 수 있을 것이다.

험한 풍파가 끊이질 않는 자본주의 사회, 여전히 우리에게는 '12척의 배'가 남아 있다.

25

피터팬
리더십

: 부모님은 마음의 고향.
  항상 가슴속에 품고 가르침을 받들자.

☀ 8년 전 어머니가 돌아가신 이후 오랜만에 울었
다. 극히 짧은 시간이었지만 생전의 모습이 오버랩되면서 주르
륵 눈물이 흘러내렸다. 그건 아마도 음악의 잔잔한 운율 때문이
었을까?

필자는 종종 홀로 있는 시간을 즐긴다. 그리고 나만의 무드를
잡는 것도 좋아한다. 거기에는 멜로디가 빠질 수 없다. 어떤 노래
에 필(feel)이 꽂히면 한동안 반복해서 들어도 지겹지 않다. 계속
그 분위기에 젖어 들며 혼자만의 상념에 깊숙이 빠져들곤 한다.

주말 오후가 그랬다. 오랜 시간 뇌와 눈을 피로하게 한 글쓰
기를 마치고 가뿐한 마음으로 좋아하는 노래를 틀었다. 소프라
노 조수미가 먼 이국땅에서 외국 오케스트라와 공연하면서 부
른 '그리운 금강산'. 뭔가 가슴에 찡한 느낌이 밀려왔다. 태풍의
여운이 스치고 가면서 남긴 시원한 바람을 타고 가수 패티김의

'가을을 남기고 떠난 사랑', 계속해서 이어진 강승모의 '무정브루스', 그리고 유열의 '이별이래' 등등….

막바지 여름의 정점을 향해서 달려가고 있는데, 갑자기 천고마비의 계절이 시작된 것처럼 뭔가 센티멘털한 느낌이 다가온다. 남자는 가을을 탄다고 하는데, 문득 마지막 가요의 가사를 음미해보고 싶다.

"조용한 그대의 눈동자. 말 없이 서 있는 내 모습. 이렇게 가까이 있는데 이것이 이별이래. 하늘에 흐르는 조각달 강물에 어리는 그림자. 세상은 변한 게 없는데 이것이 이별이래. 이제는 다시 볼 수 없는 그대의 슬픈 얼굴. 세월이 흐른 뒤에 하얗게 지워질까. 추억이 밀려와 쌓이는 우리의 남겨진 시간들. 이대로 발길을 돌리면 이것이 이별이래."

하나하나 복기를 해보니 감성을 자극하기에 아주 안성맞춤인 곡들이다. 혼자 있으면 너무 감상적이 되는 걸까?

기성세대, 특히 한 가정을 책임지고 있는 가장은 쉽게 울지 못한다. 그랬다간 나약한 사람이라 간주되고 사회생활도 제대로 해나갈 수 없다. 그런데 우리는 언제부터 어른 행세를 하고 다녔

152

지? 언제부터 엄마 품에서 독립했지? 누구에게나 '피터팬 증후군'이 있는 건 아닐까?

명절 때나 공휴일, 아니면 평일 아무 때든 부모님이 살아 계시면 불쑥 자녀들이 찾아온다. 미리 전화 연락을 드리고 올 때도 있지만, 그냥 아무런 신호 없이 본가를 찾는 경우가 적지 않다. 나이의 많고 적음이나 지위 고하와 상관없이 그렇다. 왜일까? 정겨운 어머니의 음식이 먹고 싶어서? 아니면 부모님이 아파서? 아니면 그냥 보고 싶어서? 어쨌든 '부모님'은 세상을 살아가는 우리 모두의 정신적 고향이나 마찬가지다.

이렇게 두 분의 얼굴을 뵙고 나면 잠시 바깥 세상에서 누적됐던 피로감과 스트레스를 잠시 잊고 다시 해맑은 얼굴로 돌아갈 수 있다. 억울함이 쌓여서 느낀 감정이든, 어떤 회한이든, 부모님과 함께 있으면 잠시 망각의 순간을 맞이할 수 있고, 어릴 때 천진난만하게 밥을 먹던 그 따스함이 밀려온다. 그래서 부모의 품이 좋고 한없이 그리운가 보다.

오래도록 고향 배지를 갈구하던 이정현 새누리당 의원이 7·30 재보궐 선거에서 당선이 확정되자 뜨거운 눈물을 흘렸다. 그리고 며칠 동안 고마운 주민들에게 일일이 인사를 하겠다며, 여의도 국회에 코빼기도 내비치지 않았다. 그가 고향 일정의 한 틈을 내어 언론에 공개한 사진 중에 어머님이 차려준 밥을 맛있게 먹는 장면이 있었다. 해맑게 식사를 하는 모습에서 잠시 '국민의 머슴'이 아닌 여느 평범한 가정의 아들임을 느낄 수 있었다.

이정현 의원은 고교 1학년 때 마을 뒷산에 있는 황새바위에 올라가 "동네 어르신 여러분, 날이 밝았습니다"라고 외쳤다고 한다. "이내 부끄러워서 서둘러 내려왔지만 왠지 모르게 힘껏 소리쳐 마을 사람들을 깨워보고 싶었다"고 한다. 어찌 보면 그런 호기와 천진난만한 발상이 인간 이정현의 매력적인 요소를 담금질하지 않았을까? 어쨌든 그런 모습을 보면서 뭔가 비범한 구석이 있고, 아무나 '국민의 머슴'을 하는 건 아니구나 하고 새삼 느꼈다. 필자는 그와 일면식도 없는 사이지만, 호남에서 출사표를 띄우면서 내놓은 약속을 반드시 지켰으면 하는 바람이다.

그런데, 이렇게 소중한 부모가 세상을 떠나면 자식들은 갈 곳 모르는 존재처럼 정신적인 방황을 겪는다. 한동안 일손이 잡히지 않고 공허한 메아리, 환상 속을 걷는 듯한 착각에 빠지기도 한다. 아마 오랜 시간 우리를 지탱해온 기둥의 사라짐으로 인해 그 상실감과 허전함이 너무나 크기 때문일 것이다.

형제 간의 우애가 돈독한 집안이 아니면 가족 간의 친밀감도 서서히 느슨해진다. 집안의 대들보이자 끈을 이어주는 매개체인 부모님이 안 계시니 특별히 만날 일이 적어지고, 웬만한 노력과 정성이 없으면 핏줄들을 1년에 몇 번 보기도 쉽지 않다. 자칫 유산 다툼이나 종교 갈등이라도 일어나면 영영 남이 될 수도 있다. 그래서 부모님이 돌아가시면 가족 간에 더 애틋하게 여기면서 끈끈한 정을 나누며 오순도순 살아가야 한다. 그것이 바로 우리 부모님들이 자식들에게 남긴 유산이자, 마지막 소망이다.

점점 나이를 먹어가면서 점잔을 빼기도 하지만, 서로 편안하게 대화를 나눌 수 있는 친구가 절실해진다. 가급적 같은 나이에, 비슷한 처지에, 때로는 거리낌 없이 육두문자를 써도 좋을 어릴 적 벗, 학창 시절의 친구를 찾게 된다.

얼마 전 경기도 인근에서 군 생활을 하는 고교 동창을 만났다. 덕분에 비무장지대와 땅굴을 둘러보며 남북 분단의 현실을 체험하는 시간도 가졌다. 일부 얼굴도 모르는 동창도 있었지만, 그리 불편하지 않았다. 헌병대장으로 근무하는 내 친구 역시 잠시 학창시절로 돌아가 정겨운 대화를 나눴다. 마치 미성년자들의 얘기인 것처럼…. "집에서 자고 가라. 자고 가!" 오랜 시간의 간극은 미처 끼어들 틈이 없었다.

필자는 초등학생, 중학생 두 아들과 탁구를 즐겨 친다. 아파트 관리사무소 건물 2층에 자리 잡은 널찍한 공간에서 부자지간에 작은 공을 주고받으며 게임도 한다. 자주 놀이를 하다 보니 녀석들의 실력도 제법 늘었다. 큰아이는 가끔 아빠에게 이길 때도 있으니 벌써 컸나 싶어서 대견스럽다. 우리 부자끼리만 있을 때는 규칙을 벗어나 다른 테이블에서 또 다른 테이블로 공을 넘기는 엉뚱한 플레이도 하지만, 때로는 격식 없이 치고 웃고 떠드는 게 마냥 즐겁다. 거기엔 이해와 타산이 끼어들 여지가 없다. 순진무구, 천진난만함이 분위기를 훈훈하게 만든다. 그리고 두 아들과 스킨십도 자주 한다. 아내와 서로 아들을 차지하려고 경쟁할(?) 때도 있지만, 그저 기쁘고 따스한 가족애가 샘솟는다. 그래서 힘이 나고 회사 생활을 이어나갈 수 있는 밑거름도 된다.

사람은 나이가 들어감에 따라 혹은 지위가 올라가면서 그에 맞는 역할을 해야 하지만, 이로 인해 스트레스가 누적되고 건강이 나빠질 수도 있다. 결국 많은 것을 짊어지고 가야 하는 게 기성세대의 책무이지만, 이들을 달래주고 풀어줄 수 있는 청량제도 필요한 게 현실이다.

흔히 우리는 '피터팬 증후군(Peter Pan Syndrome)'을 그리 달갑게 여기지 않는다. 본래 '동화 속 피터팬처럼 나이를 먹어도 어른이 되지 못한 사람'을 뜻하지만, 가끔은 정신적 방황과 힘겨움에서 벗어나기 위해 부모님께 의지하고 싶을 때도 있다.

피터팬이 우리에게 리더가 될 수는 없지만, 간혹 삶의 활력소
는 되지 않을까?

26

하나둘
리더십

: 천 리 길도 한 걸음부터.
  하나둘 외치며 뚜벅뚜벅 걷다 보면 어느새 목적지에 도달하게 된다.

☀ 주말이면 서울 도심의 산을 자주 찾는다. 친한 친구나 회사 동료 한두 명과 함께 가벼운 얘기를 나누면서 천천히 오른다. 간혹 서로 일정이 맞지 않아 동반자가 없을 땐 혼자서 나무와 새, 다람쥐를 벗 삼으며 천천히 발걸음을 옮긴다.

누구나 그렇듯이 높은 산에 오르려면 적지 않은 부담을 느낀다. '언제 저곳을 오르지?' 많이 힘들 것 같다는 생각에 꼼수를 부려 빼먹기도 일쑤다. 그래서 산 중턱만 도달했다가 내려오기도 하고, 아니면 산 초입에 있는 계곡에서 잠시 머리를 식히고 돌아오기도 한다. 그런데 마음을 굳세게 먹고서 정상을 찍으면 그 기쁨이 이루 말할 수 없다. 시원한 약수를 마시거나 꼭대기에서 인증샷을 찍으면 마치 온 세상이 내 것인 양 기쁘기 그지없다.

위에서 바라보는 서울 시내의 모습은 웅장하기 이를 데 없다. 사방팔방으로 빌딩 숲이 꾸며져 장관을 연출하기도 한다. 하지만 거의 뿌연 그림자가 도심 하늘을 드리우고 있어 '저런 공해 속

에서 어떻게 살아갈까'라는 측은지심이 들기도 한다. 나 역시 예
외가 아닌데….

꼭대기에 서 있으면 뭔가를 성취했다는 뿌듯함도 들지만, 자
연의 위대한 힘 앞에 고개가 절로 숙여진다. 등산객들의 표정은
일상생활 속 찌든 모습이 아닌 흐뭇함 혹은 천진난만함 같은 분
위기도 풍긴다. 경쟁할 대상이 없고 오로지 푸른 초목과 바위,
계곡을 벗 삼아 나만의 자유를 즐기고 있기 때문이다.

군대에서 기상 구보를 할 때 보통 1~2킬로미터 정도는 거의
매일 뛰게 된다. 기본 체력과 호연지기를 기르기 위한 밑거름인
데, 결국 장병들이 튼튼한 몸을 가꾸는 원천이 된다. 이때도 종
종 마음속에서는 은근히 쉬고 싶은 충동이 들기도 하지만, 막상
하나둘 구령을 외치면서 뛰다 보면 어느새 몸이 개운해지고 상
쾌함도 샘솟는다. 힘들더라도 먼저 종착역을 생각하지 않고 차
근차근 세다 보면 어느새 달리기가 끝나고 숨쉬기 운동이 이어
진다.

근육질 몸매를 원하거나 전날 이어진 술자리의 여독을 풀기
위해 남성들은 종종 헬스클럽으로 향한다. 러닝머신에 올라 속
도를 내기도 하고, 아령과 같은 운동기구를 들며 땀을 흠뻑 흘린
다. 여성들도 몸매를 가꾸거나 요가 등으로 신체를 단련하기 위

해 헬스장에 발을 내딛는다. 그런데 막상 옷을 갈아입고 샤워용
품 등을 챙겨서 가려고 하면 왠지 몸이 천근만근 무겁고, 갑자기
졸음이 밀려오는 것처럼 가기 싫을 때도 적지 않다. 하지만 막상
다녀오면 기분이 상쾌해지고 몸도 가뿐해지기에 귀찮아도 아파
트 문을 나선다. 어쨌든 하나둘 세면서 30분 이상 몸을 움직이면
소기의 목적이 달성된다.

　요즘 방송업계, 특히 종합편성 채널에서는 생존경쟁이 매우
치열하다. 시청률이 좋아야 광고를 더 많이 유치할 수 있고, 여
기서 나오는 수익금을 바탕으로 직원들은 월급을 받고 회사는
경영활동에 쓸 자금을 축적하게 된다. 필자는 한동안 종편 4개
사들이 한바탕 힘을 겨루는 최선봉에 섰다. 특히 뉴스부문에서
우위를 점하기 위한 샅바싸움이 치열했는데, 그야말로 살얼음판
을 걷는 듯한 심정이었다. 그 당시 이기기 위한 고민을 밤낮없이
했고, 지속적인 방송 모니터링과 연구, 세밀한 연출을 통해 승리
를 위한 전략과 전술 마련에 매진했다. 회사에 들어온 이래 가장
힘든 시간이자 나름 최선을 다했던 소중한 시기였다. 당시 다른
일을 돌볼 겨를조차 없었던 필자는 마음속으로 다짐했다. 기본
에 충실하면서 하나둘 외치고, 다각도로 점검해 대책을 세우면
적어도 패자가 되지는 않을 것이란 믿음을 가졌다. 다행히 그 대
열에서 낙오하지 않고 무사히 임무를 마쳤으니 참 보람 있던 시

간이 아니었나 싶다.

요즘 가계 빚이 1,000조 원이 넘는 실태를 반영하듯 웬만한 가정들은 그 부담에서 자유롭지 않다. 재산을 물려받는 등 특별한 부의 원천이 없다면 규모의 차이만 있을 뿐이지 거의 대부분 채무에 시달린다. 필자 역시 내 집을 마련하느라 은행에서 대출을 받았고, 그것을 갚느라 스트레스도 받고 돈을 벌기 위해 각고의 노력을 기울였다. 다행히 여러 해가 지나면서 모두 갚을 수 있는 가시권으로 금액이 줄어들었다. 그런데 얼마 전 해외 여행을 가야 하는 상황이 벌어졌다. 결국 목돈이 없기에 마이너스 통장을 써야 했는데, 은근히 압박감이 밀려왔다. 여기서 빚이 더 늘어나면 앞으로 갚아야 하는 날도 더 길어질 텐데….

그래도 이왕 밖으로 나가기로 한 것 계획대로 저질렀다. 어차피 자식들이 한 살이라도 어릴 때 데리고 가야 부모와의 정(情)이 샘솟기에 손을 잡고 저 멀리 다른 나라로 몸을 실었다. '그럼 채무가 늘어나는 것은 어떻게 하지? 에라, 모르겠다. 다시 하나둘 세면서 차근차근 갚아 나가면 되지 뭐.' 그동안 조금씩 상환해서 거의 목적지까지 왔는데, 한 번 더 그런 계단을 밟아보자고 마음 먹었다. 어차피 시간이 되면 빚의 규모는 확연히 줄어들고 어느 시점이 되면 그 굴레에서 해방될 수 있지 않을까? 바야흐로 다시 마음속에 하나둘 되새기는 여정이 시작됐다.

흔히 '천 리 길도 한 걸음부터'라는 옛 속담이 있다. 42.195킬로미터를 뛰는 마라톤 선수를 보면 언제 그 먼 거리를 완주할까 엄두가 나지 않는데, 빠른 남자선수들은 2시간 초반에, 웬만한 선수들도 3시간 안팎이면 레이스를 마치게 된다. 보통 마라톤을 하게 되면 숨이 조여 오는 극한의 시간대가 있는데, 이 순간을 넘기면 제대로 형언 못 할 행복감이 밀려온다고 체험자들은 밝히고 있다.

우리가 살아가는 길도 마찬가지. 무릇 임원이나 최고경영자가 되려면 신입사원부터 천천히 단계를 밟아 올라가야 하고, 시시때때로 맞이하는 장애물이나 고통을 참고 견뎌내야 한다. 이를 극복하기 위해 필사적인 노력 또한 당연히 뒤따라야 한다.

불교 용어인 '백팔번뇌'를 본떠 '108번'의 절을 하면서 앉았다 일어났다 하는 운동이 인기를 끈다고 한다. 대개 30분이 넘는 시간이 소요되는데, 똑같은 동작을 반복하는 게 여간 지루하지 않을 것이다. 물론 누구나 처음엔 하기 싫고 막상 엄두가 나지 않을 수도 있지만, 하나둘 마음속으로 세면서 정성을 기울이면 어느덧 108번에 다가서고 충분히 땀을 흘리면서 몸이 달라짐을 느낀다고 한다. 출발은 미약했으나 갈수록 횟수가 더해지면서 자신감은 배가 되고 '하체 튼튼 마음 튼튼' 모든 게 땡큐가 된다.

세계 수학자대회가 우리나라에서 열린 가운데 이른바 '수학 노벨상'으로 평가받는 '필즈상'에 이란 출신의 미르자카니 미국 스탠퍼드대 교수가 여성으로서 첫 수상의 영예를 안았다. 그녀는 "어릴 때 스스로 수학을 못한다고 생각해 공부를 포기하려고 한 적이 있다"고 한다. 하지만, 스스로 잘할 수 있다고 되새기며, 하나둘 어려운 수학 공식을 정복해 나갔다. "10대 청소년에게 중요한 것은 재능이 아니라 자신감"이라며, "할 수 있다는 포부로 과감히 수학에 도전하는 게 바람직하다"고 강조했다.

결국 학문이나 예술, 스포츠, 사업 등 어떤 분야든 처음부터 잘 되기는 쉽지 않고, 자칫 재능만 믿다가 큰코다칠 수도 있다. 차근차근 단계를 밟으면서 매 순간 최선을 다하면 본인이 원하고자 하는 목적지에 다다를 수 있을 것이다. 혹시 목표한 곳에 도달하지 못하면 어쩌지? 아쉽지만, 굳이 과실(果實)에 연연하지 말자. 최선을 다하는 열정을 보였으면 그것으로 만족하자. 이렇게 사는 게 행복한 삶이고, 스트레스도 줄일 수 있는 원천이다.

우리 함께 시작해보자. 천 리 길도 한 걸음부터.

27

패러독스
리더십

: 주변 환경이 힘들다고 포기해선 안 된다.
  이를 극복하면 더 나은 미래가 다가온다.

☀ 서울대에 진학하는 강남구 학생의 비율이 강북구 학생보다 21배나 차이가 난다고 한다. 또 서울 지역 외국어고, 과학고의 서울대 합격률은 일반고의 15~65배에 달한다는 분석이다(〈경제성장과 교육의 공정경쟁〉(김세직, 2014)). 이는 다시 말해 과거처럼 '개천에서 용 나기'가 어려워졌다는 뜻이다. 그런데 이 논문은 "부유하지 못하면 대입에서 불리해지고, 우리나라 교육·입시 제도는 진짜 인재를 가려내는 데 실패하고 있다"고 지적하고 있다. 왜일까?

한국 사회에서 이른바 출세의 잣대로 여겨지는 서울대 진학. 이는 분명 부모의 재력과 보살핌, 타고난 유전자, 학습에 대한 노력 등이 어우러진 결과물이어서 축하해줄 일이다. 그러나, 이것이 과연 인생의 성공을 보장한다고 자신 있게 말할 수 있을까? (물론 상대적인 출세 가능성이 높은 게 현실이다)

빅터와 밀드레드 고어츨 부부는 지난 1962년 20세기 대표적 저명인사들의 어린 시절에는 어떤 공통점이 있는지 찾아보기 위해 그들의 성장 배경과 가정 교육, 업적 등을 집중 조사했다. 이를 담은 책《세계적 인물은 어떻게 키워지는가》에 따르면 성공한 세계적 인물 413명 가운데 392명이 힘든 환경을 극복한 분들로 나타났다.

현존하는 '투자의 전설' 워런 버핏은 어릴 때 신문팔이 소년이었고, 미국의 전·현직 대통령인 클린턴이나 오바마도 의붓아버지 또는 편모슬하에서 어렵게 자라 성장배경이 그리 좋지 못했다. 이들은 본래 타고난 두뇌와 탁월한 위기 극복 능력을 갖춘 분들이기도 했겠지만, 남다른 불굴의 의지가 없었다면 모범사례를 쓰기가 어려웠을 것이다. 결국 모든 어린이들이 원만한 가정에서 좋은 자양분을 먹고 자란다면 더할 나위 없겠지만, 나를 둘러싼 환경이 나쁘다고 해서 굳이 의기소침할 필요는 없다. 지금 대한민국을 이끌고 있는 베이비붐 세대의 상당수는 척박한 환경에서 컸지만, 세계 속의 대한민국으로 우뚝 서는 데 크게 기여하지 않았나?

그런데 사람들은 태생적으로 조금이라도 안락할 때는 전투력이 떨어지고 나태해지는 습성이 생기는 것 같다. 몸과 마음이 편할 때는 좋은 글이 나오기가 쉽지 않고 오히려 힘든 상황에 있을 때 아이디어가 샘솟는다. 공부도 시험 날짜가 임박해야 초조한 마음에 속도를 내면서 집중력을 발휘할 수 있고, 달리기를 할 때도 옆에서 누군가와 경쟁할 때 더 힘을 낼 수 있다. 필자는 글이 써지지 않을 땐 산을 찾거나 발라드 음악을 들으며 애써 우울한 감정에 빠지려는 시도를 한다. 참 희한한 일이다.

흔히 어른들은 '남자는 군대에 다녀와야 사람 노릇 한다'고 강조한다. 물론 잇따른 잡음으로 군에 자식을 보내기가 두려운 현실이 됐지만, 한동안 그런 얘기가 우리들의 의식세계를 지배했다. 이 말은 과연 무얼 의미하는 걸까?

집에서는 부모가 잘해 주는 걸 모르고 철없는 행동을 하던 아들이 군대에 가면 오로지 혼자 힘으로 역경을 극복해야 한다. 유격훈련에 임하면서 체력적 한계를 버텨야 하고 화생방 가스실에서는 제대로 숨을 쉬기 어려운 고통에도 빠진다. 병과를 부여받고 자대 배치를 받으면 나를 노려보는(?) 듯한 선임병들이 눈에 띈다. 물론 본인이 잘 적응하면 좋겠지만 누구나 군대가 적성에 맞을 수는 없는 법이다. 그래서 대부분 장병들은 일정 기간 힘든 시간을 보내야 하고, 어려움을 이기는 과정에서 효자가 되고 육체나 정신적으로 한 단계씩 성숙해진다. 바로 이런 모습이 '남자가 군대 다녀와야 사람 된다'는 이야기의 본질이다.

그래서 한때 고무신을 거꾸로 신은 여성들도 결혼 상대로는 군필 남성을 선호한다. 어려움을 극복한 사람이라야 듬직하고 자신을 지켜줄 수 있다는 신뢰가 생기기 때문일 것이다. 결국 시련 속에서 성장한 남자야말로 험한 세파를 헤쳐갈 수 있는 자격증이 있다는 뜻이기도 하다.

직장 생활을 하다 보면 업무에 싫증이 나고 만사가 귀찮게 느껴질 때도 있다. 그래서 어떤 이들은 이를 참지 못하고 쉽게 사표를 낸다. 회사를 그만두면 한동안 속이 후련한 기분이 들 것 같다. 하지만 그 유효기간은 얼마나 될까? 서서히 시간이 지날수록 불안과 초조가 밀려온다. 이러다가 인생의 낙오자가 되는 건 아닐까? 여기저기 방책을 구하다가 어느덧 기존 직장이 그리워진다. 어려움을 참지 못하고 너무 성급히 사표를 낸 것은 아닐까? 오히려 스트레스에 둔감한 듯 업무에 집중하고 한 걸음씩 밟는 동료가 장차 임원이 되고 CEO가 될 수 있다.

대기업에 들어가기가 바늘구멍에 들어가기보다 어렵다지만, 중소기업은 오히려 인력난을 겪는다고 한다. 월급이나 복지 측면에서 뒤떨어지기 때문인데, 그렇다고 성장성마저 약한 것은 아니다. 오히려 개인이 일을 할 수 있는 업무범위나 재량권은 대기업보다 더 나은 측면이 있다. 여기서 잘 버티고 힘을 발휘하다 보면 큰 인재로 성장할 수도 있다. 유명한 메이저리그 야구선수도 한때는 아마추어에서 마이너리그 등 차근차근 단계를 밟으며 올라갔다. 겉보기엔 대기업이 좋아 보일 수 있지만, 실속은 이보다 작은 기업이 더 나을 수 있다. 흔히 '용의 꼬리'보다는 '닭의 머리'가 되는 게 낫다는 표현은 바로 이런 경우를 두고 하는 말일 것이다.

소나무의 수명은 좋은 환경에서 위로 곧게 뻗은 것보다 바위 틈이나 거센 바람을 맞아 구불구불 자란 종자들이 더 오래갈 수 있다. 햇볕을 받으며 비옥한 토양에서 곱게 자란 소나무는 목재로 쓰기에 안성맞춤이어서 오히려 인간의 눈에 잘 띄고 쉽게 베어질 수 있다. 반면에 등이 휘거나 제멋대로 큰 녀석들은 관상용으로 안성맞춤이어서 인간의 보살핌을 받는다. 물론 다 그렇다고 할 수 없지만, 참 희한한 역설(paradox)이 아닐 수 없다.

역대 판소리 명창들은 구성지고 억센 목소리를 만들기 위해 폭포가 있는 곳을 찾아 전국 산천을 누볐다. 높은 계곡에서 떨어지는 물소리를 능히 이겨내고, 목에서 피가 터지는 고통을 참아내야 실력자의 길로 들어설 수 있다고 본 것이다. 그분들은 본래 좋은 음색을 타고 났을 텐데 왜 굳이 탁하고 허스키한 목소리로

변하려고 노력했을까?

　주변 환경이 척박하고 원하는 대학에 못 들어갔다고 좌절하고 포기할 일이 아니다. 오히려 거친 토양에서 자란 사람은 창피함을 모르고 어떤 일이든 능히 해낼 수 있다. 물건을 잘 파는 영업사원이 되려면 뛰어난 머리보다 세상의 차가운 시선을 이길 수 있는 가슴과 배짱이 더 필요할 수 있다. 가급적 인생은 길게 봐야 하고, 각자의 삶은 존중돼야 한다. 누가 더 행복한지는 어떤 잣대로도 쉽게 비교할 수 없다. 어찌 보면 주변을 탓하지 않고 긍정적인 마음으로 살아가는 게 멋진 인생의 지름길 아닐까?

28

콤플렉스
리더십

: 누구나 핸디캡을 지니고 있다.
  이에 굴지 않고 적극 헤쳐 나가는 게 진정한 용기다.

☀ 치열한 경쟁사회를 살아가는 우리들은 안팎으로 강한 사람이 되도록 끊임없이 주문받는다. 특히 남성들은 어릴 때부터 "너는 그것밖에 안 되니? 남자가 소심하면 못쓰지. 사내가 고작 그걸로 우냐?"라고 세뇌교육(?)을 받는다. 그래서인지 일부러 강한 척 가식적인 모습을 보이는 사람들도 적지 않고, 도처에 널린 헬스클럽에는 근육질 몸매를 만들기 위해 운동기구를 벗 삼아 열심히 땀을 흘리는 분들을 쉽게 지켜볼 수 있다.

비즈니스로 타인을 만나거나 사회 모임을 통해 함께 자리한 사람들은 가급적 약점을 드러내지 않으려고 애쓴다. 물론 겸손이 미덕이라고 초면에 예의를 갖춰 상대방을 대하긴 하지만, 은근히 강한 척 '왕년에 내가 뭐였는데'라며 자신을 과시하기도 한다. 학벌이나 자격증 등 이른바 스펙이 좋은 분들은 은연중에 어느 대학을 나왔다거나 잘나가는 아무개가 친구이거나 잘 아는 사람이라고 밝히는 등 뭔가 뽐낼 수 있는 이야깃거리로 대화를 이끌기도 한다. 그런데 정작 잘 안다고 하는 사람과의 친밀도를 파악해보면 사실과 다른 경우도 종종 드러난다. 여러 면에서 부족한 필자 역시 간혹 기싸움이 벌어지거나 특수한 상황이 생기면 지고 싶지 않은 마음에 다소 무리수를 둘 때도 있음을 부인할 수 없다. 왜? 상당수 남자들은 어느 정도 과시하려는 성향을 타고났으니까….

그런데 스스로 속마음을 들여다보면 그렇게 강한 사람이 별로 없는 것 같다. 아니 거의 모든 사람이 어떤 부분에서든 부족한 면이 있고, 평생 콤플렉스를 안고 살아가는 게 일반적이다. 겉으로 어떻게 보이느냐에 따라 크고 작은 차이만 있을 뿐 누구나 숨기고 싶은 약점을 지니고 있다.

실제로 능력이 뛰어나도 키가 작거나 외모가 마음에 안 들면 상처가 될 수 있고, 키가 큰 데 비해 너무 마르거나 뚱뚱한 체형을 유지하고 있으면 신체 콤플렉스를 안고 살 수 있다. 음악을 잘하지만 미술에 소질이 없을 수 있고, 체육을 잘해도 예술적 감각이 떨어지면 스트레스가 될 수 있다. 좋은 대학을 갔어도 원하는 학과에 들어가지 못했으면 불만이고, 학과에 만족하지만 학교가 별로라고 여겨지면 느낌이 좋을 리가 없다.

구멍가게 주인은 슈퍼마켓을 차리고 싶고, 슈퍼마켓 사장은 대형마트를 운영하고 싶은 게 꿈일 것이다. 중소기업은 보다 큰 기업이 되기를 원하고, 국내 대기업은 글로벌 기업을, 구의원은 시의원을, 시의원은 국회의원이 되고 싶은 게 인지상정이다. 내 집이 없으면 어떤 집이라도 살 수 있으면 좋고, 작은 집에 살다 보면 보다 큰 집, 일반 TV를 갖고 있으면 고화질 TV를 바라는 게 당연하다.

반면에 고위 권력층에 올랐거나 최고의 부(富)를 누리고 있지만, 가족 중에 아픈 사람이 있거나 떠올리기 싫은 트라우마가 있으면 그 역시 지우기 어려운 상처로 남아 있을 수 있다. 예를 들어 국내 모 재벌의 경우 대대로 이어지는 유전적인 신체 결함은 제삼자가 보기에 안타깝기도 하고, 그들 가족에게는 늘 따라다니는 콤플렉스로 작용할 수 있다. 어느 유명 연예인은 누가 봐도 예쁜 얼굴을 타고 났지만, 모든 부분이 완벽해야 한다는 강박관념에 시달려 성형중독증을 앓고 있기도 하다. 결국 누구나 어떤 위치, 어떤 명예를 막론하고 콤플렉스를 갖고 있고, 장단점과 우월감, 열등감을 동시에 지니고 있기에 비교가 아닌 절대적 관점에서 대부분 평등하다고 볼 수 있는 것이다.

수년 전 검찰 고위직을 거쳐 감사원장 후보에 올랐다가 이른바 전관예우 구설수로 낙마한 모 인사는 오랜 기간 학력 콤플렉스에 시달렸다. 그분은 사퇴의 변을 밝히면서 최고 대학을 못 나온 것에 대한 아쉬움을 토로하기도 했다. 일반인들이 볼 때는 상당한 수준의 대학을 다녔지만, 최고 학부를 졸업하지 못했다는 점이 내면의 굴레가 된 듯이 보였다.

대한민국에서 존경받는 인물 중의 한 분인 고 김수환 추기경은 한때 신부의 길을 걷기를 주저했다. 주변에선 그분의 인품과 학식, 신앙심을 높이 평가했지만 스스로 부족하고 자신감이 없다고 느꼈다. 한창 젊은 나이 때 이성에 대한 호기심을 참기 어려웠고, 일제에 맞서 무장 독립투쟁에 나서고 싶은 열망도 작용했다. 남들이 뭐라 하든 스스로를 평가하는 데 엄격했고 한없이 미흡한 사람임을 수없이 되뇌었다. 이 역시 남들은 모르는 자신만의 콤플렉스일까?

얼마 전 지인의 소개로 이름 있는 병원장을 만났다. 그분을 만난 곳은 와인을 파는 곳이었는데, 색소폰과 피아노 등 생음악 연주에 맞춰 노래도 할 수 있었다. 그런데 그분은 그저 술만 마시고 대화를 나누는 데만 관심을 보였다. 외모상으론 매우 단단해 보이고 카리스마 넘치는 인상이었지만 주변에서 노래 하라고 권하니까 순진한 표정을 지으며 계속 손사래를 친다. 나중에 알고 보니 노래에 두드러기(?) 증세를 보이는 '음치'라고 털어놨다. 그 잘나가는 분이 삶에 활력소가 되는 음악과 가깝지 않다고 하니까 안타깝기도 하고 한편으론 웃음이 나오기도 했다. 그분은 속으로 얼마나 노래를 잘하고 싶은 욕망이 있었을까? 아마도 노래는 고통이었을 것이고, '음치'라는 두 글자는 서둘러 벗어나고 싶은 짐이었을 것이다.

언젠가 TV드라마를 보니까 부잣집에 시집을 가기 위해 가난한 집안임을 숨기고 거짓말을 일삼는 여자주인공이 나왔다. 반면에 돈 많은 집에서 태어났지만 몸이 불구여서 괴로움을 겪는 인물도 등장했고, 학벌과 능력이 뛰어난 우수한 인재이지만, 입양된 자식이라는 사실이 뒤늦게 드러나 안타깝게 방황하는 장면도 있었다. 이 내용은 드라마 속 허구여서 현실감이 떨어지기도 했지만, 결국 어떤 사람이든 한두 가지 약점이나 콤플렉스를 지니고 있음을 알 수 있는 사례다.

우리는 경쟁이 치열한 환경 속에 있기에 스스로 강해져야 한다고 되뇐다. 친구 사이든, 모임이든, 직장에서든 진실함도 있지만 가식도 숨 쉬고 있음을 느낄 수 있다. 대개 타인을 보면 나보다 잘난 것 같고, 내 떡보다는 다른 떡이 더 크고 많아 보이는 게 현실이다. 그런데 문득 누군가와 친해져 깊은 대화를 나눠보면 대부분 크고 작은 스트레스나 콤플렉스에 시달리고 있음을 느끼게 된다. 각기 이유는 다르지만 나와 마찬가지로 다른 사람도 여러 상처를 갖고 있음이 분명한 것이다.

결국 인간은 자신만의 고유한 장점도 있지만, 스스로 극복하기 어려운 단점이나 핸디캡을 지니고 있다. '나는 왜 이럴까?'라고 부정적인 생각을 떠올리기보다 가급적 긍정적인 마인드를 갖추는 게 바람직해 보인다. 재산의 많고 적음이나 지위 고하를 떠나 누구든 콤플렉스를 지니고 있고, 그렇기 때문에 스스로 약점이 있다고 기죽을 필요도 없다. 모든 것은 마음먹기에 달렸고, 자신의 노력 여하에 따라 인생이 달라질 수 있다.

우리 모두 자신감을 갖고 정진해 나가자!

Part 3

가을

AUTUMN

29

짬
리더십

: 틈틈이 공부하고 짬짬이 즐겁게 보내자.
  우리에게 주어진 시간은 그리 많지 않다.

🍁 어릴 때 동네 어른들이 술기운이 무르익으면 밥상에 젓가락을 두들기면서 흥겹게 부른 노래가 있다.

"노새노새 젊어서 놀아. 늙어지면 못 노나니. 화무는 십일홍이요. 달도 차면 기우나니라. 얼씨구절씨구 차차차. 지화자 좋구나 차차차. 화란춘성 만화방창 아니 노지는 못하리라 차차차 차차차."

운율이 재미있어 철부지 개구쟁이들도 무심코 따라 불렀던 이 노래는 나이가 들어 놀러 다니려고 하면 육체적 힘이 없어 제대로 돌아다닐 수 없기에 가급적 젊을 때 짬을 내어 여기저기 다니며 좋은 것을 보고 배우고 즐기라는 뜻을 담고 있다. 다시 말해 건강한 신체가 있어야 재밌게 놀고 전국을 유람할 수 있다는 의미인데, '유희적 인간'의 특징을 잘 설명하는 사례이기도 하다.

그런데 정작 현대를 살아가는 우리들의 실상은 어떨까? 아마도 유치원 아이부터 초·중·고생, 대학생, 직장인에 이르기까지 정신없이 시간을 보내는 게 일반적일 것이다. 아이들은 음악이나 미술, 영어학원 등을 오가는 데 바쁘고, 고교생은 대입 준비, 대학생은 토익과 자격증 등 각종 스펙쌓기로 스케줄이 빡빡하다. 또 막상 여행을 떠나거나 개인적인 여유를 누릴 기회가 와도 여러 핑계를 대거나 귀찮은 생각에 '다음에 하지'라고 했다가 실행에 옮기지 못하는 경우가 허다하다.

특히 직장에 얽매여 있는 회사원들은 자기만의 시간을 내기가 쉽지 않다. 물론 각자 사정에 따라 다르겠지만, 사회적 연륜이 쌓이고 한 단계씩 위로 올라갈수록 나만의 여유를 찾기가 더 녹록지 않다. 직급이 높아지면 그만큼 책임질 부분이 넓어지고 신경 쓸 요인도 많아지기 때문이다. 그래서 만성적인 스트레스를 달고 사는 어떤 수출 대기업의 임원들은 크고 작은 질병 한두 가지씩은 마치 '상처 입은 훈장'처럼 지니고 있다고 한다.

갈수록 '놀이문화'에 대한 중요성이 강조되면서 해외로 여행을 떠나는 사람들도 늘었지만 대부분 충분한 시간을 내기가 만만치 않다. 예를 들어 유럽이나 미국 사람들은 한 달 정도 휴가를 가는 사람들도 흔하지만, 우리나라는 고작 사나흘에서 많아야 일주일이고, 열흘 이상 보냈다가는 상사 눈치에 언제 짐을 싸야 할지 모를 일이다.

그런데 여기서 잠시 곱씹어 볼 점이 있다. 여행이나 영화 등 여가생활을 즐길 때 꼭 충분한 시간이나 돈이 있어야 가능한 것일까? 요령껏 짬을 내서 활용하면 틈틈이 나만의 여유를 가질 수 있지 않을까?

흔히 '얼리버드(early bird)'는 사전적으로 새벽형 인간을 뜻하며, 여행업계에서는 조기예약자를 의미한다. 이들은 휴가철이 다가오기 최소 몇 개월 전부터 짬을 내어 휴가 계획을 짜놓고 항공권을 사들인다. 얼리버드들이 발 빠르게 서두른 데는 이유가 있다. 먼저 수개월 뒤에 다녀올 휴가 계획을 잡아놓으면 주말만 바라보며 근근이 버티는 사람과는 질적으로 다른 업무 효율을 낼 수 있다. 그날만 기다리며 '까짓것 일이 힘들어도 꾹 참자' 하는 심리적인 안정감을 가져올 수 있다. 또 미리 예약하면 훨씬 저렴한 가격으로 해외를 다녀올 수 있다. 고객은 자신이 원하는 지역의 여행상품 좌석을 확보하는 동시에 남보다 싸게 구매할 수 있고, 여행사 역시 예약이 집중되는 시기의 여행 수요를 미리 끌어낼 수 있는 장점이 있다.

영화를 감상할 때도 굳이 애써 시간을 내어 극장에 가기보다

등산을 다녀오거나 다른 만남을 가진 뒤에 귀가하는 길에 잠시 틈을 내어 표를 끊을 수도 있다. 다소 무계획적일 수 있지만, 두 개 정도의 일정을 연달아 소화한다는 기분으로 주말을 활용하면 효용 가치가 꽤 높다. 필자 역시 시간낭비를 줄이는 이런 활용법을 통해 평소 못 보던 영화를 여러 편 즐긴 경험이 있다.

대개 역사적으로 탁월한 리더들은 아침시간을 소중하게 생각하고 잘 활용한 깨어 있는 사람들이었다고 한다. 누구에게나 똑같이 부여된 하루 24시간 중에서 자칫 낭비하기 쉬운 새벽이라는 '짬'을 지배함으로써 부족한 시간을 채우고 자기계발을 해 남보다 앞선 삶을 살았다.

현대건설 CEO 출신으로 새벽 활동이 몸에 밴 이명박 전 대통령은 한때 관가에 '얼리버드 바람'을 강하게 주입시켰다. 주요 관료들은 6시 30분에서 7시 전후로 출근을 끝냈고, 매일 아침 회의 자료를 준비하는 청와대 행정관들은 더 일찍 나와 업무를 처리하는 강행군을 했다. 일부 공무원들은 피로감을 호소하기도 했지만, 시간 관리의 중요성을 체험적으로 깨닫는 계기가 되기도 했다.

경영 천재인 정주영 현대그룹 명예회장의 경우 자식들과 이른

새벽 5시 청운동 자택에 모여 식사를 하고 함께 출근하는 사진이 언론에 보도돼 한때 화제가 되기도 했다.

요즘 독일 레버쿠젠팀에서 주전으로 활약하면서 한국 축구의 희망으로 떠오른 손흥민 선수는 대표팀 최고참 이동국 선수에게서 꼭 배우고 싶은 한 가지가 있다고 한다. 그것은 바로 36살이 되도록 현역으로 왕성히 활동할 수 있는 몸 관리 능력. 비단 손 선수만이 아니라 다른 후배 선수들도 닮고 싶은 것은 마찬가지.

이와 관련해 모 언론사 기자가 '이동국의 몸 관리 비법'을 여러 사진을 통해 공개했다. 그것은 바로 농담을 하거나 장난을 치거나 코치의 설명을 들을 때도 다양하게 몸을 움직이는 것. 그는 틈틈이 스트레칭을 하고 발목을 돌리고 허벅지 등 근육을 키우려 애썼다. 다른 선수들도 수시로 몸을 풀면서 몸을 부드럽게 하는 습관이 있지만, 이동국 선수는 언제 어느 때고 무의식적이면서 자연스럽게 체력을 강화하는 행동을 보였다. 심지어 훈련 중 잠깐 쉴 때도 독특한 자세로 허리 힘을 키우거나 복근을 늘리는 데 최선을 다했다. 이는 바로 K리그에서 꾸준한 활약을 하게 된 비결이자 국가대표 경기인 A매치 100번째 출장을 이룬 원동력이기도 하다.

우리는 독서나 외국어 공부 등 무슨 일을 할 때 무의식적으로 핑계를 대는 습관이 있다. 시간, 돈, 기타 뭔가가 없어서…. 하지만 목표의식을 갖고 관심을 기울이면 그리 못할 일도 없으리라. 결국 매사에 정성을 쏟고 틈틈이 시간을 활용하는 습관을 키운다면 얼마든지 가능할 것이다. 먼저 안된다고 간주하기보다 가급적 될 수 있다는 신념을 갖고 차근차근 밟아 나가자. 수시로 짬을 내겠다고 생각하면 안될 일도 되게 할 수 있지 않을까?

30

무소유
리더십

: 우리가 영원히 소유할 수 있는 것은 없다.
  잠시 머물렀다 지나갈 뿐이다.

🍁 정말 몇 년 만에 관광지 취재차 해외 출장을 다녀왔다. 그곳은 바로 청춘 남녀들이 신혼여행지로 몇 손가락 안에 꼽는 몰디브. 인도 남서쪽 해양에서 그리 멀지 않은 거리에 자그마한 섬들로 이뤄진 이 나라는 그야말로 천혜의 자연환경을 바탕으로 많은 혜택을 누리는 지역이었다. 바닷물을 벗 삼아 꾸며진 리조트 나무다리 위에서 아래를 바라보면 아기 상어와 이름도 모를 각종 어류가 근심 없이 유유히 뛰놀고, 여기저기서 스노클링을 하는 인간들과 숨바꼭질을 하는지 요리조리 내빼는 모습도 인상적이었다.

하룻밤 자는 데 최소 수십만 원에서 최고 수백만 원까지 내야하는 미루섬의 워터 빌라. 가벼운 안마와 목욕이 가능한 자쿠지에 드러누워 하늘을 바라보면 푸른 물감을 병풍 삼아 제멋대로 생긴 구름 녀석이 이리저리 휘날리고, 별안간 심술을 부리고 싶

은지 먹구름이 몰려와 한바탕 소낙비를 뿌리고 저 너머 한 켠으로 사라지곤 했다.

침대 위에서 바라본 인도양. 해안가 근처에서 굽이치고 소용돌이 치는 파도는 세파에 시달렸던 피서객들의 시름을 일거에 날려버리고 누구나 철학자가 된 것처럼 '무념무상' 힐링의 시간을 선사했다. 문득 방 안을 둘러본 나의 시선. 안락한 침대와 베개, 그리고 베란다에 위치한 침대 벤치. 갑자기 밑에서 기어올라와 아장아장 옆걸음을 치며 호기심을 불러일으킨 바닷게. 짧은 순간 이 모든 게 나만의 공간이었지만, 어느덧 이틀 밤을 지내고 나니 이름 모를 새 주인에게 자리를 내줘야만 했다.

또 하나의 섬 파라다이스. 드넓은 해변과 함께 시원한 청량음료의 CF 촬영지인 양 탐방객들의 눈길을 사로잡아 '지상의 낙원'을 연상시켰던 곳. 카누와 수상스키를 타고 풍부한 해산물을 먹으며 보낸 황홀한 순간 역시 2번의 밤을 보내자 순식간에 지평선 너머로 사라졌다.

그리고 신혼부부가 가장 많이 찾는다는 벨라사루 리조트. 해변에는 새로 결혼식을 올려도 좋을 미니 웨딩공간이 마련돼 있고, 예복을 입은 커플은 추억에 새길 만한 좋은 장면을 만들기에 여념이 없다. 방이 너무 넓어 혼자서 지내기엔 안 어울렸던 곳. 짧은 순간 일행들에게 환상의 쉼터를 제공한 공간이었지만, 마지막 하룻밤을 끝으로 몰디브 관광청 초청 행사는 이렇게 마무리됐다.

5박 7일간의 일정을 되돌아보면서 필자는 잠시 생각에 잠겼다. 넓고 푹신한 침대, 안락한 거실, 높은 천장, 전망 좋은 베란다, 그리고 사람을 두려워 않는 고고한 새. 생애 가장 럭셔리한 집이 짧은 순간 내 것이었고, 며칠 밤을 보낸 소중한 공간이었지만 결국엔 타인에게 넘겨줘야 한다는 것. 그리고 다른 주인들 역시 잠시 머물다 또 다른 이방인에게 바통 터치를 해줘야 한다는 것. 그렇다면 내가 지금 갖고 있는 아파트와 자그마한 재산, 그리고 기타 소유물은 어디로 흘러갈 것인가. 그러자 문득 '무소유의 삶'이 떠올랐다.

흔히 '무소유'의 삶은 몇 해 전 작고한 법정 스님의 가르침에서 비롯된다. 그분이 풀이한 불교 최고의 잠언서 《법구경》 몇 구절을 잠시 되새겨본다.

"황금이 소나기처럼 쏟아질지라도 사람의 욕망을 다 채울 수는 없다. 욕망에는 짧은 쾌락에 많은 고통이 따른다."

"헛된 집착에서 근심이 생기고 헛된 집착에서 두려움이 생긴다. 헛된 집착에서 벗어난 이는 근심이 없는데 어찌 두려움이 있겠는가."

"우리는 필요에 의해서 물건을 갖지만, 때로는 그 물건 때문에 마음이 쓰이게 된다. 따라서 무엇인가를 갖는다는 것은 다른 한편 무엇인가에 얽매이는 것. 그러므로 많이 갖고 있다는 것은 그만큼 많이 얽혀 있다는 뜻이다."

법정 스님은 글을 통해 세상살이의 고통이 무릇 그릇된 욕심과 재물에서 생겨나고 있음을 지적하고 있다. 그렇다면 어떤 태도의 삶이 바람직한 것일까?

우리는 대부분 가정을 꾸리고, 자식을 공부시키고, 사회적 지위를 얻고, 노년에 대비하기 위해 직장 생활을 한다. 그리고 안락한 쉼터인 내 집도 장만하지만, 때론 이런 획득물이 잠시 인연을 맺은 대상일 뿐 영원히 내 것이 아니라는 생각도 하게 된다. 그래서 많은 사람들은 이러한 느낌을 가슴에 새긴 채 묵묵히 기부하는 삶에 들어서기도 한다. 주변을 돌아보면 처지가 힘들어도 한 달에 120만 원을 벌어 2만 원을 꼬박 어린이재단에 기부하는 분이 있는가 하면, 수억 원에서 수십억 원의 돈을 아무 조건

없이 내미는 천사들도 적지 않다.

필자는 한 해, 두 해 나이테의 굴레를 더 받아들일 때마다 가급적 물질적 욕구에 휘둘리지 않으려 애쓴다. 자칫 물욕(物慾)에 빠질 경우 터무니없는 무리수를 둘 수 있고, 이는 정신적 스트레스로 이어져 머리가 혼란스럽고 건강도 잃어버릴 수 있다. 이런 각오가 험난한 현실 속에서 아무런 효력을 발휘하지 못할 때도 있지만, 그럼에도 마음을 정갈히 하면서 뚜벅뚜벅 의미 있는 길을 걷고 싶기도 하다.

유럽이나 미국 등 서구 지역을 살펴보면 유난히 기부문화가 발달해 있는 것을 알게 된다. 특히 미국과 영국의 경우 '부(富)는 신에 의해 잠시 위탁된 것'이라는 기독교적 사고가 기부문화의 발전을 촉진했다. 선진국일수록 국가 권력과는 독립된 상태에서 다양한 기부조직들이 널리 자리잡았고, 이를 통해 부의 재분배도 이뤄지고 있다.

미국의 '철강왕' 앤드류 카네기는 엄청난 부를 짊어진 채 세상을 떠나는 것을 죄악시했다. 그는 부의 사회 환원이 신성한 의무이자 즐거운 나눔이며 빈부 간의 화해 수단으로 작용해야 한다고 강조했다. 현존하는 세계 최고 부자 반열에 있는 빌 게이츠나 워런 버핏은 해마다 기부액 1~2위를 다투며 선의의 경쟁을 벌인다. 우리 사회도 선진국보다는 못하지만 연말연시 등을 전후해 많은 쌀과 거액을 기부하면서 선행을 베푸는 독지가들이 적지 않다.

누구나 살아온 햇수를 세어보면 너무나 짧은 시간이었음을 느끼게 된다. 결국 인생은 빈손으로 왔다가 빈손으로 가는 것. 매사에 최선을 다하는 삶은 권장할 만하지만, 무리한 욕심을 내세우는 태도는 삼가는 것이 바람직하다.

문득 눈을 감으니 수많은 별들이 반짝이던 몰디브의 밤이 선명히 떠오른다. 그곳에서 떠올렸던 '무소유의 삶'이 어떤 것인지 다시 한번 곱씹어 봐야겠다.

31

정
리더십

: 각박한 삶 속에서 인간미를 지탱하는 건 정(情)의 문화.
 소중히 아끼고 지켜 나갈 유산이다.

🍁 길거리를 가다 보면 종종 '시골밥상'이라는 음식
점 간판 내지는 메뉴가 눈에 띈다. 토속적이면서 친환경적일 것
같고 왠지 정감이 서려 있는 듯한 느낌을 준다. 그래서 연세 지
긋하거나 시골에서 어린 시절을 보냈던 분들은 좀 더 눈길을 주
고 다른 음식점보다 더 자주 찾게 된다.

국내에 정착해 코리아를 흠모하게 된 외국인들은 이구동성으
로 한국의 독특한 정(情) 문화를 장점으로 꼽는다. 전국 방방곡
곡을 돌아다니며 전통 문화를 체험하는 방송에 출연했던 '줄리
안'이란 이름의 벨기에 청년 역시 푸근한 정에 흠뻑 빠졌다. 무
엇이든 더 챙겨 주고 나누고 싶어 하는 따뜻한 마음. 한국에 오
기 전 편식이 매우 심했다는 이 푸른 눈의 사나이는 시골 할머니
들이 챙겨 주시는 밥만큼은 거절할 수 없었고, 이로 인해 서서히
한국의 맛에 길들여졌다고 고백한다.

필자는 얼마 전 미래 관광의 이슈를 토론하기 위한 워크숍 참석차 강원도 홍천에 다녀왔다. 금요일 밤에 출발해 토요일 오전에 돌아오는 일정이었는데, 오랜만에 운전대를 잡아서 그런지 드라이브를 하는 맛이 제법 쏠쏠했다. 특별히 바쁠 것도 없는 여정 속에서 빵과 송편, 과일을 한 꾸러미 싸들고 20여 년 차이가 나는 직원과 음식을 먹으며 얘기를 나누던 시간. 깊어가는 가을 저녁의 정취를 물씬 느꼈다.

밤새 열띤 대화를 하고서 맞이한 다음 날 아침. 창문을 열고 바라본 홍천의 가을 풍경은 푸르디푸른 청명한 하늘과 숲의 아름다움이 어우러져 감탄사가 절로 나오는 비경(祕境)을 연출했다. 잠시 TV를 켜 간밤에 일어난 세상 소식을 점검한 뒤 일행들과 식사를 하고 귀갓길 승용차에 몸을 실었다.

전날에는 어두컴컴한 데다 고속도로를 달리느라 주변 경치를 제대로 보지 못했지만, 집으로 돌아오는 길은 자세히 감상하고 싶은 충동이 일었다. 꼬불꼬불한 국도로 20분 정도 드라이브를 하다가 어느 마을 한적한 곳에서 차를 멈췄다. 그리고 가볍게 걸으며 인근 야산에서 내뿜는 쾌적한 공기를 마음껏 마시고 싶었다. 햇볕이 쨍쨍한 가운데 두리번거리며 가는데 어느덧 길이 좁아지더니 오이를 키우는 비닐하우스가 나타나고 개 짖는 소리가 들리면서 소 3마리가 다가온다. 먹을 걸 좀 달라는 표정인지 계속 혀를 날름거리며 우리를 응시한다. 낯선 곳이라 우물쭈물 막

다른 골목에 들어섰고, 개들이 연신 짖어대는 탓에 등산을 중단하기로 했다.

내친김에 오이를 사려고 주인집에 들어섰는데 도시로 보내려는지 여기저기 오이상자가 한가득이다. 가볍게 인사를 하고 3,000원어치만 달라고 부탁했더니 하나둘 봉지에 넣는 손놀림이 그칠 줄 모르고 연신 바쁘다. 족히 20개가 넘는 분량이 들어간 듯하고 여기에 호박 2개를 더 얹어 주시는데 완전 대박이다.

이왕이면 계산도 편하고 더 사자는 요량으로 2,000원어치를 더 주문했다. 그런데 웬걸 이번엔 또 다른 봉지에 호박 4개, 그리고 오이가 한 아름이다. 어머니로 보이는 할머니께서 더 주라고 재촉하시는데 미안할 정도로 과분하다. 만일 대형마트에서 산다면 한 봉지에 1만 5,000원은 족히 넘을 듯한데, 두 봉지 3만 원어치를 단돈 5,000원에 샀으니 가격이 저렴해도 너무 저렴하다. 이것이 바로 농촌에서 맛볼 수 있는 인정인가? 정말 오랜만에 정겨움 넘치는 광경을 대하니 기분이 정말 좋다. 그분 옆에는 동남아에서 온 듯한 부인이 임신한 채로 해맑은 웃음을 짓고 있는데 역시 정감이 가득하다.

필자는 앞서 오던 도중에도 길가에 멈춰 한 아주머니로부터 황도를 20개에 2만 원을 주고 샀다. 약간은 흠집 나고 썩은 데도 있고 울퉁불퉁하기도 했지만 몇 개를 더 얹어주는 정성에 신이 났다. 집에 가져와 가족들과 함께 즐긴 황도의 맛, 그야말로 일품이고 훈훈한 정을 곁들인 유쾌한 시간이었다.

　일요일 오전에는 서울 수유리 북한산 자락의 칼바위 능선을 올라갔다. 일주일에 하루 정도는 등산을 해야 가슴이 시원해지는 필자는 도시락을 싸들고 숲 속으로 향했다. 산 중간쯤 오르다 문득 이름 모를 꽃을 발견했는데, 화려하진 않지만 나무들과 어울려 그럴싸한 자태를 뽐내고 있었다. 만일 꽃가게에서 판다면 유명한 꽃들에 밀려 명함조차 내밀지 못했을 터이지만, 산속에서는 독특한 존재감을 드러내고 있었다. 어찌 보면 푸른 숲의 다양한 생물체들이 주는 정 때문에 더욱 빛나 보이는 것은 아닐까? 그러고 보면 산을 구성하는 식구들은 자신을 둘러싼 이웃사촌들에게 싫은 내색을 표현하지 않는다. 잘생긴 나무든, 못생긴 꽃이든, 하찮은 돌이든 서로 하나가 되어 아름다운 하모니를 일궈낸다. 그래서 치열한 삶 속에 찌든 인간들도 다정함을 안겨주는 산에 매료되고 자주 찾는 게 아닐까?

　무릇 산에 오는 분들은 마음이 너그러워 보인다. 일상생활에서는 찌든 삶 때문에 팍팍할지 몰라도 숲에만 들어가면 인정 넘치고 양보할 줄 아는 사람들로 변모한다. 물론 일부 고성을 지르거나 오물을 함부로 버리는 사람들도 있지만, 대부분 선량해지고 따뜻한 정경이 피어난다. 이 역시 청정무구, 욕심 없는 자연이 인간에게 준 선물이 아닐런지….

나이 지긋한 어르신들이 비교적 많이 사는 서울 강북구의 마을 버스 안. 느긋한 일요일이라 그런지 차량의 움직임도 천천히, 노인들이 편히 내리시라고 기사 아저씨는 미소를 띠며 안전 운행에 최선을 다한다. 약속 시간에 바쁠 누군가는 속이 불편하겠지만, 이처럼 이해타산이 적은 곳에서는 따뜻한 인정이 우선이다.

반면에 출퇴근이 한창인 평일 지하철의 풍경은 어떨까? 승객들이 내리기가 무섭게 열차를 운행하는 승무원들은 "문을 닫습니다"라고 안내방송을 하면서 서둘러 버튼을 누른다. 사람들이 다 탔는지, 돌발적인 위험 상황은 없는지 아랑곳 않고 문 닫는 경우도 빈번하다. 인파가 많을 때면 열차에 타려다 문 틈에 끼지나 않을까 걱정이다. 물론 피치 못할 사정이야 있겠지만….

하지만 이런 모습이 온데간데없이 사라질 때가 있다. 예를 들어 임금 인상 등 이익을 위해 파업이 필요한 상황이면 '준법운행'을 내세워 갈 길 바쁜 승객들을 애태운다. 천천히 문을 여닫고 친절한 행동도 하지만, 그 안에 담긴 속내를 말 없는 승객들은 읽고 있다. 내 몫을 위해서라면 수단과 방법을 가리지 않는 황금만능주의, 달갑지 않은 자화상이다.

갈수록 도시화가 확산되면서 토속적인 정 문화도 많이 사라지고 있다. 한때 서울을 조금만 벗어나면 넉넉한 시골풍경이 우리를 감쌌지만, 지금은 곳곳에 아파트가 들어서면서 웬만큼 달리지 않으면 빌딩 숲이 멈추질 않는다. 정부는 경제를 살리고 부족한 집을 늘린다며 건축 허가를 내주고, 이에 편승한 기업들은 돈을 벌기 위해 소중한 자연을 파헤친다. 물론 건설분야가 국가 경제에서 차지하는 비중이 매우 커 개발을 지속해야 하는 사정도 이해하지만, 땅을 파고 돌 캐내는 일이 잦아져 한층 마음이 삭막해지는 것은 아닐까 두렵다. 실제로 몇 년 전부터 행정수도와 공공기관, 공기업 등이 대거 지방으로 옮기면서 땅값이 치솟고 투기 등 돈바람이 거세게 불고 있다. 지역 균형발전을 위한 것이라고는 하지만, 넉넉한 인심이 숨 쉴 공간이 제대로 보존될 수 있을지….

그래도 각박한 삶 속에서 우리를 지탱해줄 것은 정의 문화다. 갈수록 그 의미가 퇴색되고 있지만, 우리를 지켜줄 보금자리는 조건 없이 보듬고 안아줄 넉넉한 마음. 가급적 정은 넘치면 넘칠수록 좋다.

32

불감증
리더십

: 안전불감증은 우리 모두를 갉아먹는 암적인 존재이다.
  아무리 주의해도 지나치지 않다.

🍁 2014년 우리나라를 가장 세차게 뒤흔든 단어를 꼽으라면 아마도 '안전불감증(安全不感症)'이 아닐까 싶다. 수백 명의 목숨을 앗아간 세월호 사고를 비롯해 폭설에 따른 체육관 지붕 붕괴로 100여 명의 사상자를 낸 경주 마우나오션 리조트 사고 등등. 산에서 담배를 피우거나 쓰레기를 함부로 버리고 정제되지 않은 인터넷 댓글을 남발하는 것 역시 무심코 저지르기 쉬운 안전불감증 사례다.

얼마 전 20여 년간 연락을 주고받고 있는 군대 동기를 서울 영등포에서 만났다. 흔히 남성들이 그렇듯이 주점에 들어가 얘기를 나누는데 안타깝게도 오래 머물기가 쉽지 않았다. 여기저기 담배 연기를 내뿜는 탓에 이내 자리를 뜰 수밖에 없었던 것이다. 요즘엔 남녀노소를 막론하고 흡연이 다반사가 됐는데, 정말 음식을 먹으러 들어간 것인지 아니면 연기를 마시려 한 것인지 분간이 되지 않았다. 결국 몇 곳을 들락날락한 뒤에야 비교적 숨쉬기 쉬운 공간을 찾았는데 이마저도 한쪽 구석에서는 버젓이 흡연을 할 수 있도록 해놨다. 실상 이 지역은 지하철역을 나오는 순간부터 담배 연기에서 자유로울 수 없었다. 워낙 유동인구가 많은 이유도 있지만, 아무렇지도 않게 내뿜는 연기가 본인은 물론 주변 사람에게 피해를 끼친다는 점을 망각한 탓이다. 하긴 버스 정류장 등 일부 금연구역으로 지정된 곳에서조차 버젓이 담배 피우는 경우를 종종 보는데, 온전히 선진국으로 가려면 아직도 갈 길이 멀다는 느낌이다.

대중화된 지가 20년 안팎에 불과하지만 하루 일과에서 가장 접촉빈도가 잦은 인터넷. 다양한 정보 획득과 비즈니스 등 유용한 점이 많지만, 그로 인한 폐해도 수두룩하다. 특히 어떤 사안이나 가벼운 일상을 둘러싸고 활개 치는 댓글이 우리 사회를 멍들게 한다. 욕설과 비속어, 험담, 근거 없이 퍼 나르는 글이 난무하면서 정신을 갉아먹는다. 옳고 그름을 떠나 정제되지 않은 언어의 남발은 국격(國格)을 후퇴시킬 뿐이다. 대다수 선량한 사람들을 제외한 일부의 잘못이라고 치부할 수도 있지만, 인터넷의 엄청난 파급력을 고려할 때 그냥 지나칠 수 없는 일이다. 오죽하면 좋은 글을 달자는 취지의 '선플달기' 운동이 펼쳐지고 있을까.

이런 분위기가 조성된 건 지도층인 정치인들의 막말도 한 몫 기여(?)했다고 볼 수도 있다. 편가르기, 이념갈등, 몸싸움 등 목적 달성을 위해 수단과 방법을 가리지 않는 편법이 잦아지면서 그 폐해는 고스란히 우리 사회에 전파됐다. 워낙 대중매체가 발달한 시대이기에 정치인들의 말 한마디, 그릇된 행동은 나라를 갉아먹는 암적인 존재가 될 수 있다.

언젠가 산에서 간식을 먹다가 주변을 둘러보니 먹다 남은 음식을 담은 검은 봉투가 여기저기 널려 있다. 문득 치우고 싶은 생각이 들어 하나둘 줍기 시작했는데, 금세 한가득이다. 어찌나 은밀한 곳에까지 쓰레기를 버렸는지 참 머리도 좋다는 느낌이다. 한쪽에서는 큰 목소리로 떠들고 담배도 피우는데 정말 옐로카드를 꺼내고 싶은 심정이었다. 필자 역시 부족한 점이 많지만, 정말 어른은 어른답게 행동해야 한다는 점을 새삼 느꼈다. 산에서는 법보다 자유로움이 더 숨 쉬지만, 무분별한 방종은 소중한 자연을 해치고 잿더미로 만들 수 있다는 점을 잊지 말아야겠다.

내친김에 차량 접촉사고에 대해서도 한마디 하고 싶다. 갈수록 나아지고 있지만 여전히 도로 한복판에 차량을 세워놓고 잘잘못을 따지는 사례가 여전하다. 남의 사정이야 어떻든 고가의 재산인 내 자동차가 손상됐으니 목청을 높이는 게 더 우선이다.

갈 길 바쁜 다른 운전자들도 화를 참지 못하고 일제히 경적을 울리니 도로가 아수라장이 된다. 내 이익에 지나치게 집착하면 타인에게 피해를 줄 수 있다.

고교 동창이 모 도시의 소방안전을 책임지는 역할을 맡고 있다. 각계의 의견을 듣고 정책에 반영하고 싶다는 부탁이 있어 잠시 회의에 참석했는데, 얘기의 골자는 어린이 안전의식을 확산시켜야 한다는 것이었다. 정작 당사자인 어른들을 교육시키는 게 중요할 텐데 그 이유를 들으니 성인들이 말을 제대로 안 듣는다고 한다. 교육장 등에서 간단한 구급조치 요령을 가르쳐주거나 안전문화의 중요성을 일깨워도 그럭저럭 받아들이지 진지한 모습이 아니란다. 결국 소방청 입장에서는 어른보다 미래 성인이 될 어린이교육에 초점을 맞추는 것이 효율적이라 판단했고, 여기에 부모와 학교를 의무적으로 연계한 교육프로그램을 개발하는 방향으로 정책을 펼치겠다는 입장을 내놨다.

'나비효과(butterfly effect)'라는 말이 있다. 1963년 미국의 기상학자인 에드워드 로렌츠가 주장한 것으로, 브라질에 있는 나비의 날갯짓이 미국 텍사스에 거대한 회오리인 토네이도를 발생시킬 수도 있다는 이론이다. 로렌츠는 컴퓨터로 기상관측 시뮬레이션을 하다가 초기의 변수값을 아주 작게 변화시켰는데 예상을 뛰어넘는 큰 결과가 나왔다. 즉, 세상을 유심히 관찰하다 보면 모든 사건이 원인과 결과로 맺어지는데, 어떤 일이 시작될 때 있었던 미세한 변화가 결과적으로 엄청난 차이를 만들어낼 수 있다는 뜻이다.

가정에서 부모가 주고받는 대화는 그대로 아이들이 쓰는 용어가 된다. 자식들은 부모의 말투를 무의식적으로 이어받고 그 수준이 바로 한 가정의 품격을 드러낸다. 선한 용어를 쓰면 자식의 언어가 착해지고, 반대의 경우라면 저속해진다. 아무리 학력이 뛰어나고 고위직에 오른 사람이라도 부부싸움을 하게 되면 자칫 비속어가 튀어나올 수 있는데, 각별히 말조심, 행동조심 해야 하는 세상이다. 아이들은 기본적으로 모방과 실천 능력이 뛰어나다. 성인들이 무심코 하는 행동은 가정과 사회, 나라를 올바로 이끄는 바로미터가 될 수도 있고, 그릇된 길로 빠트리는 독이 될 수도 있다.

스트레스 받는다고 혹은 습관적으로, 아니면 과시용으로 담배를 피울 수 있지만 장차 본인의 몸을 해치는 건 물론 타인의 건강에도 나쁜 영향을 미칠 수 있다. 불행하게도 한국 남성의 흡연율은 OECD 국가 중에서 1~2위권인 42.1%(2013년 기준)를 기록하고 있고, 여성들은 비교적 낮은 6.2%에 그치지만 계속 증가

하고 있어 빨간불이 켜졌다.

　누구나 말과 행동을 조심해야 한다는 의미로 신독(愼獨)이라는 경구가 있다. 남이 보지 않는 곳에서 혼자 있을 때도 도리에 어긋나지 않도록 말과 행동을 삼가야 한다는 뜻으로, 옛 성인들은 항상 스스로를 다스리는 신독을 매우 중히 여겼다.

　한 살 두 살 나이를 먹을수록 책임감이 더 커지게 됨을 느낀다. 공자께서 인간은 평생 배워야 한다고 말씀하셨는데, 얼마나 더 공부하고 깨달아야 하는지 두렵다.

　아뿔싸! 필자가 다 써놨던 원고인데 컴퓨터 속도를 높이려고 휴지통에 옮겼다가 다 날려버렸다. 이 역시 안전불감증인가?

33

동행
리더십

: 우리는 혼자 살아갈 수 없다.
  동행의 가치를 깨달으면서 서로를 소중히 생각해야 한다.

🍁 5년 전 큰 수술을 받은 이후 아내와의 동행이 부쩍 늘었다. 한창 밖에서 취재하러 다닐 때는 바삐 뛰어다녀야 하기 때문에 그런 기회가 많지 않았지만, 지금은 좀 더 같이 시간을 공유하려고 한다. 가끔 영화를 보거나 관광명소를 찾아간다거나 아니면 휴가철에 아예 비행기에 몸을 싣고 먼 타지로 여행을 훌쩍 떠나버리는 것이다. 이제 필자도 지천명을 바라보는 오십 줄에 들어서고 있으니 속절없이 세월이 가는 게 두려워진다. 그래서 아내와 약속하기를 가급적 젊고 다리에 힘 있을 때 재밌게 놀자고 속삭였고, 손뼉을 마주쳤다. 두 사람이 종종 드라이브를 할 때는 간식을 나눠 먹으며 정겨운 얘기를 나누기도 하고, 별 것 아닌 일로 사소한 말다툼도 한다. 그래도 그때뿐이고 갈등이 오래가지 않는다.

노무현 대통령은 선거에서 장인의 공산주의 전력이 공격을 당하자 "그럼 사랑하는 아내를 버리라는 말입니까?"라는 반어법으로 위기를 반전시켜 표를 모으고 극적으로 대통령에 당선됐다. 동행하는 반려자에 대한 존중이자 애절한 사랑의 표현을 통해 국민의 폐부를 깊숙이 파고든 것이다.

　명절 때 미혼 남녀들이 어른들로부터 가장 듣기 싫어하는 말은 "결혼하라"일 것이다. 본인들은 "알아서 잘 할 텐데 왜 성화일까?"라고 탓할 수 있지만, 노인들은 자식이 혼자 덩그러니 있으면 불안하고 일이 손에 잘 안 잡힌다. 왜 그럴까? 아마도 누군가와 함께하는 동행이 생활을 지탱해주는 주춧돌이기 때문일 것이다. 자식이 어릴 때는 부모가 뒷바라지할 수 있지만 자칫 늙고 병들어 세상이라도 떠나면 금이야 옥이야 키운 아들, 딸을 돌볼 사람이 없다고 여긴다. 물론 친구를 비롯한 지인들이 근처에서 맴돌긴 하겠지만, 오롯이 자녀를 지켜줄 존재는 아니라고 보는 것이다. 그래서 부모를 대신해 사랑도 하고 가족 간의 따스한 정을 나누려면 핏줄을 선사해줄 반려자가 필요하기에 "좋은 배필을 만나라" 재촉하고 그런 인연이 등장하길 학수고대하는 것이다. 인생은 스스로 우뚝 서야 하는 게 당연한 이치이지만, 부모 입장에서는 자식을 바라보는 시선이 그저 안쓰러울 뿐이다. 실제로 방송을 통해 잘 알려진 모 정치평론가는 최근 33살의 막내딸을 시집보내고 나서 그렇게 속이 후련할 수 없었다고 한다.

종교를 믿는 분들은 자신이 믿는 절대자, 즉 신과 언제나 동행하려고 한다. 물론 신앙심의 깊이에 따라 다르겠지만, 대개는 마음속에서 혹은 생활 속에서 정신적인 대화를 주고받고 의지하며, 올바로 살아가겠다고 다짐한다. 젊을 때는 무신론자가 많은 듯 보여도 나이가 들면 유신론자가 점차 증가한다. 중년을 넘어서면 세월 앞에 겸손해질 수밖에 없고 지나온 삶의 발자취를 되돌아보면서 차분히 점검하려 하기 때문이다. 또 그만한 연륜이 쌓일 정도면 인생의 질곡을 몇 번씩은 경험했기에 본인의 부족함을 깨닫고 젊을 때보다 더 종교에 시선을 돌리는 것이다. 결국 나이테가 늘어날수록 학식의 깊이나 재산, 사회적 지위와 상관없이 삶의 경험에서 나오는 철학적인 사고를 하게 되고, 연배가 비슷한 지인들끼리 좋은 글도 공유하며 고개를 끄덕이게 된다.

어쨌든 사람은 나이가 들수록 외로움을 느끼고 쓸쓸해지는 경향이 있어 동행할 대상이 꼭 필요하다. 흔히 노인이 되면 3고(苦)로 고통을 받는다고 하는데, 그중에 하나가 바로 외로움이다. 그래서 주변에 같이 공감해줄 말벗이 필요한데, 이런 친구를 만난 사람은 그렇지 않은 사람에 비해 삶의 만족도가 훨씬 높은 것으로 알려졌다. 우리 사회에 갈수록 치매가 큰 문제가 되고 있는데, 동행을 통해 이를 해결할 수 있다면 국가적인 고민거리가 줄어드는 셈이다.

주변을 둘러보면 인생을 해로하던 부부가 한 사람의 사망으로 인해 갑자기 더 늙고, 말이 없어지면서 정신질환을 앓는 경우를 종종 목격한다. 한때는 지지고 볶고 싸웠어도 서로를 보듬고 안아줄 대상이 바로 그 사람인 것을 잘 알기 때문이다. 그러다 어느 순간 반쪽이 떠난 것을 알았을 때 다가오는 상실감은 너무 크다. 그로 인한 충격은 치매 등 부작용을 유발할 수 있고, 가족은 물론 사회적으로도 큰 걱정거리를 낳게 되는 것이다.

우리는 길을 걷다가 혹은 대중교통을 이용하다가 수많은 사람을 만난다. 우연히 친한 지인이라도 보게 되면 그리 반가울 수가 없다. 동시대, 같은 나라, 비슷한 동네에서 동행하는 사람들. 어찌 보면 영겁의 세월 속에서 하나의 점도 안 되는 바로 이 지점에서 조우했는데 얼마나 반가울까?

하지만 우리가 항상 친할 수만은 없다. 서로 다른 입장에 따라 혹은 오해로 인해 으르렁대는 경우도 발생한다. 국가는 국가끼리, 집단은 집단끼리, 개인은 개인끼리…. 해마다 지구촌 곳곳에서 전쟁이 빈번히 발생하는 것을 보면 서로 지나친 욕심을 내세웠기 때문이 아닐까 싶다. 즉 자기 이익을 위해 상대방의 자존심을 건드리고 티격태격하다가 큰 싸움으로 번지는 것이다. 이슬람 테러단체인 IS와 미국을 위시한 동맹국들의 전투는 어느 일방만 옳다고 할 수 있을까? 아마도 쌍방 과실에 무게를 둬야 하지 않을까? 그래도 국제사회는 영원한 동지도 영원한 적도 없는 게 현실이다. 그때그때 이익에 따라 뭉치고 흩어지는 냉엄한 세계, 그 자체인 것이다.

우리가 만나는 불특정 다수의 사람들도 마찬가지다. 혼잡한 지하철에서 몸이라도 살짝 부딪히면 얼굴을 붉히거나 말다툼, 심지어 몸싸움을 하는 경우도 심심찮게 일어난다. 만일 서로 적대시했던 사람들이 죽어서 하늘나라에서 만난다면 서로 반가워하며 웃을 수 있을까? 아니면 얼굴을 붉히고 또 다툼을 벌일까?

어찌 보면 동시대에 태어난 소중한 인연들인데 서로를 이해하고 감싸주는 애틋한 마음을 가졌으면 좋겠다. 누구에게나 긍정적인 마음을 갖는 게 어렵겠지만 그래도 매사 긍정적으로 서로를 바라보면 어떨까? 필자가 자주 이용하는 어느 지하철역의 마을버스 기사는 한 사람 한 사람 손님이 탈 때마다 "어서 오세요. 고맙습니다"라고 수십 번 인사말을 반복한다. 때론 그런 풍경이 낯설고 어색할 수도 있지만, 그 말을 듣는 사람들 역시 "고맙습니다"라고 답할 수밖에 없다. 흔히 가는 말이 고우면 오는 말도 곱다는 속담이 있는데 이분에게 싫은 소리를 하는 승객은 찾아보기 어렵다.

인간은 사회적 동물이기에 누구나 가정, 기업, 단체, 국가에 속해 일상생활을 영위한다. 서로 부대끼면서 희로애락을 경험하고, 미운 정 고운 정도 쌓는다. 모두가 귀한 인연인데 가급적 긍정의 시선을 보내자. 이 세상에 웃는 얼굴에 침 뱉을 사람은 거의 없다.

34

절제
리더십

: 사람은 절제하지 못하면 제 역할을 할 수 없다.
 욕망도 그 시기를 견뎌야 꽃피울 수 있다.

🍁 이례적으로 북한 수뇌부 핵심 삼인방이 전격적으로 방한해 대내외적으로 비상한 관심을 끌었다. 겉으로 내세운 명분은 인천아시안게임 폐막식 참석이었지만, 실상은 오래도록 교착상태에 빠졌던 남북관계를 화해와 협력의 길로 열어 가기 위한 뜻도 담겨 있다. 권력 서열 2위인 황병서 인민군 총정치국장이 "좁은 오솔길을 대통로로 열어 가자"고 했는데, 진정으로 평화 공존의 길로 들어섰으면 하는 바람이다.

그동안 양측이 대립 관계를 지속한 것은 서로 절제의 미덕을 발휘하지 못한 탓도 있다. 북측은 자신의 마음에 들지 않으면 차마 입에 담지 못할 폭언을 내뱉거나 군사적 도발을 강행하는 결례를 범했고, 남측 역시 북한 최고지도자의 이름을 함부로 거론하는 등 상대방에 대한 예의에 소홀한 측면이 있다. 물론 여전히 적대적인 입장에서 공격적인 화법을 구사할 수 있으나 앞으론 좀 더 서로를 배려하는 미덕이 절실해 보인다.

한국 영화계의 거장인 임권택 감독은 나이가 들수록 '절제의 미학'이 필요함을 강조한다. 2014년 제19회 부산국제영화제에 자신의 102번째 작품인 〈화장〉을 들고 참석한 그는, 병든 아내를 돌보면서 한편으론 매혹적인 여직원에 빠지는 중년 남자의 애달픈 심리를 섬세하게 다뤄 호평을 받았다. 그는 절제미가 돋보인다는 평가에 대해 "인간의 욕망이란 정말 밑도 끝도 없다는 걸 나이가 들면서 더욱 깨닫는다. 살면서 드러내 얘기하기 부끄러운 욕망들이 많은데, '절제의 힘'으로 싸워가면서 사는 게 결국 인생인 것 같다"고 설명했다.

실제로 세상을 살아가는 우리들은 돈, 사회적 지위, 성욕 등 여러 욕망에 휩싸이게 된다. 가끔 한 회사의 CEO를 만나면 부럽다는 생각을 하게 되고, 장차 '내 힘으로 일군 기업의 대표가 되고 싶다'는 공상을 하기도 한다. 사회적 지위가 높은 분과 얘기를 나눌 때면 마치 나도 그 위치에 있는 사람인 것처럼 착각할 때도 있다. 인간은 누구나 희망을 품고 여정을 밟기 마련이지만 무엇보다 원하는 바를 정당하게 획득하려는 자세가 중요하다. 편법에 현혹되지 않고 슬기롭게 대처하는 능력을 키워 '만물의 영장'다운 지혜를 발휘해야 함은 물론이다.

주변 사람들과 부대끼다 보면 항상 좋은 일만 생길 수는 없다. '3번 참으면 살인도 면한다'는 말이 있는데, 순간 감정을 참지 못해 욕설이 튀어나올 수 있고 자칫 상사에게 대들다가 책상이 없어지는 경우도 생길 수 있다. '시간이 약'이라는 말처럼, 먼저 혀를 조심한 뒤 호흡을 가다듬다 보면 성난 마음도 가라앉고 애초 억울해 보였던 일도 아무것도 아닌 일이 될 수 있다. 자칫 스트레스 받는다고 화풀이부터 하면 반드시 후환이 따라오기 마련이다.

탈무드에 나오는 일화를 잠시 들어보자. 어느 날 랍비가 학생들을 위해 만찬을 준비했다. 소와 양의 혀로 만든 음식이 나왔는데, 그중에는 딱딱한 것과 부드러운 게 섞여 있었다. 제자들은 앞다퉈 부드러운 혀만 골라 먹었는데 이를 본 랍비가 다음과 같이 말했다.

"언제나 혀를 부드럽게 간직하게나. 딱딱한 혀를 가진 사람은 남을 화나게 하고 불화를 일으키는 법이라네."

언제 어떤 상황에서든 강한 어투를 쓰기보다 부드러운 화법으로 절제하고 삼가야 함은 아무리 강조해도 지나치지 않다.

필자는 학창시절 집안이 넉넉하지 못했다. 당시 옆집 사는 친구는 중학교만 졸업하고 직업전선에 뛰어들었는데 주변 사람들에게 마음껏 돈 쓰는 모습이 그렇게 부러울 수 없었다. 맛있는 걸 얻어 먹으니 참 달콤하다는 생각에 '나도 학교 그만두고 공장에나 다닐까'라며 딴마음을 먹기도 했다. 물론 공부하는 게 지겹고 힘들다는 느낌도 밑바탕에 깔려 있었다. 하지만 이내 마음을 다잡고 본연의 일에 충실했다. 만일 그때 고등학교를 자퇴하고 그 친구를 따라갔으면 어떤 인생 곡선을 그렸을까?

사실 누구나 편하게 살고 싶어 한다. 공부도 적당히, 일도 적당히, 눈꺼풀이 감기면 그저 눈을 감고 '좋은 게 좋은 거야'라는 식으로 시간을 보내려는 속내가 있다. 하지만 세상이 그리 녹록하지 않기에 치열한 노력이 없으면 먹고살기가 힘들다. 놀고 싶은 욕망을 절제하고 스스로 공들이지 않으면 뒤처지고 도태되기 십상이다. 더욱이 우리나라는 영토가 넓은 국가들처럼 부존자원이 풍부하지도 않다. 그렇기에 학생들은 어릴 때부터 학원에 다니고, 부모들은 자녀에게 공부하라고 악다구니를 쓰는 것이다. 물론 인생의 가치를 어디에 두느냐에 따라 개인의 여정이 다를 수 있지만, 아예 깊은 산골에 틀어박히거나 세속에 관심이 없는 분들을 제외한다면 누구나 열심히 살아야 한다. 모든 게 쉽게 이뤄지지 않기에 달콤한 걸 참고 이겨내야 하며, 체계적인 인생 항로를 세워 꾸준히 실천해 나가야 한다.

지인 중에《내 인생 5년 후》라는 책을 써서 베스트셀러 작가로 활동하는 분이 있다. 유명 광고회사 기획자에서 대학교수로 변신했고, 틈틈이 기발한 착상과 가슴을 울리는 저술을 통해 많은 애독자를 확보하고 있다. 그는 이 책에서 "원대한 꿈과 담대한 목표를 세우고 그것을 향해 최소 5년은 일로 매진하라"고 설파하고 있다. 인류 역사에 업적을 남긴 위대한 인물과 CEO, 분야별 최고 리더, 대박 식당 주인에 이르기까지 심층적인 조사와 분석을 통해 공통분모를 발견했고, 결국 인생을 5년 단위로 계획하고 이 기간에 모든 에너지를 집중해야 한다는 결론을 제시했다. 즉 성공적인 삶을 살려면 내가 좋아하고 잘할 수 있는 분야를 찾아야 하고, 어떤 미혹에도 흔들리지 않는 절제와 인내, 불굴의 노력을 기울여야 성공의 열매를 거둘 수 있다고 간파한 것이다.

우리는 누구나 희로애락을 경험하게 된다. 새옹지마란 고사성어처럼 좋은 기회가 불행으로 바뀔 수 있고, 반대로 어려운 상황이 낙관적인 현실로 변모할 수도 있다. 또 화무십일홍(花無十日紅)이란 글귀처럼 열흘 이상 붉은 색을 유지하는 꽃이 없기에 권세나 세력이 그리 오래가기 어려운 게 현실이다. 하지만 매사에 계획적인 삶과 끈질긴 노력, 그리고 절제하는 겸양을 유지할 수 있다면 인생의 리스크를 줄이고 알찬 삶을 영위하는 기회를 마련할 수 있을 것이다.

35

한 번 더
리더십

: 한 번 더 페달을 밟고, 한 번 더 두루 살피면
  알찬 열매를 수확할 수 있다.

🍁 사람은 누구나 편해지려는 습성이 있다. 서 있으면 앉고 싶고, 앉았으면 눕고 싶고, 누웠으면 잠자고 싶은 게 인간의 본성이다. 귀찮거나 어려운 일이 생기면 누군가를 시키려하고, 반드시 본인이 하지 않아도 된다면 거기서 빠지고 게으름을 피우고 싶어 한다. 물론 그렇지 않은 분들도 적지 않지만 일반적인 대중들의 모습이 그러하다.

무거운 가방을 메고 학교에 다니던 중고교 시절, 항상 같이 다니던 또래 친구들은 가위바위보를 했다. 이긴 사람은 가방을 안들고 진 친구가 몽땅 짐을 들어야 하는 '복불복' 놀이. 쉽게 얘기해서 게임이지, 사실 '모 아니면 도' 식의 몰빵문화가 아니었나 싶다. 그래도 서로 양심은 있었던지 일정한 거리마다 다시 가위바위보를 펼쳤고, 운이 좋은 날이면 거의 안 들기도, 재수가 없으면 목적지에 도달할 때까지 무거운 가방 몇 개를 짊어져야 하는 처량한 신세가 되기도 했다. 어찌 보면 낭만이 깃든 학창 시절의 추억일 수 있지만, 그 속내를 보면 '나는 편하고, 남은 불편해도 된다'는 이기적인 본능이 고스란히 담겨 있는 거울인 셈이다.

흔히 어린아이의 감정이 사람의 솔직한 마음을 대변한다고 한다. '좋으면 좋고 싫으면 싫다'고 의사표시를 정확히 하는데, 사실 어른들은 이런 모습에 상당 부분 공감을 한다. 그러나 성인이 되면 주변 사람과 교감하면서 행동을 취해야 하기에 어느 정도 불편한 것도 참고, 본인이 좀 더 수고해야 대접받을 수 있다는 생각에 이타적인 모습도 보이게 된다. 그럼에도 각자 내면에 숨겨진 편안해지고 싶은 속성만큼은 감추지 못할 것 같다.

일반적으로 작가가 좋은 글을 쓰려면 본래 타고난 문장력도 있어야 하지만, 논지에 알맞은 적절한 예시가 포함돼야 한다. 본인의 지식이나 경험만으로 전개하는 건 한계가 있기 마련이고, 그렇게 글쓰기를 마치면 뛰어난 작품이 나올 수 없어 주변의 평판도 그리 우호적이진 않을 것이다. 그래서 훌륭한 작가들은 문헌연구는 기본이고 직접 현장을 둘러보거나 해외에까지 나가 배경조사에 심혈을 기울이는 등 보다 나은 완성본을 만들기 위해 정진을 멈추지 않는다.

필자 역시 몇 군데 정기적인 칼럼을 쓰고 있지만 그 과정이 쉽지 않다. 때론 편안히 혹은 적당히 작성하고 싶은 욕망도 있지만, 양심이 허락하질 않는다. 물론 타고난 글솜씨가 부족하기에 적절한 예시를 들어도 만족스런 문장이 잘 나오지 않지만, 그래도 좀 더 짜임새 있는 글을 쓰려고 몸부림을 친다. 이런저런 책을 뒤적거리다 그만하면 되겠다 싶어 멈출 때도 있지만, 한 번 더 관련 서적을 살펴보려는 노력도 한다. 종종 불현듯 산에 올라가 자연과 교감하기도 하는데, 그런 절차를 밟다보면 미처 발견하지 못했던 글귀가 떠오르고 새로운 글감을 찾기도 한다.

얼마 전 통계학 서적을 빌리러 동네 도서관에 갔다가 우연히 《21세기 지식 키워드 100》이라는 도서를 발견했다. 68명의 석학들이 이 시대를 이해하는 데 필수적인 지식들을 기술한 내용인데, 삶의 자양분이 될 수 있으리라는 기대를 안고 집으로 돌아왔다. 도서관으로 오가는 길이 3킬로미터로 그리 가까운 거리는 아니었지만 산길을 따라 걸으니 건강도 챙기고 기분도 상쾌해지는 덤도 누렸다. 다소 귀찮더라도 한 번 더 도서관을 가고, 산을 찾다보면 반드시 유익하게 남는 뭔가가 있으리라 기대해본다. 어찌 보면 '우연'이 '필연'이 될 수 있는데, 문득 곁눈질한 책이 내 인생을 보살펴줄 나침반이 되지 않으리란 보장도 없다.

세계 축구계에서 지치지 않는 '투혼의 아이콘'으로 불리는 박지성 선수는 본인이 7년간 몸담았던 맨체스터 유나이티드의 홍보대사 자리에 올랐다. 서구에 비해 신체적 핸디캡을 지닌 아시아 출신으로서, 남보다 앞서 경기 흐름을 읽고 공의 위치를 파악해 더 치열하게 뛰는 노력 끝에 역대 맨유 선수 중에서 특별히 인정받는 몇 안 되는 인물로 이름을 올렸다. 그는 타고난 성실함으로 잉글랜드 프리미어리그에서 소속팀을 수차례 정상에 등극시켰고, 챔피언스리그를 제패하는 등 모든 축구선수들이 부러워하는 영광의 순간을 누렸다. 그와 함께 출전한 동료 선수들은 누구보다 전투적이고, 한 번 더 뛰고 생각하며 행동하는 헌신적인 아이콘에 엄지손가락을 치켜올렸다. 고질적인 무릎부상 등 여러 악조건이 그를 괴롭혔지만, 한 걸음이라도 더 달려가 동료들을 도와주고 움직이는 영민함을 통해 '축구의 본고장' 영국에서 승리의 역사를 써내려간 것이다.

　이번엔 너무나도 안타까운 일이지만 안전불감증 사례를 짚어보려고 한다. 최근 판교 야외공연장에서 환기 통풍구가 무너져 소중한 생명을 앗아갔는데 좀 더 세심한 주의를 기울이지 못한 게 화근이 됐다. 보통 인기가수들의 공연장엔 관객들이 몰리기 마련인데, 무엇보다 안전에 신경 써야 할 주최 측이 세심한 관리를 하지 못했다. 너무 축제 분위기에 들뜬 것은 아닌지…. 팬들 역시 인파가 몰리는 곳에는 예기치 못한 안전사고가 발생할 수 있다는 점을 미리 염두에 뒀어야 했는데 그러질 못했다. 한 번 더 살피고 조심해야 한다는 경각심이 필요한데 행사 열기에 휩싸여 제대로 짚어내질 못했다.

도처에 도사리고 있는 교통사고도 마찬가지. 운전자가 휴대폰이나 TV를 보면서 전방 주시를 태만히 하고 곡예를 하는 경우도 있는데, 자세가 흐트러지면 그만큼 더 위험해진다. 늘 '방어 운전'에 신경 쓰면서 한 번 더 사방을 살피는 태도를 습관화해야 한다.

이 밖에 바쁜 생활을 하는 직장인들은 시간이 없다는 핑계로 정기적인 건강검진을 빼먹기도 한다. 몸에 어지간한 통증이 없으면 그냥 '별일 아니겠지' 하면서 진통제 등을 먹으며 넘기는 경우도 허다하다. 그러나 가벼운 아픔이면 괜찮겠지만, 자칫 나중에 무서운 진단을 받을 수도 있다. 사는 게 빡빡한 시대이긴 하지만 내 몸을 '한 번 더' 챙긴다는 생각으로 짬을 내어 병원에 가볼 일이다.

'돌다리도 두드리며 건넌다'는 경구처럼 스스로 안전의식을 높여야 내 생명을 챙길 수 있는 시대가 됐다. 골목길, 도로, 지하철, 빌딩, 공원, 여행지 등 사람들이 모이는 곳에서는 어떤 불상사가 일어날지 쉽게 예측할 수 없다. '자나 깨나 불조심'이라는 표어처럼 언제나 조심 또 조심하고, 한 번 더 생각하는 지혜로운 행동이 절실히 요구된다.

위대한 인물들의 역사 속 발자취를 살펴보면 한 번 더 생각하고, 움직이고, 열정적인 노력을 기울인 분들이 대부분이다. 혹여 '한 번 더' 판단하는 것이 '망설임'으로 비춰질 수도 있지만, 보다 사려 깊고 알찬 열매를 맺는 지름길이 될 수 있을 것이다.

36

그래도
리더십

: 어려운 시기를 참으면 기쁨의 날이 다가온다.
 희망을 품고 겸손하게 밀고 나가자.

🍁 기본적으로 살아간다는 게 쉽지 않다. 하루하루 단련하지 않으면 마음이 불편하고 뭔가 무기력해지는 느낌도 든다. 그래서 열심히 업무도 챙기고 집으로 돌아오면 책갈피를 뒤적거리기도 하지만 뭔가 쫓기는 듯한 기분은 지울 수 없다. 경쟁 사회인 탓에 가속 페달을 밟아야 하고, 한편으론 건강을 생각해 스트레스를 줄이려고 인위적인 행복감에 빠지기도 한다. 모든 게 수월치 않은 과정이지만 그래도 포기하지 말아야 한다. 나를 낳아준 부모님과 형제에 대한 도리, 집안의 가장으로서, 또 이 시대를 살아가는 기성세대로서 책무를 다해야 하기 때문이다.

우리들은 또 누구나 잘 살고 싶어 한다. 넉넉한 재산에 여유로운 삶을 영위하면서 행복한 가정을 꾸리려고 한다. 그래서 학생들은 밤 늦게까지 공부에 매진하고 어른들은 각자 맡은 일에 최선을 다해 능력을 인정받으려 한다. 하지만 이런 소망이나 기대와는 달리 현실은 그리 녹록지 않다. 기본적으로 경쟁이 치열한 데다 사건, 사고가 비일비재하고 이혼, 폭력, 정리해고, 사업실패 등 안락한 삶을 위협하는 불안요소가 너무 많기 때문이다.

3살 때 고아원에 맡겨진 뒤 폭력을 견디지 못해 뛰쳐나온 팝페라 가수 최성봉 씨는 5살 때부터 껌팔이 등을 하면서 거친 세파를 헤쳐 나갔다. 어린 시절 머물 곳이 없어 나이트클럽 계단 등에서 쪽잠을 잤지만, 삶에 대한 열망은 식지 않았다. 그는 언론과의 인터뷰에서 "생존해야 하고, 자야 하고, 도망쳐야 한다는 것, 이 세 가지 말고는 중요한 것이 없었다"고 고백했다. 그를 세상에 널리 알린 계기가 된 모 케이블 오디션 프로그램의 여성 심사위원은 "당신을 꼭 안아 주고 싶다"면서 눈시울을 붉히기도 했다. 최 씨는 10여 년간 떠돌이 생활을 하는 동안 2번의 교통사고를 당했지만 돈이 없어 적절한 치료를 받지 못했고, 귀에 이명 현상이 생기는 등 여전히 후유증을 앓고 있다. 어쨌든 그 어린 철부지가 스스로 살아남았다는 사실 자체도 대단하지만, 한편으론 아이들을 돌볼 환경이 미흡한 국내 현실이 너무 안타깝다고 하지 않을 수 없다.

1977년 파나마에서 4번 다운당하고도 역전 KO승으로 한국 복싱 최초의 2체급 세계챔피언에 오른 홍수환 씨. 그는 링 바닥에 쓰러져 힘이 떨어진 상황에서도 투혼을 불살라 그 유명한 '4

전 5기 신화'를 만들어 냈다. 그는 관중들이 승리 분위기에 들떠 총성을 울리는 위협적인 환경 속에서도 시종일관 무모하리만큼 저돌적으로 임했고, 상대방을 거세게 몰아붙였다. 자칫 맥없이 무너지면 3년간 갈고닦았던 노력이 억울하고, 그렇기에 자신을 키우느라 고생하신 어머니를 떠올리며 젖 먹던 힘까지 쏟아냈다고 한다. 당시 맞붙었던 카라스키야는 "KO 직전까지 갔던 홍수환이 내 펀치를 의식해 뒤로 물러날 줄 알았다. 그런데 계속 역공을 해오니까 당황했고, 매 경기 초반 KO로 이겼던 나는 작전에 혼선이 왔다"고 후일담을 전했다. 인기강사로도 활동 중인 홍 씨는 챔피언이 된 원동력에 대해 타고난 운동신경이 아닌 꾸준함과 집중력으로 단련했기 때문이라며, 아무리 어려워도 이를 극복하겠다는 불굴의 정신력이 중요하다고 강조했다.

2014년 대한민국을 격랑의 소용돌이로 몰아넣었던 세월호 사고. 아직도 일부 실종자가 남아 있는 상황에서 희생된 학생들의 부모는 여전히 팽목항을 지키고 있다. 소식이 끊긴 딸이 식사하라고 아침마다 밥상을 차려 바다로 나가는 분이 있는가 하면, 한시 바삐 수술대에 올라야 함에도 아픈 몸을 이끌고 이제나저제나 물속에 있는 자식이 돌아오기만을 손꼽아 기다리는 엄마도 있다. 자식이 뭐길래 이토록 애달프게 하는지…. 아무리 현실이 어렵고 힘겨워도 몸으로 낳은 핏줄이기에 기필코 정성을 다하려는 애끓는 모정에 절로 고개가 숙여진다.

늦은 저녁, 서울역 등 주요 지하철역을 거닐다 보면 곳곳에 상자를 깔고 쪽잠을 자는 노숙자들이 눈에 띈다. 이곳으로 오게 된 각자의 사연은 다르겠지만 억울하게 신용불량자가 되거나 사업 실패 등으로 집에 돌아갈 수 없는 분들도 있다. 이들의 겉모습을 보면 도시 미관을 해치는 그릇된 측면도 있지만, 저마다의 가슴 속에는 새롭게 삶을 개척하고자 하는 결기도 숨어 있을 것이다. 귀퉁이에서 자더라도 악착같이 숙박비를 아끼고 공사판에서 땀 흘리며 차근차근 돈을 모으는 분들도 있다. 어떤 사연이 있든 결국 의지할 곳이 없어 삶을 지탱하기도 쉽지 않겠지만, 꿋꿋이 맞서며 재기를 꿈꾸는 분들이 있기에 단순히 폄하하거나 이상하게 여길 일만은 아니다.

요즘 한국 경제가 많이 어렵다고 한다. 그동안 버팀목이 돼 왔던 제조업과 수출에 이상징후가 감지됐고 기업들의 씀씀이를 가늠하는 설비투자도 부진하다. 청년들은 마음에 드는 일자리가 부족하다며 아우성이고, 반면에 중소기업들은 고된 일을 기피하는 젊은이들에 실망감이 역력하다.

돌이켜보면 지난 1997년 외환위기 이후 우리 사회에 여유로운 분위기가 많이 사라졌다. 기업들은 인력을 뽑거나 돈을 쓰는

데 인색해졌고, 일반 가정은 가장들의 잇따른 퇴직으로 존립 기반이 흔들리고 있다. 국가 전체적으론 정치권 싸움과 남북 대립, 이념갈등, 경기부양 등 골치 아픈 일들이 산적하다. 하지만 그럼에도 우리는 이를 극복해내야 한다. 과거 아픈 역사를 들춰보면 이보다 더 힘겨운 시간이 많았다. 어찌 보면 지금이 우리 민족의 유사 이래 가장 잘사는 때가 아니던가. 그렇기에 아무리 삶을 지탱하기가 힘들어도 '존재의 이유'를 갖고 꿋꿋이 이겨내야 한다.

생존할 날이 얼마 남지 않은 분들은 대부분 끝까지 삶에 대한 애착을 놓지 않는다고 한다. 걸어온 발자취를 돌아보면서 치열하게 다투고 경쟁하던 모습도 아름답게 여기고, 그저 눈 뜨고 숨을 쉬고 있는 것에도 감사함을 느낀다. 물론 인생이라는 게 손가락만 빨면서 살아갈 수 없지만, 마지막 종착역에 계신 분들은 그래도 살 만한 가치가 있다고 여기며 행복을 떠올린다. 막연한 '오늘' 하루가 건강한 사람에게는 그저 무의미한 순간일 수 있지만, 어제 돌아가신 어느 분은 간절히 기다리고 기다리던 '내일'일 수 있는 것이다.

암 투병을 하다가 몇 년 전 하늘나라로 떠난 장영희 시인은 아름다운 언어를 구사하는 인생 예찬론자다. 그분은 사는 게 힘들지라도 "그래도 태어난 게 낫다"라는 글귀를 남겼다. 이 세상에 하나뿐인 소중한 생명, 단순히 나만의 목숨만은 아니기에 우리

는 살아야 할 '존재의 이유'가 있다.

문득 학창 시절에 읊조렸던 알렉산더 푸쉬킨의 〈삶이 그대를 속일지라도〉라는 시가 생각난다.

삶이 그대를 속일지라도
슬퍼하거나 노하지 말라
서러운 날들을 참고 견디면
머지않아 기쁨의 날이 오리니

마음은 미래에 살고
현재는 언제나 슬픈 것
모든 것은 순간적으로 지나가고
지나가는 것은 훗날 소중하게 되리니

푸쉬킨은 어릴 적 가난하고 고단한 삶을 살았다. 유폐된 생활 속에서도 절망을 딛고 희망을 노래했다. 모진 겨울 한파를 이겨 낸 인동초처럼 살아가야 하는 이유를 제시하고 있는 것이다. 우리 모두 희망! 희망! 희망!

37

점
리더십

: 점에는 희로애락이 담겨 있다.
  아픔도 있지만 삶을 헤쳐 나가는 지혜도 숨 쉰다.

🌸 사람은 누구나 점을 지니고 있다. 특히 몽골 계통의 민족들은 엄마 배 속에서부터 몽고반점을 갖고 나와 서로 비슷한 혈통임을 공감하기도 한다. 우리나라를 비롯해 몽골, 중국 동북부, 일본 등이 유전적으로 꽤 닮았다.

어린 아이가 성장을 시작하면 몸의 여기저기에 또 다른 점이 생긴다. 자연발생적으로 등장하는 녀석이 있는가 하면, 크고 작은 상처나 여드름이 점으로 탈바꿈하는 경우도 있다. 누군가 '큰 놈'이라도 간직하고 있으면 이른바 '복점'으로 불리기도 하지만, 사실상 이를 달가워하는 사람은 거의 없다. 대부분 뽀얀 피부와 맑고 티 없는 얼굴을 선호하기 때문이다.

요즘 여배우 중에 피부 미인이라 하면 이영애, 김태희 씨 등이 떠오르지만, 과거 70~80년대엔 장미희, 유지인과 함께 트로이카

삼인방으로 불린 정윤희 씨가 대표적이다. 그녀는 당시 100년에 한 번 나올까 말까한 아시아 최고의 전설적인 미녀로 평가받았다. 일각에선 "당나라 때의 양귀비가 환생했다"고 하면서 감탄을 금치 못했는데, 정윤희 씨는 맑고 깨끗한 피부에 완벽한 이목구비, 청순·섹시미 등 다양한 캐릭터를 발산해 뭇 남성 팬들을 사로잡았고, 여성들로부터 부러움과 질시의 대상이 되기도 했다. 일본의 한 영화제에서 그녀를 만났던 홍콩의 액션스타 성룡은 한때 짝사랑으로 몸살을 앓기도 했다고 전해진다.

잠시 얘기가 겉돌기는 했지만 이처럼 사람은 누구나 곱고 하얀 피부를 갖고 싶어 한다. 설사 태생적인 한계가 있더라도 자신의 피부를 최대한 가꾸고 보호하려 애쓴다. 그래서 등산이나 골프 등 야외 활동을 할 경우 자외선 차단제를 바르고 나가는 게 상식이 됐다. 혹여 햇빛에 장시간 노출되기라도 한다면 노화 현상이 빨라지고 기미나 주근깨, 잔주름 등이 여기저기 고개를 내밀기 때문이다. 필자도 피부가 약한 편이어서 몇 시간 정도 강한 햇빛을 쬐면 노출된 부위에 분홍빛 두드러기가 생긴다. 자칫 가려워서 긁기라도 한다면 이내 상처가 되고, 보기 흉한 점이 될 수 있어 가급적 주의하려 애쓴다.

우리가 세월의 나이테를 쌓아 가다 보면 점이나 잡티, 주근깨,

주름살, 상처를 반드시 만나게 된다. 하지만 그 겉모습이 마음에 들지 않기에 누구나 피하고 싶어 한다. 이왕이면 부모로부터 물려받은 원초적 피부를 고스란히 간직하길 원한다. 하지만 조물주의 명령으로 인해 어쩔 수 없이 접촉할 수밖에 없는 것들이며, 가급적 지혜를 일깨우는 연륜(年輪)의 마중물로 생각해야 한다.

예를 들어 20대 청춘에 윤곽을 드러내는 주름살은 인격 성장의 신호탄이다. 미래에 대한 꿈을 간직하며 열심히 공부에 매진하고, 좌충우돌하면서 차근차근 녹록지 않은 삶을 배우기 시작한다. 30~40대에는 사회의 주축세력으로 커나가는 치열함을 상징하고, 50대가 넘어가면 지혜와 여유가 묻어난다. 물론 퇴직 대열에 합류한 베이비붐 세대의 경우 그 속에 초조함이 드러나기도 하지만, 어쨌든 긴 인생의 항로를 볼 때 존경받아야 할 존재이다.

고향이 그리워 낙향하는 시인(詩人)들은 의미 있는 주름살을 간직하고 있다. 거기서 나오는 삶의 관찰기는 혜안을 제시하고, 인생을 깊이 성찰하는 계기도 만들어준다. 때론 동심(童心)을 일깨우는 자극제가 되고 정서를 살찌우는 활력소도 된다. 인간이 늘 주름살이나 점이 밉다고 타박도 하지만, 험난한 세파 속에 오래 갈고닦은 내공을 지녔기에 무시하면 안 된다.

연령 피라미드의 정점에 있는 어르신들은 피부 노화로 인해 곳곳에 점이 있고 온갖 주름살을 지니고 있다. 흔히 광대뼈나 볼에 큰 점이라도 있으면 장수한다는 속설도 있는데, 실제로 오래 사신 분들을 보면 그런 공통점이 나타난다. 그렇다면 이분들이 지니고 있는 많은 점들은 무엇을 의미할까?

옛날에 고려장 풍습이 있던 시절, 한 아들이 늙은 아버지를 지게에 메고 산에 올라가 내팽개치고 내려왔다. 하지만, 이를 알게 된 어린 손주는 할아버지를 위해 음식도 갖다드리면서 말동무가 되기도 했다. 그러던 어느 날 아들이 위기에 봉착했다. 자칫 관가에서 낸 문제를 풀지 못하면 위험에 빠질 수 있는 처지가 된 것이다. 이때 산에 있던 아버지가 손주를 통해 적절한 해답을 알려줬다. 노인에게는 삶의 지혜가 있어 그리 어렵지 않게 풀 수 있는 쉬운 문제였던 것이다. 마침내 어려움에서 벗어난 아들은 아버지의 위대함을 깨달으며 잘못을 뉘우쳤고, 이후 다시 집으로 모셔 극진히 봉양했다고 한다.

우리는 누구나 희로애락을 경험한다. 기쁜 일, 나쁜 일, 슬픈 일, 즐거운 일 등을 다양하게 겪으면서 한 번뿐인 인생을 깊이 체험한다. 그런데 사람들은 가급적 달콤함을 추구하려고 애쓴다. 어찌 보면 당연한 이치이지만 세상일이 꼭 그럴 수는 없는 것이다. 이른바 잘나가는 사람은 소수에 불과하고 대부분 몇 번의 장애물을 만나거나 때로는 좌절감에 빠지기도 한다. 허나 그렇다고 포기해선 안 된다. 열심히 일을 해도 뜻대로 되지 않을 수 있고, 사업을 하다 망하는 경우도 부지기수다. 토마스 에디슨이 발명왕이 된 것은 무수한 실패를 딛고 일어섰기 때문이다. 실패라는 연륜을 축적해 또 다른 방법을 궁리하고 새롭게 창조할 수 있는 힘을 지속적으로 배양했기에 가능했던 것이다.

점, 티, 여드름, 흉터, 주름살…. 외견상 달갑지 않은 이들은 인생의 실패와 좌절, 연륜이라는 단어와 서로 맞닿아 있다. 또 살아가면서 만나기 싫지만 어쩔 수 없이 마주쳐야 하는 존재들이다. 그들은 우리에게 아픔도 주지만 인생을 슬기롭게 헤쳐나갈 수 있는 지혜도 선사한다. 굳이 외면하지 말고 있는 그대로 받아들이자. 생명이 다할 때까지 동행하는 자연스러운 친구이니까.

38

'카더라'
리더십

: 세간에 떠도는 소문에 휩쓸리지 말자.
말도 조심, 귀도 조심. 건전한 주관을 바로 세우자.

🍁 요즘 '카더라'라는 용어가 장안의 화제가 되고 있
다. 바로 전·현직 고위인사를 둘러싸고 벌어지고 있는 일이다.
먼저 위키백과사전에 이 말의 뜻을 찾아보면 "○○가 ~라고 하
더라" 식으로 정확한 근거가 부족한 소문을 추측해 사실처럼 전
달하거나, 그런 소문을 의도적으로 퍼뜨리기 위한 행위 또는 추
측성으로 만들어진 억측이나 소문을 의미한다. 다시 말해 확실
한 근거 없이 유포된 이야기를 뜻하는데, 이렇게 전해진 말들은
정보 출처의 신빙성이 부족하거나 아예 출처가 분명하지 않으면
정확한 사실 관계를 파악하기 어려운 경우가 많다.

2014년 9월, 13만 명의 육군 병력을 통솔하던 신현돈 전 1군
사령관이 갑자기 전역지원서를 냈다. 대통령의 말 한마디에 불
명예 제대를 한 것인데, 그의 퇴임을 둘러싸고 논란이 컸다. 사태
의 발단은 이렇다. 신 전 사령관은 대통령 해외 순방기간 중에 모

교를 방문했다가 위수지역 이탈, 과음, 민간인과의 실랑이 등 이른바 '카더라 통신'이 불거지면서 군의 명예를 실추시켰다는 추문에 휩싸였다. 당시 군내 잡음이 많이 대두된 상황에서 군 기강을 잡으려는 대통령의 지시로 전광석화처럼 옷을 벗은 것인데, 뒤에 나온 얘기를 보면 그때 정황이 진실과 다른 측면이 있다.

실제로 제대 후 두 달이 지나 신 전 사령관은 강제 전역에 대한 억울함을 토로하고 사실 관계를 밝혀줄 것을 호소했다. 국방부가 뒤늦게 세밀한 조사를 하자 어이없게도 상당 부분 거짓으로 드러났다. 즉 '음주는 했지만, 추태는 없었다'는 결과가 나온 것인데, 그는 동문들의 권유로 소주 2병 이상을 마시긴 했지만 고속도로 휴게소에서 군화가 벗겨지거나 헌병에 업혀 관용차로 이동했다는 소문은 사실과 다른 것으로 밝혀졌다. 정확성과 엄격함을 생명으로 여겨야 할 군이 왜곡된 보고서 몇 줄에 제대로 된 진상조사 없이 최고 엘리트 지휘관을 내쳤다는 사실에 많은 사람들이 분개하고 있다.

지구촌의 수장이자 한국의 자랑인 반기문 유엔 사무총장은 차기 대통령 선거 출마 논란에 휩싸였다. 여당도 야당도 대권주자가 안갯속인 상황에서 이른바 '반기문 대망론'이 불거진 것이다. 실제로 차기 대통령감으로 한길리서치가 여론조사를 한 결과 반기문 사무총장은 30%가 넘는 지지율로 압도적 1위를 차지했다. 그가 원하든 그렇지 않든 대선 후보로 여러 인물들을 평가한 결과 다수의 국민이 유력한 대통령감으로 꼽은 것이다.

이런 상황에서 여야를 막론하고 '반기문 영입설'이 일파만파 커졌다. 서로 확실한 대통령 후보를 확보하지 못한 상황에서 깨끗하고 능력 있는 세계적 지도자를 '내 쪽이 더 가깝다'고 히면서 앞다퉈 영입에 나선 모양새다. 이런 역학구도를 둘러싸고 정치권에서는 다양한 해석이 뒤따랐다. '이랬다더라, 저랬다더라' 등 '카더라 통신'이 난무하면서 저 멀리 태평양 너머에 있는 반 총장의 심기를 불편하게 만든 것이다.

급기야 '반기문 대망론'은 반 총장 측이 "대권출마설에 아는 바도 없고, 사실이 아니다"라고 밝히면서 선을 그었다. 그럼에도 야권 출마설이 불거지자 남동생인 반기호 씨가 직접 나서 격정적인 목소리를 냈다. 그는 "형님은 측근을 두는 사람이 아니며 측근이란 사람들은 다 형을 파는 사기꾼, 형님은 정치를 안 하겠다는 게 현재의 뜻"이라고 밝혔다. 반 총장도 보도자료를 통해 "전혀 아는 바도 없고, 사실이 아니라는 점을 분명히 밝힌다"며 대권출마설을 일축했다. 이로써 '반기문 대망론'은 수면 아래로 가라앉는 상황이 됐지만, 정치권의 이해다툼과 구애작전을 보면

그의 의지와 상관없이 다른 방향으로 흘러갈 가능성도 배제할
수 없다.

예를 들어 야권은 노무현 대통령 당시 그가 외교통상부 장관
을 역임하며 유엔 사무총장이 되는 발판을 마련했기에 '내 식구'
라고 주장한다. 반면에 여권은 박근혜 대통령을 만든 친박계 의
원들을 중심으로 전통적 새누리당 지지층에서 충성도가 높다는
의견을 내세워 반 총장에게 러브콜을 보내고 있다. 이와 관련해
한 정치권 관계자는 "대한민국이 배출한 유일무이한 세계적 인
물에 힘을 실어주지는 못할망정, 정치권 권력 다툼과 상대편에
견제구를 던지는 성격으로 들먹이고 있어 매우 개탄스럽다"고
꼬집었다.

인간은 사회적 동물이기에 크고 작은 모임과 공동체, 기업 등
에 소속돼 생활을 영위한다. 서로 모여서 덕담을 주고받으면 금
상첨화이지만, 각자 생각이 다르고 목표가 상이하기에 갈등이
생기고 '네 편 내 편' 하면서 편 가르기도 벌어진다. 또 본인이 생
존하기 위한 수단으로 거짓 정보를 흘리고 남의 치부를 들춰 승
승장구하는 몰염치한 분들도 있다. 물론 말들이 전해지는 과정
에서 똑같이 전달되기도 쉽지 않지만, 그래도 본래 의도와 다르
게 부풀려지거나 축소되면서 전혀 다른 상황이 전개되고, 여기

에 추측이 가미되면서 엉뚱한 얘기로 변질돼 억울한 피해자가
생기기도 한다.

이런 풍경은 정치권이나 관가, 기업, 학교 등 인간이 고리를 형
성하고 있는 곳에선 대부분 일어난다고 해도 과언이 아니다. 언
론계 역시 예외지대는 아니어서 특정한 사건이 발생했을 경우 사
실관계를 제대로 확인하지 않고 '먼저 알리겠다'는 속보(速報) 욕
심에 서둘러 기사화하는 경우도 적지 않다. 때로는 내용이 정확
하지 않은데도 '아니면 말고' 식의 그릇된 행태를 보이기도 한다.

'수다'가 스트레스 해소의 주요 창구인 주부들 모임에서는 낭
설이 만들어지기 십상이다. 자칫 선의의 피해자가 없으면 다행
이지만 와전된 이야기로 인해 상처를 입는 분들이 꼭 생긴다. 기
업 등에서는 억울하게 누명을 쓰고 인사상 불이익을 받거나 옷
을 벗는 상황도 발생하는데, 혀를 놀리는 데 신중해야 함은 아무
리 강조해도 지나치지 않다.

한편으론 '카더라 통신'의 억울한 희생양이 된 분들도 주관을
바로 세우고 맡은 일에 충실히 임할 필요가 있다. 그릇된 소문에
휘둘리면 자칫 감정이 격해지고 폭력적인 언행을 할 수 있어 본
인에게 마이너스가 될 확률이 높다. 이와 관련해 '야구의 신(神)'

으로 불리는 김성근 한화이글스 감독은 청와대 초청 특별강연에서 "리더는 '세상 사람들이 나를 어떻게 볼까' 생각하면 안되고, 뚝심 있게 가야 한다"고 강조했다. 그는 "비난에 대해 해명하는 자체가 시간 낭비이며, 자기의 길을 묵묵히 걸어야 한다"고 힘주어 말했다. 즉, 주변 평가에 일희일비(一喜一悲)하지 말고, 리더 역할이 끝난 뒤에 존경받는 모습을 그리는 게 바람직한 리더상이라고 제시한 것이다.

흔히 속담에 '말 한마디로 천 냥 빚을 갚는다'고 한다. 말을 진실되고 조리 있게 잘하면 이익이 따를 수 있지만, 잘못 내뱉으면 재앙으로 돌아올 수 있다. 이른바 '카더라 통신'은 제삼자의 입장에서 관심을 끌고 흥미 있는 이야깃거리가 될 수 있지만, 당사자 입장에서는 가슴에 깊은 한이 맺힐 수도 있는 것이다.

가끔 '침묵이 금이다'란 경구를 떠올리면 어떨까? 예나 지금이나 '혀'와 '귀'를 조심해야 함은 불문율이다.

39

낙엽
리더십

: 낙엽은 쓸쓸하지 않다.
  오히려 인간에게 만물을 꿰뚫어 볼 수 있는 지혜를 선사한다.

🍁 오묘한 빛깔로 전국 산천이 물드는 대한민국의 가을은 지상 최고의 풍경을 자랑한다. 특히 눈이 부시도록 빛나는 단풍의 아름다움은 그 어떤 물감으로도 표현하기 힘든 원초적 색상을 뽐낸다. 들에서 산에서 오솔길에서 마주하는 자연의 정취, 이 땅에 태어났음을 감사하게 받아들여야 할 이유다.

바야흐로 늦가을로 접어드니 나뭇잎이 우수수 떨어진다. 만산홍엽을 뽐내던 산은 서서히 속살을 드러내고 길거리엔 온갖 낙엽의 흔적들이 여기저기 나뒹굴고 있다. 필자는 수명이 다한 존재들이 흩날리는 광경을 바라보며 깊은 상념에 젖기도 한다. 그동안 걸어온 길, 걸어야 할 길, 잘한 일, 실수한 일, 인생이 무엇인지, 올바로 사는 방법이 어떤 것인가 등에 대한 감상을 한 줄 두 줄 새기며 고독한 철학자가 되기도 한다. 흔히 남성은 가을을 탄다고 하는데, 지금이 바로 그때다.

그래서 가끔 바바리코트를 걸치고 낙엽이 깔린 오솔길을 걷기도 한다. 청춘기 연애시절을 떠올리거나 깊은 생각이 필요할 때, 아니면 그 정경 자체가 남성적인 매력을 발산하는 것 같기에 뚜벅뚜벅 발걸음을 옮긴다. 때론 영화 속 주인공이 된 것처럼 착각에 빠지기도 한다.

문득 1970~80년대 할리우드 미남 배우 에릭 로슨이 말에 올라탄 채 담배에 불을 붙이던 CF가 생각난다. 그는 흡연에 따른 후유증 등으로 세상을 떠나긴 했지만 광고에 나온 그 장면 자체는 남성미의 극치였다. 설사 건강에 해로운 상술이 스며 있어도 젊은 청춘을 유혹하기엔 안성맞춤이었다. 이처럼 남성미를 상징하는 장면은 몇 가지를 들 수 있는데, 바바리코트와 오솔길 역시 잘 어필하는 소재라 할 수 있다. 그러나 화사한 빛깔과 향기를 뿜내는 봄만큼은 '여성의 전유물'임에 틀림없다.

앞서 살펴본 것처럼 늦가을에 휘날리는 나뭇잎은 아름답기도 하지만, 한편으론 쓸쓸함도 내포하고 있다. 그런데 혹시 또 다른 뜻이 숨겨져 있지는 않을까?

필자는 가을을 또 다른 생명을 잉태하기 위해 준비하는 시간이라고 정의하고 싶다. 곳곳에 쌓인 낙엽이 그저 여름철 광합성 작용을 끝낸 무의미한 존재가 아니라 자녀의 삶을 돌보는 헌신적인 부모의 모습과 닮았다는 생각 말이다. 실제로 낙엽은 자신이 태어났던 나무 주위를 보호하는 역할을 한다. 땅을 덮어 수분이 증발하지 않도록 촘촘히 틈을 메워주고, 혹한기를 거쳐 새로운 생명이 태어날 수 있도록 씨앗을 감싸는 따뜻한 이불도 된다. 마지막엔 자신의 몸을 썩혀 만물이 성장할 수 있도록 기름진 영양분을 제공한다. 그래서 토양이 비옥한 곳엔 으레 낙엽이 풍부하기 마련이다.

낙엽은 남들이 유심히 쳐다보지 않는 음지에서 묵묵히 일하는 분들도 상징한다. 시민들이 하루를 상큼하게 준비할 수 있도록 길거리를 깨끗이 치우는 청소부 아저씨, 먹고살기에 빠듯한 임금에도 공사판에서 묵묵히 벽돌을 나르는 분, 아침에 교통정리를 하는 모범 운전사, 들녘에서 땀 흘려 농사를 지으며 정직하게 돈을 버는 촌로(村老)들 역시 마찬가지다.

국가대표 선수들이 해외에 나가 좋은 성적을 올릴 수 있도록 힘을 보태는 팀 닥터도 비슷하다. 이들은 선수별 몸 상태와 특징을 면밀히 파악해 최고 컨디션을 만들어주고 최상의 기량을 발휘할 수 있도록 힘껏 도와준다. 때론 맏형처럼 선수들의 고민을 들어주면서 상담하는 멘토 역할도 한다. 대회가 끝나 좋은 결과가 나오면 선수와 감독이 카메라 플래시를 받지만, 정작 이들은 일부러 티를 내지 않는다. 하지만 물밑에서 성심껏 받쳐준 그들이 존재했기에 훌륭한 성적표를 손에 쥘 수 있는 것이다.

우리는 사물을 대할 때 정면에서 바라보는 것이 일반적이지만, 가급적 다양한 각도에서 살펴보는 게 바람직하다. 겉으론 볼품없어 보이는 낙엽도 마찬가지다. 골프 선수들이 홀에 공을 집어넣기 위해 앞, 뒤, 중간에서 땅의 굴곡을 살펴 퍼팅을 하는 것처럼 입체적인 시각으로 관찰할 수 있어야 한다. 학교에서 말썽을 피우는 아이가 왜 그런 행동을 하는지, 어떤 사연이 있는지 진정으로 귀 기울일 줄 알아야 낙오자가 생기지 않는다. 누구나 특유의 재능을 타고났는데 '공부'라는 일률적인 잣대로 아이들을 평가하는 것은 아닌지 되짚어볼 필요가 있다. 과연 역사 속 위대한 인물들은 모두가 공부에 탁월한 우등생이었을까?

세계 최고의 인재가 모인다는 하버드대학교는 결코 성적만 좋은 학업 우수자를 뽑지 않는다. 원활한 품성과 사회봉사 실적, 독특한 재능 등 여러 가지를 두루 살펴 잠재력 있는 인물을 선발한다. 그런 학생을 뽑아 전인교육을 시킴으로써 지구촌 최강국의 밑바탕을 다지고 국가 경쟁력의 원천으로 삼고 있는 것이다.

반면에 우리는 공부를 잘하는 게 마치 지상과제인 것처럼 어린 학생들을 달달 볶는다. 예술, 문학, 체육, 요리, 손기술, 말솜씨 등 저마다 다른 재능을 지녔음에도 성적만으로 학생의 장래를 예단한다. 이는 개인의 손해이자, 사회, 나아가 국가의 미래를 어둡게 하는 안타까운 자화상이 아닐 수 없다. 비근한 예로 초등학교나 고교 동창회에 나가면 학창시절 우등생은 그리 많이 눈에 띄질 않는다. 오히려 공부보다 성격이 원만하고 농담도 하면서 분위기를 활기차게 이끌 줄 아는 친구들이 모임을 주도하고 동창들의 대소사도 챙긴다.

우리나라는 과거 국난에 처하면 글을 읽던 고상한 선비들보다 음지에 있던 민초들이 직접 낫과 칼을 들고 나가 외적에 맞서 싸웠다. 학문에 뛰어났던 분들이 과연 얼마나 무기를 들었는지는 의문부호다. 물론 솔선수범하는 선비들도 적지 않았지만, 임진왜란 등 어려움 속에서 임금과 가신들은 과연 어디에 있었는지, 고위층의 '노블리스 오블리제'는 온전히 숨 쉬고 있었는지 되새겨볼 일이다.

깊어 가는 가을, 떨어지는 낙엽을 바라보며 떠오르는 여러 상념의 편린을 적어 보았다. 모름지기 사람은 균형 잡힌 시각을 갖추는 게 필요하다. 앞만 쳐다봐서는 안전운전이 제대로 이뤄질 수 없다. 하나의 각도보다는 좌, 우, 뒤쪽 등 여러 방향에서 살피는 습관을 들여야 교통사고를 막을 수 있다. 독서의 계절, 마음껏 사유하는 시간을 가져보자. 그리고 밖으로 나가 한 해를 정리하는 늦가을의 정취를 마음껏 느껴보자!

40

공든 탑
리더십

: 공든 탑도 한순간에 무너질 수 있다.
  매사에 절제하고 정성을 기울여야 한다.

    🌸 사람은 누구나 친하게 지내는 지인들이 있다. 가족이든, 애인이든, 친구든, 직장 동료든…. 왜 가까워졌는지 이유를 살펴보면 대개 그럴만한 사연이 담겨 있다. 서로를 소중하게 여기며 차곡차곡 쌓아온 정과 사랑, 보살핌, 배려, 나눔 등 공든 탑이 숨어 있다. 그런데 이런 탑을 쌓기는 어려워도 허물어버리는 건 순식간이다. 마치 한 여름에 플로리다 주택가를 한 방에 날려버리는 태풍 허리케인처럼.

    우선 형제 간에는 어릴 때 한 이불 속에서 잠을 자던 성장기가 녹아 있다. 가정 형편이 어려워 부모가 장사를 나가면 맏이가 동생들을 챙겼다. 업어주고 달래고 때론 야단도 치지만, 그 속에는 핏줄로서 보살펴야 하는 책임감과 살가운 애정이 깃들어 있다. 한때 동생은 이유 없이 때리는 형이 밉고, 저 혼자만 아는 누나가 싫었겠지만, 차츰 철이 들어 세상을 알게 될 즈음엔 나쁜 기억이 사라지고 좋은 추억만 남는다. 이 세상에 내 편이 되어줄 몇 명 안 되는 혈연인 데다 미운 정 고운 정 듬뿍 간직한 삶의 자화상이기 때문이다.

그런데 결혼해서 가정을 꾸리고 각자의 삶이 펼쳐지면 조금씩 틈이 벌어진다. 특히 부모를 모시거나 재산 상속을 받아야 하는 경우가 생기면 금이 가기 시작한다. 주된 원인은 나를 더 앞세우는 욕심 때문. 이럴 땐 오히려 세상 물정을 모르는 순박한 사람이 부모를 더 잘 모실 수 있고, 물려받을 돈이 없는 집안의 우애가 더 깊을 수 있다. 그 누구보다 가까운 사이가 가족이지만 서로 양보하고 배려해야 화목한 관계가 오래 지속될 수 있다. 과거 가난했던 시절보다 잘사는 지금이 오히려 더 가족 간에 분란이 많아진 것은 아닌지 되짚어볼 일이다.

부부 간에도 서로를 쪽쪽 빨면서 애정이 가득했던 시절이 있다. 연애할 때는 하루가 멀다 하며 만나고, 헤어져서는 밤새 전화통을 붙잡고 은밀히 속삭이기도 했다. 마침내 혼인을 하고 가정을 이루면 일정 기간 꿈 같은 나날이 펼쳐진다. '하트'를 주고받으며 '이 세상이 내 세상' 같은 착각에 빠지기도 했다. 그런데 어느 정도 시간이 지나 서로에게 익숙해지면서 점차 나사가 풀리고 건성건성 대하는 상황이 발생한다. 사소한 일에도 아끼고 배려하기보다 갈등을 일으킨다. 물론 한 지붕 아래 사는 사람끼리 다툼이 없다면 오히려 이상하겠지만, 문제는 상대방을 존중하지 않는 데 있다. 여기서 틈이 과하게 벌어지면 자칫 '님'이 아닌 '남'이 될 수도 있다. 모름지기 부부 간에도 존경하는 마음이 있어야 예의가 담긴 언어를 주고받을 수 있고, 평생 해로(偕老)할 수 있는 자극제가 된다. 편한 상대라 해서 말을 함부로 하는 건 정말 삼가야 한다.

친한 친구 간에도 가깝게 지낸 연유가 담겨 있다. 처음 만날 때부터 그냥 텔레파시가 통한 사이일 수도 있겠지만, 그 속에는 서로를 이해하고 챙긴 사연들이 숨어 있다. 따뜻한 말 한마디, 고민 들어주기, 밥 사주기, 공부, 놀이 등 서로 공유해온 공든 탑이 배어 있을 터. 특히 어릴 적 함께 뛰놀던 벗들은 사실상 가족이라고 해도 과언이 아니다. 어찌 보면 부모 형제보다 더 많은 이야기를 나눈 사이로 여길 수 있는데, 개구쟁이로 지냈던 벗이 마음까지 맞는다면 이 세상 그 누구도 부럽지 않을 것이다. 흔히 진정한 친구 1~2명만 있어도 큰 기쁨이라고 하는데….

그런데 친구끼리 사업을 같이 하거나 돈을 거래하는 관계가 됐다고 치자. 자칫 달갑지 않은 상황이 발생하면 나를 더 챙기려다 삐거덕거리는 잡음이 생길 수 있고 불편해질 수 있다. 또 너무 편하다고 해서 상스러운 말을 자주 내뱉거나 유치한 행동을 하면 서로 멀어지는 이유가 될 수 있다. 오히려 가까운 사이일수록 더 배려하고 예의를 지켜야 오래도록 감싸줄 우정이 깊어지는 것이다.

치열한 삶의 현장인 직장에서 친한 동료를 만나는 것도 큰 기쁨이다. 스트레스를 달고 사는 환경 속에서 아무 조건 없이 등을 두드려주고 감싸 안을 수 있다면 그야말로 사회생활의 활력소가 될 것이다. 옆에 있던 사람이 사표를 냈다고 무덤덤하게 받아들이기보다 직접 전화해 사정을 들어주고 만류해줄 사람, 잘했으면 더 분발하라고 격려하는 마음, 한 번 실수했다고 이상한 눈으로 쳐다보기보다 따뜻하고 애정이 깃든 눈으로 바라볼 수 있는 동료.

이런 사우(社友)를 갖게 된 배경 역시 서로를 진정으로 대하는 마음에서 비롯됐을 것이다. 세상에는 공짜가 없다고 하는 말처럼 사소한 부분에서도 상대방을 아끼고 진심으로 대했기에 동료애를 꽃피웠을 것이다. 하지만, 이런 좋은 사이도 자칫 내 욕심을 앞세우면 다른 사람보다 훨씬 더 멀어지는 관계가 될 수 있고, 말 실수 하나에 영영 돌아올 수 없는 루비콘 강을 건널 수도 있다.

일반적으로 인간은 이기적인 동물이기에 물욕(物慾)이 생기면 물러설 줄 모르는 경향이 있다. 서로 한 발짝만 양보하고 배려하면 될 것을 먼저 먹으려는 욕심에 헐뜯고 유언비어도 퍼뜨린다. 친밀한 관계를 오래 지속하려면 말 한마디, 행동 하나 하나에 신중해질 필요가 있다. 기분이 언짢다고 무심코 말을 내뱉으면 친한 사이가 순식간에 물거품이 된다. 어떤 언어를 품격있게 구사하느냐에 따라 천 냥 빚을 갚을 수도, 못 갚을 수도 있다.

남편과 아이가 생활의 핵심 고리인 주부들은 학부모 모임이 또 하나의 중요한 축을 형성한다. 아이들끼리 같은 반이 됐거나 바자회 등을 열다가 뜻이 맞으면 친목그룹이 형성된다. 학교 주변 카페나 음식점에서 왁자지껄한 '수다모임'이 벌어지는데 서로 먹거리를 챙겨주고 여행도 같이 가면서 친목을 도모한다.

하지만 아이가 회장 선거에 나가거나 상을 받을 경우 미묘한 일이 생길 수 있고 또래끼리 다툼이 벌어지면 상황이 꼬일 수 있다. 내 자식을 너무 아낀 나머지 손쉽게 감정이입이 되면서 공든 탑이 무너져 내린다. 한때 '네 일을 내 일처럼' 여기며 도와주고 아파하며 공감했기에 깊은 관계가 형성됐는데, 순식간에 욕심을 부려 그 좋던 감정이 허공으로 날아가 버렸다. 이렇게 되면 늘 설레며 기다리던 모임이 부담스럽고 망설여지며, 급기야 영영 외면하는 존재로 변할 수도 있다. 친한 사이일수록 더 아끼고 조심해야 한다는 말이 깊이 폐부를 찌르는 것 같다.

옛날에 가난하지만 우애가 좋던 형제가 강을 건너려고 나루터로 갔다. 그러다 우연히 금덩이 하나를 주웠는데 너무 기뻐서 어쩔 줄 몰랐다. 그런데 그들은 시간이 지날수록 왠지 마음 한 구석이 불편해짐을 느꼈다. 두 사람은 둘로 나눌 수 없는 금덩이에 그 원인이 있음을 깨닫고 강물 속으로 버렸다. 마침내 복잡했던 심경이 사라졌고, 형제는 서로 부둥켜안았다. 자칫 겉만 화려한 금덩이에 오래도록 쌓아온 '우애'라는 공든 탑이 무너져 내릴 위기를 극복한 것이다.

우리는 살면서 누구나 크고 작은 공든 탑을 쌓는다. 그것이 인간관계일 수도 사회적 위치일 수도 있다. 그러나 자칫 조심하지 않거나 신중하지 못하면 가까운 이웃이 원수지간으로 돌변할 수 있기에 양보하고 정성을 쏟아야 한다. 또 사회적 저명인사들은 그릇된 습관이나 행동, 순간적인 실수 하나가 오래 공들여온 명예를 더럽힐 수 있음을 명심해야 한다.

우리는 검찰총장, 법무부장관, 국회의장 등을 지낸 분들이 한 순간에 나락으로 떨어진 사례를 보게 된다. 그들은 분명 불굴의

정신과 남다른 노력으로 높은 곳까지 올라갔을 텐데 순식간에 무너져 내렸다. 한 유명 개그맨은 음주운전 하나로 속죄의 반성문을 쓰고 모든 방송 프로그램에서 하차했다. 당시 그 유혹을 참기가 쉽지 않았겠지만 결과적으로 한순간의 방심과 나태함이 애써 이룩한 걸 망가뜨렸다. 그는 과연 언제쯤 회복할 수 있을까?

정말 살아가면서 탑을 쌓기는 어려워도 허물어버리는 건 매우 쉬운 것 같다. 매사에 절제하고 정성을 기울이는 게 녹록지 않지만, 그래도 어쩔 수 없다. 세상엔 공짜가 없으니까.

41

타이밍
리더십

: 모든 일에는 타이밍이 있다.
세상을 면밀히 살피면서 제때 기회를 포착해야 한다.

🍁 모든 일에는 해야 할 시기가 있고 때가 있다. 놀 때, 공부할 때, 연애할 때, 결혼할 때, 직장에 다닐 때, 사업할 때, 은퇴할 때 등등. 어떤 사람들은 적절한 타이밍에 맞춰 일상생활을 영위하지만, 그렇지 않은 경우도 허다하다. 예를 들어 공부할 시기를 놓쳐 나이를 먹으면 학구열이 높아도 이를 제대로 실행하기가 쉽지 않다. 부양할 식구가 있고 책임질 일이 있기 때문에 쉽사리 학업에 매진할 수가 없다. 만일 한 집안의 가장이 돈을 벌지 않고 뒤늦게 공부가 좋아 마냥 도서관에 다닌다고 치자. 이를 대신해줄 사람이 없다면, 머지않아 가세가 기울고 가족들은 입에 풀칠 할 음식도 장만할 수 없을 것이다. 자칫 가정이 풍비박산 나고 식구들은 뿔뿔이 흩어질 수 있다. 나이가 들면 눈이 침침해져 글씨가 흐릿해 보인다. 만학의 기쁨이 클 수 있지만 공부할 시기가 늦어지면 여기저기 장애물이 있어 극복해 내기가 어렵다.

청춘 남녀가 제때에 연애하지 않으면 노총각 노처녀가 된다. 물론 각자 사정으로 기회를 잡지 못한 탓도 있겠지만, 가급적 그 연령에 맞게 연애도 해야 한다. 그래야 상대방이 평생 함께할 수 있는 반려자인지 파악할 수 있고, 만일에 발생할지도 모를 '이혼'이라는 달갑지 않은 상처도 예방할 수 있다. 그런데 적정 연령을 넘기면 마음에 드는 사람을 찾기가 여간 어려운 게 아니다. 요즘엔 고학력층이 늘어 혼인 연령이 높아지고 혼자 살기를 원하는 청춘도 많아졌지만, 속내를 들어보면 괜찮은 이성을 만나지 못한 경우가 적지 않다. 취업과 결혼관 등 여러 이유와 개인 사정 탓에 차일피일 미루다 보니 제때 연인을 만날 기회를 잡지 못한 것이다.

학교를 졸업하고 사회에 나와 적당한 시기에 입사하지 못하는 것도 큰 문제다. 글로벌 경기 침체 등으로 원하는 일자리를 찾기가 힘들지만, 스스로 눈높이가 너무 높은 것은 아닌지 되짚어볼 필요가 있다. 자칫 고학력자라고 해서 대기업만 바라보면 정작 알짜 중소기업을 놓칠 수 있고, 이곳에서 얻을 수 있는 행운을 영영 놓치는 우를 범할 수 있는 것이다.

고교 때 정말 공부 잘하는 친구가 있었다. 그 동창생은 남들의 부러움을 받으며 명문대 법대에 당당히 들어갔다. 그러나 사법

고시에서는 운이 없는 건지 아니면 실력이 따라 주지 않았는지 매번 낙방을 거듭했다. 결국 뒤늦게 시험을 포기했고 입사할 시기를 놓쳐 지금은 서울 시내 모처에서 문구점을 운영하고 있다. 물론 사법고시가 어려운 시험이어서 합격자보다 고배를 마시는 응시생이 훨씬 많은 게 현실이지만, 어쨌든 오랜 시간 쏟은 노력을 보상받지 못해 상당히 안타까웠던 기억이 있다. 혹여 본인의 적성과 능력을 외면한 채 자존심 때문에 너무 오래 난관에 맞섰던 것은 아닌지 하는 생각도 해본다. 어쨌든 세상일이 마음먹은 대로 이뤄진다면 더할 나위 없겠지만, 이런 사례를 볼 때 안쓰러운 마음이 드는 것도 어찌할 수 없다. 필자가 아는 어떤 분은 10년 이상 행정고시에 매달려 인간 승리 드라마를 쓰기도 했다. 하지만, 이런 성공 사례가 거의 드물기에 때로는 과감히 포기하고 다른 길을 찾는 것도 용기이자 지혜로운 행동이라 할 수 있겠다.

한국 축구가 세계 4강 신화를 쓴 2002년 월드컵 때 히딩크 감독은 절체절명의 순간에 기막힌 전술을 구사해 성공의 역사를 일궈냈다. 그는 이탈리아와의 16강전에서 패색이 짙던 후반 종반, 수비수 몇 명을 과감히 빼고 공격수를 투입하는 도박을 했다. 마침내 설기현 선수의 동점골과 안정환 선수의 역전골이 터지면서 승리의 희열을 맛봤다. 대개 지도자는 용장(勇將)과 지장(智將) 등으로 구분할 수 있는데, 그는 절묘한 타이밍에 '신의 한 수'를 둠으로써 여러 마리의 토끼를 한꺼번에 잡았다. 반면에 미국 프로야구 LA다저스의 돈 매팅리 감독은 우승 문턱에서 번번히 선수 기용에 실패해 자질론에 휩싸였다. 그는 시즌 중에는 월등한 전력으로 상대팀을 압도했지만, 막상 리그 우승팀끼리 격돌하는 시리즈에서는 제대로 힘을 쓰지 못해 고개를 떨궈야 했다.

사회 생활에 바쁜 직장인들은 일에 파묻혀 사느라 건강을 제대로 챙길 겨를이 없다. 회사에서 무료로 제공하는 건강검진조차도 빼먹는 경우가 있는데, 아예 일이 많다는 핑계로 병원에 가는 걸 1~2년 늦추다가 큰 병으로 발전하는 사례도 생긴다. 즉 건강검진 타이밍을 놓쳐 아까운 생명을 잃는 상황도 발생하는데, 예를 들어 현대의 무서운 질환인 암의 경우 조기에 발견하면 완치할 수 있는 확률이 높아지지만, 자칫 때를 놓쳐 다른 장기에 퍼지면 고치기가 매우 어렵다. 필자도 5년 전 위암 진단을 받아 수술을 마치고 완치 판정을 받았지만 좀 더 세심히 건강을 챙기지 못했던 아쉬움이 남는다. 물론 의사들은 수술할 수 있는 상태만 되더라도 다행이라고 하지만, 그 후유증이 적지 않았기에 후회도 된다. 그래도 필자는 천만다행인 경우지만, 아예 때를 놓쳐 온몸에 암세포가 퍼진 분들은 수술조차 불가능해 본인은 물론 가족들이 발을 동동 구르기도 한다.

국가 정책을 시행하는 데 있어서도 적절한 타이밍이 필요하다. 요즘 경기활성화를 위한 규제개혁이 큰 화두가 되고 있는데, 공무원들이 어떤 자세로 임하느냐에 따라 성공의 분수령이 된다. 실제로 우리나라는 규제가 심해 경제계의 불만이 많은데, 그동안 이를 견디기 어려워 아예 보따리를 싸서 해외로 공장 설비를 옮기는 기업이 적지 않았다. 역대 정권에서 이를 해결하려고 부단히 애를 썼지만, 정작 관가에서는 시늉에 그치는 경우도 많았다. 이명박 정부 시절에는 '대못 뽑기'로 상징되는 규제 철폐를 시도했지만, 특별히 나아진 것은 없어 보인다. 그 이유는 과감히 규제를 풀 경우 공무원들의 파워와 밥그릇이 줄어들 가능성이 있기 때문이다. 우리 사회는 지난 수십 년 동안 한쪽에서 규제하나를 없애면 다른 쪽에서 새로운 규제를 만들어내는 악순환을 되풀이해왔다. 역시 고삐를 쥔 공무원들이 기득권으로 여겨 소극적으로 움직인 탓이다. 공무원들은 누군가 개혁을 외치면 오히려 '부질없는 짓'으로 바라보는 경향도 있다. 적극 나서 일을 하다 보면 잡음이 생길 수 있고, 이로 인해 혼자 '덤터기'를 쓰는 상황이 우려되기에 적당히 눈치 보면서 일하는 편이 낫다고 보는 것이다. 이들은 처음에 신입 공무원으로 임용될 때는 국민을 위해 진정한 공복(公僕)이 되겠다고 다짐했건만, 시간이 흐르고 지위가 오를수록 현실에 안주하고 타성에 젖어들면서 개혁 의지가 물 건너 가는 것이다.

박근혜 정부 역시 역대 정권과 마찬가지로 규제 개혁에 강한 드라이브를 걸고 있다. 하지만 공무원들이 제대로 실행할 의지가 있는지 미지수다. 원래 관료사회가 복지부동이 만연하고 책임을 기피하려는 풍토가 팽배하기에 그런 것이다. 반면에 그들은 제 밥그릇 챙기기에는 열심이다. 얼마 전 공무원 연금개혁 방안이 발표되면서 퇴직 후 받게 될 연금액이 줄어들자 일제히 반기를 들었다. 현직 공무원들은 물론 퇴직 공무원들도 거리로 나와 서울 시내를 반발의 함성으로 가득 채우기도 했다.

그런데 이들의 저항에 밀려 시기를 놓치고 연금 개혁이 수포로 돌아간다고 치자. 갈수록 나라 곳간은 줄어들 것이고, 언젠가는 공멸의 순간이 닥칠지도 모른다. 가뜩이나 저출산 영향으로 인구 감소가 불 보듯 뻔한데 연금의 재원인 국민의 세금으로 얼마나 충당할 수 있을지도 미지수다. 공무원들은 전체 국가 예산에 비하면 연금 지급액이 그리 크지 않고, 연금 수령액의 절반 정도를 자신들이 현역 때 부담한다고 항변한다. 하지만 그럼에도 일반인이 받는 국민연금에 비해 상당히 큰 혜택을 누리고 있는 것만은 사실이다. 물론 오랜 기간 국가에 봉사한 대가를 받아야 한다고 주장할 수 있지만, 어쨌든 대세는 개혁이 이뤄져야 한다는 당위성이 커지고 있다. 다만, 일을 진행함에 있어서 차분히 시간을 두고 속사정도 들어주면서 자존심을 세워주는 품격 있는 개혁을 원한다는 게 한 전직 관료의 고언(苦言)이다. 어쨌든 공무원들은 양보할 의지가 별로 없는 것 같은데, 국가의 미래를 위한 충정으로 동참해야 할 것으로 보인다. 자칫 이번에 공무원 연금 개혁이 실패하면 또 다시 기약하기 힘들고 머지않아 국가 재정에 곤란을 겪을 수도 있다.

결국 모든 일을 실행함에 있어서 적절한 타이밍을 잡는 건 매우 어렵다. 만물을 주관하는 절대자가 아닐진데 인간의 지혜에는 한계가 있을 수밖에 없다. 하지만, 그럼에도 주변 사물과 세상을 두루 살피면서 일을 진행하는 안목을 키우는 데 소홀히 해선 안 되겠다.

Part 4

겨울

WINTER

42

발자국
리더십

: 발자국은 인생을 두루 살피며 걸어가는 나침반이다.

🍁 어느 날, 지하철역을 나와 늦은 밤길을 뚜벅뚜벅 걸었다. 앞서 가던 여성이 인기척을 느꼈는지 갑자기 발걸음이 빨라진다. 뒤에 있는 내가 혹시 나쁜 사람은 아닌지 의심하는 눈치다. 어느덧 골목길의 중간에 이르자 신경전이 벌어진 것처럼 서로 잰걸음의 연속이다. 환한 낮이라면 앞서 가든 뒤서든 아무런 신경도 안 쓸 텐데, 인적이 드문 시간이니 내 발자국 소리가 묘한 긴장감을 주었나 보다. 하도 험한 일이 자주 발생하는 세상이어서 그런지 모두가 경계하는 모습이 그리 유쾌하지 않다.

그런데 만일 어떤 사람이 불량배들에 둘러싸여 있거나 갑자기 몸이 아파 어두운 골목길에 쓰러져 있다고 가정해 보자. 과연 가까이에서 들려오는 인기척은 불안의 메시지일까 아니면 희망의 메아리일까? 이럴 땐 십중팔구 안도감을 느끼게 해주는 신호로 받아들일 수 있다. 위기에 처한 사람을 폭력의 위기에서 벗어나게 하거나 구급차를 불러 병원에 데려다 줄 구원의 존재일 수 있는 것이다. 두 가지 상황을 비교해 보면 분명 발자국은 비슷한 인간의 소리인데, 전해 오는 느낌이 너무도 다르다.

눈 내리는 겨울에 들려오는 '뽀드득뽀드득' 발자국 소리는 마음을 상쾌하게 해주는 청량제다. 하지만 눈길을 걷는 사람은 한 발 한 발 내디딜 때 좀 더 신중해질 필요가 있다. 바로 어떤 흔적을 남기느냐에 따라 뒤에 오는 사람에게 영향을 미칠 수 있기 때문이다. 만일 올곧게 발자취를 남긴다면 안전하고 편안한 이정표가 될 수 있지만, 이리저리 흩트리면 뒷사람에게 혼란을 줄 수 있다. 이럴 경우 귀한 시간을 허비해 목적지에 늦게 도착할 수 있고 엉뚱한 길로 빠져 산짐승을 만나거나 아예 길을 잃어버릴 수도 있다. 특히 겨울 산행에서는 방향 감각을 상실할 경우 조난당할 염려도 있기에 한층 더 조심해야 한다. 이는 인생길에서도 마찬가지여서 선배가 길을 제대로 닦아 놓으면 후배가 잘 본받을 수 있지만, 반대의 경우라면 문제가 심각해진다.

이번엔 야생에서 살아가는 여우의 사례를 살펴보자. 교활한 이미지의 대명사로 알려진 여우는 습관적으로 발자국을 고르게 남기지 않는다고 한다. 워낙 생존 경쟁이 살벌한 야생의 세계이기에 집으로 향할 때 직선이 아닌 둥그런 원을 그리듯 빙빙 돌면서 발걸음을 놀린다. 혹시 누군가라도 쫓아오면 새끼를 포함해

가족 모두가 희생될 수 있기에 예방 차원에서 어지러운 흔적을 남기는 것이다. 이를 두고 인간들은 약삭빠른 이미지 혹은 얄미운 행동을 하는 사람에 빗대기도 하지만, 사실상 여우 입장에서는 억울하기 짝이 없다. 내가 살려고 그러는 것인데, 누가 함부로 '감 놓아라 배 놓아라' 할 수 있을 것인가. 만일 여우가 이렇게라도 머리를 쓰지 않는다면 먹거리를 구하기는커녕 종족도 제대로 지킬 수 없다.

그렇다면 발자국의 의미를 세상에 비유한다면 어떻게 설명할 수 있을까? 먼저 이 사회를 이끌어 가는 지도층이나 기성세대는 발걸음을 내딛는 데 더욱 유념할 필요가 있다. 집안에서 가장이 말을 함부로 하고 폭력을 행사하면 부부 관계가 깨지고 자녀들이 엇나간 행동을 할 수 있다. 여러 면에서 부모를 빼닮는 아이들은 습관이나 버릇을 그대로 답습할 확률이 높다. 그래서 함부로 혀를 놀리거나 주먹을 쓰면 안 되는 것이다. 이는 학생들을 가르치는 선생님도 마찬가지여서 매사 언사나 행동거지에 있어서 신중히 처신해야 제자들이 바르게 따라올 수 있다.

요즘 사회 각계에 돌발사건이 잇따라 터지면서 민심이 흉흉한 모습이다. 재계의 모범이 돼야 할 재벌가 자녀가 안하무인격으로 행동하다가 쇠고랑을 찰 위기에 처했고, 국회의원이 불법적인 영향력을 행사하다가 영어(囹圄)의 몸이 됐다. 선망의 자리에 오른 어떤 유명 교수는 제자를 성희롱해 교단에서 물러났고, 전도유망하던 고위 군 간부는 부하 여군을 위로하려다 한 순간의 실수로 군문을 떠나야 했다. 호기심 어린 눈망울로 여의도 국회의 정치 현장을 배우러 온 어린 학생들은 지위 높은 어른들이 티격태격 싸우는 장면에서 과연 무엇을 느꼈을까?

국민의 공복(公僕)으로 불리는 공무원 사회 역시 소신껏 일하기보다 권력자의 눈치를 보는 데 익숙하다. 흔히 공무원은 '영혼이 없는 존재'로 불려 정권이 바뀜에 따라 조변석개할 수 있지만, 때로는 그 정도가 지나쳐 심각한 폐해를 낳기도 한다. 공무원들은 대개 오래 공들여야 성과가 나는 업무보다 이른 시일에 결과물이 나오는 일을 선호하는 경향이 있다. 이는 결국 한시라도 빨리 업적을 내려고 하는 권력자의 입맛에 맞춘 것이지만, 한편으론 승진에 유리한 목 좋은 자리를 차지하려는 습성에서도 기인한다. 또 급속도로 세상이 변하는 현실에서 법과 제도가 융통성 있게 달라져야 하지만, 옛날에 제정된 법과 규정을 제때 개선하지 않아 국민이나 기업이 어려움을 겪는 경우가 적지 않다. 물론 이를 고치려면 여기저기 부딪히는 게 많고 일을 그르치면 승진에 걸림돌이 될 수 있지만, 그래도 총대를 메고 개혁에 나서는 분들을 자주 봤으면 좋겠다. 물론 음지에서 소신껏 근무하는 분들도 찾을 수 있지만 공무원 사회의 속성상 다이내믹한 일 처리를 기대하는 것은 애초부터 무리일 듯 싶다.

이런 상황은 일반 기업도 크게 다르지 않은 것 같다. 만일 어떤 프로젝트를 수행하다가 난관에 빠지면 하나둘 입을 닫고 뒤로 숨는다. 그러다가 누군가 열심히 뛰어 성공적인 결과를 내면 갑자기 공로를 세운 분(?)들이 속속 등장해 자신을 공치사하기에 바쁘다. 이런 모습은 한 기업의 문화와도 관련성이 있어 최고 경영자가 임직원들을 믿고 맡기는 곳이라면 톱니바퀴처럼 원활히 돌아가지만, 그 반대라면 소극적인 태도가 회사 분위기를 지배할 수 있다. 또 사내 정치가 벌어져 고위층에 눈도장을 찍으려 애쓰고 엉뚱한 소문을 유도해 유능한 인재를 내치는 사태가 벌어질 수 있다.

얼마 전 발생한 대한항공의 여객기 회항 사건은 참 유감이 아닐 수 없다. 그동안 국민의 성원 덕택에 세계 으뜸 항공사의 하나로 성장했는데, 전혀 반갑지 않은 치부가 드러났기에 씁쓸하다. 결국 오랫동안 곪았던 환부가 마침내 속살을 드러낸 것에 다름 아니다. 이 문제는 국내를 넘어 국제적인 망신을 초래했기에 매우 심각한 사안이 아닐 수 없다.

우리 모두가 새겨 나가는 발자국은 다양한 시각에서 그 의미를 짚어볼 수 있다. 누구나 크고 작은 사회에 소속되어 있고, 윗사람이든 아랫사람이든 본연의 역할이 주어져 있다. 심지어 어린 아이들도 발걸음이 혼란스러우면 이웃 간에 분쟁의 빌미가 될 수 있고, 사회 지도층이나 집안의 가장이 엉뚱한 발자취를 남기면 국가가 위태롭고 가정이 흔들릴 수 있다.

결론적으로 발자국은 그저 뚜벅뚜벅 걸어서 만들어낸 물리적 흔적만이 아닌, 인생을 두루 살피며 걸어가는 나침반이자 이정표가 될 수 있다.

43

화장실
리더십

: 화장실은 배출 욕구만을 충족시키는 공간이 아니다.
 그곳엔 인생의 가치가 숨어 있다.

❄ 흔히 화장실에 들어갈 때와 나올 때가 다르다고 한다. 사람이 밀집된 지하철역 혹은 인파로 가득한 명동 거리에서 갑자기 배가 아픈 상황을 떠올려보자. 목적지에 도착하기도 전에 서둘러 전철에서 내려 인근에 화장실이 있는지 살펴야 하고, 빌딩이 보이는 곳이라면 아무 데라도 빨리 들어가야 한다. 일단 급한 용변부터 해결해야 하기에 체면은 차후 문제다. 그런데 대부분 사람들은 실례(?)하기 전까지 아슬아슬한 위기 상황을 넘기고 급한 불을 끈다.

그럼 문제를 해결한 뒤의 표정은 어떨까? 처음엔 깨끗하고 더러운 것을 따지는 건 사치고, 급한 용무부터 서둘러 보는 게 먼저여서 저자세로 나온다. 그런데, 용변을 보고 나면 이내 태도가 달라진다. 때론 소원을 풀어준 화장실에게 즉흑적인 감정도 표출하는데, 시설이 좋은 곳이라면 '땡큐'이겠지만 다소 불결하다 싶으면 불평이 튀어나온다. "뭐 이렇게 더러운 데가 있어. 이곳 주인은 화장실 관리도 제대로 안 하나?" 급할 땐 따지지 않다가 막상 어려움이 해결되니까 이중적인 태도로 바뀐다.

대학을 갓 졸업한 사회 초년생이 직장을 구할 때는 허리를 굽혀 정성을 다해 일하겠노라고 다짐하면서 입사의 꿈을 이룬다. 하지만, 시간이 흘러 기업의 형편을 알고 이것저것 비교할 수 있는 연차가 되면 입이 튀어나온다. 일이 힘들어서, 월급이 적어서, 동료와의 갈등, 회사 비전의 불투명성 등 문제점을 따지기도 하고, 월요일만 되면 머리가 아파 출근조차 싫은 월요병을 앓기도 한다.

그러나 어떤 연유로 인해 회사의 구조조정 이야기가 나오면 신변에 이상이 생길지 몰라 노심초사한다. 한때는 회사에 대한 불만도 있었지만 막상 짤릴 위기에 처하니까 다시 태도가 달라진다. 젊고 힘이 있을 땐 다른 직장을 구하는 게 그리 어려운 일이 아니라고 여겨 자만심도 갖지만, 금전적인 어려움이 닥치거나 정년이 얼마 남지 않았을 때는 너무나 소중한 곳으로 바뀌는 것이다. 현직에 있을 때는 크고 작은 스트레스로 불만도 토로했지만, 정작 아쉬워지니까 하루하루 내 업무, 내 직장이 소중해지는 것이다. 흔히 인간의 마음이 조변석개(朝變夕改)라고 하는

데, 가급적 긍정적인 마인드로 매사에 임하는 것이 바람직하다.

주변 사람과 금전적인 거래를 할 때도 마찬가지. 형편이 힘들어 한 푼이라도 아쉬울 때는 돈을 빌려주는 당사자에게 공손한 표정을 짓지만, 막상 돈을 빌리고 나면 얼굴빛이 달라지기도 한다. 일단 급한 불을 껐기에 조금 여유가 생긴 걸까? 그런데 막상 갚을 시점이 되면 힘든 사정을 얘기하다가도 뭔가 못마땅하다 싶으면 태도가 돌변해 전투 모드로 돌입하기도 한다. 경우에 따라 채권자에게 무례한 행동을 하거나 도망치는 사례도 있는데, 내 처지에 따라 사람의 마음이 어떻게 변하는지를 잘 드러내 주는 사례라 하겠다.

자식이 부모를 대하는 태도도 상황에 따라 달라진다. 어릴 땐 많은 걸 보살펴주는 존재여서 말도 잘 듣고 공경도 하지만, 부모가 연로해져 모셔야 할 시기가 되면 이를 꺼리는 성향이 나타난다. 자식된 도리로 부모를 공양해야 함에도 형제 간에 미루는 일이 잦아지고, 여의치 않으면 서로 '네 탓 타령'을 하며 집안 싸움으로 번지기도 한다. 물론 우리 사회는 아직까지 효에 대한 의식이 강해 부모를 잘 모시는 편이지만, 갈수록 핵가족화 및 개인주의가 강해지면서 사회 문제로 확산되고 있는 실정이다.

이번엔 남녀 관계를 살펴보자. 처음에 남자는 마음에 드는 여자를 발견하면 지극정성을 쏟아 내 사람으로 만들기 위해 최선을 다한다. 마침내 진심이 전달돼 연인관계가 되면 날아갈 듯 행복한 나날이 펼쳐진다. 그래서 검은 머리가 파뿌리가 되도록 사랑하겠노라고 맹세하며 결혼에 골인한다. 그런데 정작 신혼여행에 갔다온 지 얼마 지나지 않아 사소한 일로 말다툼 하다 헤어지는 일이 있고, 내 여자라고 생각해 막대하는 경우도 생긴다. 부인도 처음엔 내 남편이라고 여겨 최선을 다하지만, 아이가 생기고 서로에게 익숙해지면서 이기적인 행동이 나타나고 급기야 삐걱거리는 소리도 난다. 결국 상대방을 소홀히 대해 잡음이 발생하는 것인데 이런 문제를 서둘러 해결하면 괜찮지만, 자칫 오래 지속되면 신뢰가 무너지고 부부 관계가 파탄으로 끝날 수도 있다. 무릇 가정이 화목하려면 가장 가까운 두 사람 사이에도 존경하는 마음이 있어야 하는데, 그 출발점은 바로 말을 함부로 하지 않고 이타심을 앞세우는 태도에서 비롯된다고 할 수 있다.

어렸을 때 가난했던 사람이 돈을 벌어 성공의 길에 들어서면 2가지 유형을 띠게 된다고 한다. 꾸준히 근검절약하면서 한결같은 자세를 유지하는 분이 있는가 하면, 방탕의 늪에 빠져 흥청망청 돈을 뿌리고 유흥에 가산을 탕진하기도 한다. 한때 로또 광풍이 불면서 한 방에 인생 역전을 이룬 사람들도 적지 않은데, 그분들의 뒷모습이 당첨 이전의 생활보다 결코 나은 것은 아니라고 한다. 일부 당첨금을 자선단체에 기부하고 나머지 돈을 알뜰히 활용해 재산을 불린 분들이 있는가 하면, 오히려 큰돈을 거의 날리고 옛날보다 형편이 못한 '일그러진 영웅'도 적지 않다. 돈이 수중에 들어오면 마음껏 쓰고 싶은 게 인지상정이지만, 어떤 자세로 황금을 대하느냐에 따라 성공의 방정식이 달라진다.

또 사람이 몸이 아플 때는 음식도 가리고 운동도 병행하면서 건강을 챙기는 데 심혈을 기울인다. 하지만 예전의 정상적인 상태로 회복하면 다시 담배나 술에 입을 대면서 몸을 망가뜨리는 경우도 생긴다. 물론 오랜 습관이나 가치관을 고치기는 쉽지 않겠지만 그래도 경각심을 갖고 겸손한 생활 태도를 유지해야 안락한 삶이 오래갈 수 있다.

앞서 언급했듯이 인간은 화장실이 급할 때면 뭐라도 다 줄 것 같지만, 막상 문제를 해결하고 나면 전혀 다른 모습이 나올 수 있다. 우연히 무인도에 있는 금을 가지러 갔다가 식량이 떨어져 몇 끼를 굶은 사람이 있다고 치자. 마침내 무역선이 도착해 음식을 파는 상인이 있으면 당장 억만금을 주고서라도 빵 한 조각을 사 먹고 싶을 것이다. 하지만 이내 배고픔이 해결되면 그 돈이 너무 아까워 그 상인의 얄팍한 상술을 비난할 것이다.

결국 사람의 마음은 상황에 따라 크게 달라질 수 있다. 그래도 가급적 초심을 잃지 않으면서 겸손함을 유지하고 있어야 무탈함이 오래 지속된다.

문득 아픈 배를 움켜쥐고 급히 화장실에 들렀다가 떠올린 상념이다.

44

더하기 빼기
리더십

: 우리네 삶은 더하기와 빼기가 공존한다.
 가급적 긍정의 시선으로 바라보자.

✺ 필자가 바라보는 세상은 공평하다. 왠지 공정하지 않을 것 같지만 대개 수평 논리가 작용한다. 먼저 부정적으로 그리는 시선은 돈과 권력, 체력 등 여러 면에서 사람들의 우열이 다르기에 평등하지 않다고 여긴다. 그러나 긴 호흡으로 내다보면 오묘한 '조물주의 섭리'가 작용하기에 어느 정도 수평선이 흐르고 있음을 느낄 수 있다.

예를 들어 우리는 자본주의와 살을 맞대고 있다. '황금만능주의'라는 표현처럼 돈이 지배하는 세계에 살고 있는 것이다. 겉으론 사는 집이 다르고, 각자 보유한 차량에서도 격차가 느껴진다. 어떤 이는 여행도 마음껏 다니면서 풍족한 삶을 누리고 있다. 반면에 '가계 부채 1,000조 원 시대'라는 말처럼 허리가 휘청거리는 가정도 많다. 이들은 돈이 없어 쩔쩔매기도 하고 심지어 막다른 골목에 몰려 소중한 목숨까지 버리는 사례도 나타난다.

그러나, 한 번쯤 다른 시각에서 현미경을 비춰보자. 과연 인생이 돈으로만 계산되는 것일까? 무릇 건강한 마음과 긍정적인 시선이 행복의 잣대를 가르지는 않을까? 그러고 보면 행복의 측정요소는 물질 외에도 건강, 가치관, 가족애, 친구관계 등 여러 분자가 존재한다고 볼 수 있다. 어찌 보면 단순히 눈을 뜨고 있음에도 감사함과 기쁨을 느끼는 사람들도 적지 않다. 그들은 어딘가에 누워 숨 쉬고 있을 말기암 환자일 수도, 아니면 어느 감옥에서 사형 날짜를 기다리는 죄수일 수도 있다.

재산이 엄청나게 많은 부자가 있다고 치자. 그런데 그분은 어딘지 몸이 안 좋아 병원을 수시로 들락거린다. 돈이 있어도 구미에 당기는 걸 마음대로 먹을 수 없다. 함부로 입에 댔다가는 의사의 질책이 쏟아지고 질병이 악화될 수 있어 노심초사한다. 그래서 하루하루 조심해야 하고 힘차게 뛰어다닐 수도 없다. 그렇다면 이런 모습은 행복일까? 불행일까?

반면에 재산은 별로 없지만 신체가 건강하고 가치관이 긍정적인 사람이 있다. 월급은 적지만 먹거리를 해결해주는 직장도 있다. 그는 부자들처럼 풍족히 먹거나 여행도 자주 다닐 수 없지만, 감사하는 마음으로 일용할 양식을 대하고 오솔길을 걷는 것만으로도 만족한다. 무릇 식욕이 왕성해지면서 행복감이 밀려온다. 이 분은 과연 부자일까? 빈자일까?

재산이 많으면 건강이 나쁠 수 있고 가족관계가 삐걱거릴 수 있다. 물론 여러 면에서 편안한 가정도 있지만, 어느 집이든 우환이 있기 마련이다. 반면에 재산이 부족하다고 불행하리란 보장도 없다. 소량의 음식으로도 식욕의 즐거움을 느낄 수 있고 웃음 넘치는 가정을 꾸릴 수 있다. 조물주는 인간에게 돈과 건강, 화목, 수명 등 행복의 조건을 모두 제공하지는 않는다. '권불십년(權不十年)'이라고 최정상의 권력을 누리던 분들도 한순간에 감투가 사라지면서 초라해질 수 있다. 결국 곳곳에서 등장하는 장애물이나 환경을 어떻게 적절히 대하고 판단하느냐에 따라 행복의 가치가 달라지는 것이다.

개그맨 이수근 씨가 언젠가 KBS 〈1박2일〉 프로그램에 나와 산에 빨리 올라가서 임무를 수행하는 '복불복 게임'을 했다. 그때 그는 웃음을 이끌어내기 위해 '오르막 길, 내리막 길'이라는 말을 연신 내뱉었다. 물론 등산길이라는 것이 '오르고 내리는' 과정을 거듭하기에 자연스러운 표현일 수 있지만, 우리네 삶을 적절히 반영하는 뜻도 담겨 있어 단지 웃음만 나오지는 않았다. 실제로 주변을 둘러보면 사업, 직장, 가정, 건강, 연애, 인간관계 등 어느 것 하나 쉬운 일이 없다.

요즘 '사각의 링'에서 피를 흘리며 대결하는 격투기 대회가 인기를 끌고 있다. 한편으론 인간의 폭력성을 공개적으로 드러내는 것 같아 제대로 보지 않지만, 가끔 채널을 돌리다 보면 시선이 멈출 때가 있다. 중계방송에는 한때 거물들을 제압하며 위세를 떨친 선수가 한 방에 KO로 침몰하는 경우가 있는가 하면, 아쉽게 분루를 삼키던 선수가 필살기를 터뜨려 챔피언 벨트를 거머쥐기도 한다. 흔히 승부의 세계에서는 '영원한 승자도 영원한 패자도 없다'고 하는데, 인생의 순리와 공평함이 드러나는 사례가 아닐까 싶다.

필자는 무남독녀인 아내와 장모, 두 아들과 함께 살고 있다. 몇 년 전 장인이 돌아가시면서 홀로 된 분을 가까이 모시는 게 도리라고 여겨 한 식구가 됐다. 그런데 서로 생활이 달랐던 분과 동거하려니 불편함도 따른다. 우선 옷을 마음대로 벗기가 어렵고 자유로움이 덜한 것 같아 거북스러울 때도 있다. 하지만 긍정적인 면도 있다. 음식 솜씨가 좋으셔서 맛있는 걸 먹을 수 있고 건강식도 수시로 접할 수 있다. 그리고 무엇보다 어린 자식들에게 노인을 공경해야 하는 '효(孝) 사상'을 자연스럽게 체득시켜 줄 수 있어서 긍정적이다. 때로는 어른에게 예의에 어긋나는 행동도 할 수 있지만, 그것은 내 그릇이 작은 것이기에 어쩔 수 없다. 그래도 누구나 나이를 먹고 늙어갈 텐데 훗날 두 아들이 우리 부부를 타박하지는 않겠지? 결국 어른을 모시고 사는 게 힘들 수 있지만, 부족하나마 자식된 도리를 한다는 뿌듯함과 자녀에 대한 교육 효과를 고려할 때 더하기와 빼기가 공평하게 작용한다고 볼 수 있다.

글을 쓰다 보면 이야기가 술술 풀릴 때가 있고, 갑자기 스토리가 사라져 오랜 시간 펜이 멈출 때도 있다. 또 회사 업무가 한꺼번에 쏟아질 때도 있지만, 어느 순간 무거운 짐이 사라질 수도 있다. 소위 필(feel)을 받아 공부하는 시간이 즐거울 때가 있지만, 반대로 학습하는 순간이 지겨울 때가 있다. 어릴 적 호주머니에 구슬이 가득 찬 시기도 있었지만, 게임에 져서 구슬이 없어지고 호주머니에 구멍만 뻥뻥 뚫린 때도 있었다. 밀물이 있으면 썰물이 있듯이 우리네 삶은 이렇게 더하기와 빼기가 시간 차를 두고 공존하는 것 같다. 누가 이를 말릴 수 있을까. 자연의 섭리인 것을….

그냥 그대로 받아들이고 '긍정의 시선'으로 '행복'과 '감사'란 단어를 떠올려보자. 안 되면 어쩔 수 없지만, 그래도 따뜻한 시선이 필요한 시점이다. 무릇 인생이란 지도는 여러 종합적인 요소들이 어우러진 한 폭의 병풍이요, 명멸을 거듭하는 은하계의 축소판이다.

45

선물
리더십

: 선물은 생각하기에 따라 좋을 수도 나쁠 수도 있다.

❄ 요즘 세태는 선물을 주고받는 데 익숙하다. 과거 가난했던 우리나라가 경제적 성장을 이룩하면서 넉넉해졌기에 자연스러운 풍경이 됐다. 특히 초등학생들의 경우 생일이 다가오면 집으로 친구들을 초대하거나 음식점에서 맛있는 식사를 하며 와자지껄 떠드는 게 일상이 됐다. 무릇 소중한 생명의 탄생을 축하하고 발전을 기원한다는 측면에서 보기 좋고, 바람직한 현상이라고 할 수 있다.

선물(膳物)의 사전적 의미는 '남에게 어떤 물건 따위를 선사하는 행위 또는 그 물건'을 뜻한다. 일반적으로 정성이 담긴 물품을 지칭하는데, 선물을 주는 사람은 소중한 지인에게 마음을 전달할 수 있어서 좋고, 받는 사람은 소유의 기쁨을 얻을 수 있어 일거양득이다.

그런데 선물의 개념을 자세히 들여다보면 다양한 뜻이 내포돼 있음을 알 수 있다. 우선 일반적 의미의 선물은 물질적으로 풍부해짐을 뜻한다. 작게는 액세서리에서 화장품, 의복, 자동차 등 다양한 물품이 그 안에 존재한다. 반면에 무형의 선물도 한 자리를 차지한다. 예를 들어 시련은 인내심을 키워주는 선물일 수 있고, 가난은 어려움을 극복하고 부자가 되라는 의미의 '복덩어리' 일 수 있다.

우선 부유하게 자란 사람은 부모 덕택에 학업도 충실히 하고 사업에 필요한 자금도 일정 부분 지원받을 수 있다. 본인이 계획을 잘 세워 뚝심 있게 밀고 나가면 그렇지 않은 사람보다 행복의 길에 더 가까이 갈 수 있어 금상첨화다. 그러나 어려움을 모르고 자랐기에 근성이나 끈기가 부족할 수 있고 역경에 맞서는 힘이 부실할 수 있다. 더욱이 세상일이 쉽게 이뤄지는 것이 아니어서 의지가 약한 사람은 세파를 제대로 헤쳐나가기가 힘들다. 이렇게 볼 때 '부유함'이란 선물은 개인의 삶에 반드시 도움되는 것이라 할 수 없고, 오히려 장애물로 작용할 수도 있다.

예를 들어 세계 최고 부자 중의 한 사람인 '컴퓨터 황제' 빌 게이츠는 자녀들에게 최소한의 유산만 남기고 나머지는 기부재단을 세워 가난하고 소외된 사람들을 위한 재원으로 쓰고 있다. 그는 자녀에게 막대한 부를 물려주는 것이 결코 좋은 선물일 수 없고, 자칫 방탕의 길로 빠질 수 있는 덫이라고 판단했다. 따라서 집안의 곳간이 넉넉하다고 자만해서 안 되고, 곳간이 비었다고

좌절할 일도 아니다. 우리는 애초부터 부모의 도움에 기대지 않고 역경과 맞섬으로써 살아갈 내공을 키우고 자립할 수 있는 힘을 길러야 한다. 이런 밑거름 속에 부유한 환경을 제대로 활용한다면 보다 알차고 풍부한 삶이 기다리고 있을 것이다.

반면에 가난하게 자란 사람은 밑져야 본전일 수 있다. 물론 없는 환경이라고 해서 제멋대로 살면 안 되겠지만 굳센 의지를 갖고 최선을 다하다 보면 성공이라는 열매를 거둘 수 있다. 실제로 거부(巨富)의 길로 들어선 분들의 어린 시절을 돌아보면 가정 형편이 좋았다기보다 어려운 상황이 더 많았다. '월가의 현인'으로 불리는 워런 버핏이나 이민자의 아들인 조지 소로스, 현대그룹을 일군 고 정주영 명예회장 등이 대표적이다. 이들은 가난을 지렛대로 삼아 밑바닥 삶을 극복했고, 특유의 부지런함과 끈기를 바탕으로 불굴의 노력을 기울인 끝에 영광의 자리에 올라섰다.

부모가 애지중지 키운 자녀를 해병대 등 군사훈련 캠프에 보내는 것도 역경을 극복하는 힘을 길러주기 위한 선물이다. 살아가면서 닥칠 시련이 만만치 않기에 미리 자신감을 키워주려는 것이다. 과연 어느 부모가 자식이 고생하길 원할까? 그것은 바로 쇳물이 수많은 담금질을 거쳐 강철로 태어나듯이 강하고 능력 있는 인재로 키우기 위한 애정이 깃들어 있는 것이다.

암과 같은 무서운 질환을 겪는 것도 때로는 선물일 수 있다. 지나온 삶을 되돌아보며 그동안 느끼지 못했던 인생의 가치를 깨닫고 생각의 깊이를 더할 수 있는 계기가 될 수 있다. 이런 무서움을 극복한 분들의 경험담을 들어보면 암 이전의 삶과 이후의 생활이 꽤 변했음을 느낄 수 있다. 필자 역시 위암 수술을 하지 않았다면 지금처럼 의지력이 강해지지 않았을 것이고, 결코 작가의 길로 들어설 수 없었을 것이다. 물론 기자라는 직업이 글을 쓰는 게 천직이지만 온전히 나만의 책을 내기 위한 여정에는 쉽게 들어서지 못했을 것이다.

필자는 항암 치료를 받으면서 밥을 제대로 못 먹어 허약해지는 고통을 겪었고, 배가 너무 아파 병원 화장실에서 돌아가신 부모님을 그리며 펑펑 울었던 기억이 있다. 하지만 그 생활을 극복하는 과정에서 인생을 보다 깊이 들여다볼 수 있는 계기를 마련했고, 밤 하늘의 별처럼 쏟아지던 수많은 느낌의 편린들을 모아 《암이 가져다준 행복》이란 역설적 의미의 책도 출간할 수 있었다. 또한 이를 통해 여러 곳에 기고를 하거나 강연할 수 있는 기회를 얻어 소득이 늘었고, 무엇보다 좀 더 주변을 살피면서 겸손한 생활 태도를 배울 수 있는 기회도 얻었다.

우리가 살면서 만나게 되는 선물은 어떻게 가치를 부여하느냐에 따라 선이 될 수도 혹은 악이 될 수도 있다. 물질적인 선물은 당장 먹고 입고 쓰기에 유용할 수 있으나 자칫 미래를 갉아먹는 독이 될 수 있다. 반면에 가난과 역경이라는 존재는 지금 이 순간 역겹고 외면하고 싶은 기피대상일 수 있으나 먼 훗날 성장의 밑거름으로 작용할 수 있다. 결국 내 앞에 다가온 유·무형의 선물을 어떤 식으로 받아들이고 대처하느냐에 따라 성공의 방정식이 달라질 수 있는 것이다.

지구촌 경기침체 속에 '빈익빈 부익부'라는 양극화가 깊어져 방황하는 사람들이 많아졌다. 베이비붐 세대를 위시해 많은 직장인들이 시시각각 회사 밖으로 내몰리고 있고, 청년층은 구직난으로 몸살을 앓고 있다. 하지만, '호랑이 굴에 들어가서도 정신만 차리면 살 수 있다'는 옛 경구처럼 우리에게 닥친 현실을 어떤 시각으로 바라보고 대응하느냐에 따라 이를 극복할 수도 혹은 좌절할 수도 있다.

마냥 좋을 수만은 없는 선물. 그 의미를 풀이하는 방식에 따라 인생의 분수령이 될 것이다.

46

미완성
리더십

: 인생은 미완성.
　자연의 이치를 있는 그대로 받아들이자.

❄ 세계 4대 성인으로 불리는 공자는 죽을 때까지 배워야 함을 역설했다. 나이에 따라 느끼는 게 다르고 생각의 깊이에서 차이가 나며 인생의 오묘한 진리를 깨우치기엔 인간의 수명이 턱없이 부족하기 때문이다. 더욱이 사람은 불완전한 존재이기에 평생 학습을 통해 꾸준히 채워 나가야 하는 게 당연하다고 봤다.

지난 1980년대 이진관이란 가수가 불러 한창 인기를 끌었던 대중가요가 있다. 바로 '인생은 미완성'이란 노래. 잠시 가사를 음미해보자.

"인생은 미완성 쓰다가 마는 편지. 그래도 우리는 곱게 써가야 해. 사랑은 미완성 부르다 멎는 노래. 그래도 우리는 아름답게 불러야 해. 사람아 사람아 우린 모두 타향인 걸. 외로운 사람끼리 사슴처럼 기대고 살자. 인생은 미완성 그리다 마는 그림. 그래도 우리는 아름답게 그려야 해. 친구야 친구야 우린 모두 나그네인 걸. 그리운 가슴끼리 모닥불을 지피고 살자. 인생은 미완성 새기다 마는 조각. 그래도 우리는 곱게 새겨야 해.”

우리 인간은 참 욕심이 많은 것 같다. 재산, 자식, 사랑, 배움, 권력, 재능, 수명 등 다방면에서 많은 걸 가지려고 한다. 하지만 대부분 이를 달성하지 못하고 저세상으로 향한다. 그래서 종국에 가서는 아쉬움을 토로하는 분들도 있다. 하지만 근본적으로 우리의 소망은 다 이룰 수도, 소유할 수도, 갖고 떠날 수도 없다. 그것은 당연한 진리니까.

사람 사이에서 갈등이 벌어지는 건 과욕 탓이다. 조금만 내려놓으면 괜찮을 것을 더 먹으려고 하다가 불편해지고 탈이 난다. 물론 ‘욕망이라는 열차’가 개인의 발전을 위한 자극제인 것만은 분명하지만 지나치면 잡음이 생기기 마련이다.

직장에서 치열한 경쟁을 통해 최고경영자에 오른 사람이 있다고 치자. 이분은 그 위치에 도달한 순간만큼은 감격했을지 몰라도 이후부터는 고생길이 훤하다. 조직 관리에서부터 매출목표 달성, 다른 회사들과의 샅바싸움 등 험난한 여정이 예고돼 있다. 이런 모든 과정에서 무결점 승리를 한다는 건 애초에 불가능하고, 소설 속에서나 있을 법한 일이다. 한때는 완벽을 추구했고 개인으로선 나름 성공도 했지만, 자리를 확실히 지키려니 적지 않은 고통이 뒤따른다.

그러면 이 사람의 건강은 어떨까? 머리는 복잡하고 가슴엔 스트레스로 채운 화병이, 얼굴엔 미소보다 미간의 주름이 보다 선명할 것이다. 물론 사회적 지위를 우러러보는 주변인들이 있기에 위세도 대단하겠지만, 그건 잠깐의 기쁨에 그칠 수 있다. 더욱이 승률이 높고 능력이 출중한 CEO라도 어느 시점이 지나면 그 계단을 내려와야 한다. 사람은 기본적으로 영속할 수 없는 존재여서 어떤 식으로든 부족한 점이 나타나기 때문이다. 따라서 미리 마음 비우는 연습을 하고 때가 되면 미련 없이 훌훌 털어내야 한다.

한 가정의 생계를 책임져야 하는 가장은 중병에 걸리거나 어려움에 처했을 때 깊은 상실감에 빠진다. 더욱이 부양할 자녀들이 어리다면 애끓는 마음이 한층 깊어질 것이다. 하지만 어차피 자기 뜻대로 모든 걸 성취하는 사람은 드물다. 부모들은 자녀가 훌륭히 성장하는 모습을 보고 싶고, 떡두꺼비 같은 손자와 공주님 같은 손녀를 안아 보길 원할 것이다. 다행히 이런 기쁨을 누리는 분들도 있지만, 인생에는 돌발변수가 있어 이런 행운을 온전히 성취한다는 건 어려운 일이다. 천안함 사태나 세월호 사건처럼 예고 없이 가족과 생이별을 할 수 있고, 내무반에서 잠을 자던 군인이 갑자기 숨지는 황당한 일이 일어날 수도 있다. 그렇다면 정말 알쏭달쏭하고 완성을 기할 수 없는 게 삶의 본모습일까?

다시 회사 얘기로 돌아가보자. 우리는 회의를 하거나 동료와 대화할 때 완벽하게 자신의 의견을 전달하는 경우가 그리 많지 않다. 좀 더 설득력 있게 전개해 능력도 인정받고 싶은데 물리적 시간과 환경적인 제약에 쫓긴다. 모임이 끝나면 왜 그리 논리적이지 못하고 핵심 포인트를 조리 있게 짚어내지 못 했을까 후회도 한다. 물론 출중한 분들도 있지만 대부분 그렇지 못한 경우가 많다. 본래 우리는 부족하고, 미완성의 존재니까….

필자는 한때 시사프로그램을 진행하면서 방송을 끝내고 나면 아쉬움을 느낀 경우가 적지 않았다. 출연자와 충분한 대화를 못하고 필요한 질문을 놓쳤을 때 그랬다. 물론 그분들이 불가피한 사정으로 답변을 꺼린 탓도 있지만, 내 의지대로 관철시키지 못한 것이 두고두고 아쉬움으로 남았다.

한때는 영원히 잘나갈 것 같던 공룡기업이나 1등 스포츠 선수도 어느 시점에 가면 무너질 확률이 높아진다. 주인이 바뀌든 상호가 달라지든 오랜 시간 굳건히 버틸 수 있는 기업은 별로 없고, 챔피언 벨트도 다른 선수 이름으로 대체된다. 실제로 미국에서는 기존 기업 중에서 매년 10%가 사라진다고 한다. 불과 100년 전에 〈포춘〉지가 꼽은 100대 기업에 들 정도로 번성하던 곳 중에서 지금까지 살아남은 회사는 손에 꼽을 정도다. 결국 세상을 집어삼킬 듯 승승장구하던 기업들이 몰락하고 이름도 없던 존재가 새로운 강자로 부상한다.

지구촌 거물들이 해마다 스위스의 한 도시로 몰려 미래를 논하는 다보스포럼은 2014년 기업의 성장을 위한 핵심 과제로 '파괴적 혁신(disruptive innovation)'을 제시했다. 지속적으로 변화하는 기술을 통해 2~3년에 한 번꼴로 파괴적 혁신을 이뤄내야 함을 주문했고, 당장 기술을 받아들이고 적용하지 않으면 패배자로 남을 수밖에 없다고 경고했다.

1000년을 이어갔던 대제국 로마는 흥망성쇠의 대표적 상징물이 됐고, 현대사에서 철옹성을 구축했던 소비에트연방은 불과 몇십 년 만에 개방과 개혁 물결에 휩쓸려 도미노처럼 허물어졌다. 최근 옛 맹주인 러시아가 다시 동유럽에 대한 주도권을 찾으려고 애쓰고 있지만, 주변국들의 반발이 워낙 심해 과거의 영화를 되찾기는 사실상 불가능하다. 초강대국인 미국 역시 세계 곳곳에서 맞닥뜨리는 분쟁과 천문학적인 군사비 지출 등으로 몸살을 앓고 있다. 아직까지는 기축통화인 달러의 위세가 여전하고, 글로벌 인재를 빨아들이는 블랙홀 효과로 절대강자로 군림하고 있지만, 이 상황이 언제까지 지속될지 예단할 수 없다.

결국 우리는 미완성의 존재이고, 영원히 살 수 없기에 불완전하다. 그러나 그렇다고 의기소침할 필요도 없다. 오히려 자연의 이치를 그대로 받아들이고 지혜롭게 대처해 나가면 된다. 잘났다고 내세울 것도 아니고, 부족하다고 기죽을 일도 아니다. 조금씩 마음을 비우면서 미흡한 피조물로 여기며 겸손히 살아가면 된다. 어차피 인생은 미완성이니까.

47

멧돼지
리더십

: 인간의 탐욕은 얼마나 지속되고 어디서 멈출 수 있을까?

❄ 멧돼지와 인간이 싸웠다는 소식이 심심찮게 매스컴에 오르내린다. 먹을 것을 찾아 민가로 내려온 멧돼지가 밭에 있는 고구마나 옥수수 등 작물을 파헤쳐 한 해 농사를 망쳤다거나 사람을 공격하다가 어디론가 사라졌는데 사냥개 등의 추적을 받고 결국 사살됐다는 내용이 주류를 이룬다.

농촌에서는 멧돼지와 고라니를 비롯한 야생 동물의 습격으로 해마다 수백 억 원의 손실이 나고 있다. 봄에 밭을 갈아 씨를 뿌리고 김을 매는 등 한여름 뙤약볕과 장마철을 가까스로 넘기고 수확을 맞이할 찰나, 한 순간에 멧돼지와 고라니 떼가 나타나 일거에 휩쓸고 지나가니 농부 입장에서는 억장이 무너진다.

만일 예부터 내려온 자연 생태계가 보존돼 호랑이, 표범, 곰, 늑대, 여우, 사슴, 산양, 고슴도치, 뱀 등 먹이사슬이 균형을 이루고 있었다면, 멧돼지가 이만큼 번성해 인간과 다툴 수 있었을까? 아니면 맹수의 수시 출몰로 소, 돼지가 몇 마리씩 사라지고, 때로는 인간이 호랑이에 물리는 인명 피해도 발생했을까?

한 번쯤 멧돼지의 입장, 동식물의 잣대로 세상을 비춰보자. 흔히 '만물의 영장'이라는 인간은 사실상 먹이사슬의 최정점에 위치해 있다. 자연을 끊임없이 정복하며 영역을 넓혔고 식구는 기하급수적으로 늘어났다. 동식물이 뛰놀던 자연환경은 무참히 파괴되고 그 지분은 인간에게 급속히 흡수됐다. 지금 이 시각에도 아마존이나 동남아, 아프리카의 밀림이 대규모 개발 붐에 밀려 통째로 없어지고 있다.

동식물의 입장에서 사람이란 존재는 아주 밉고 골치 아픈 대상이다. 겉으론 자연환경을 보호해야 한다며 '국립공원'이니 '멸종위기보호종'이니 하는 용어를 써대며 환심을 사는 것처럼 보이지만, 이는 허울 좋은 변명거리에 불과할런지 모른다. 물론 우리나라의 경우 국토의 70%가 산림인 상태에서 자연을 더 활용해야 하는 현실은 불가피하지만, 멧돼지 시각에서 바라본다면 인간이란 존재가 두려울 수밖에 없다.

강자가 약자를 점령하고 학대하는 것은 인간 내부 세계에서도

마찬가지. 우선 지구촌 지분 구도를 보면 미국을 맹주로 한 영국계, 러시아, 중국 등이 큰 목소리를 낸다. 흔히 부자가 가난한 자보다 더 욕심을 낸다고 하는데 강대국들 역시 왕성한 식욕을 멈추질 않고 있다. 광활한 땅덩어리를 자랑하는 중국은 조금이라도 더 먹으려고 서해 바다를 침범한다. 작은 나라인 대한민국이 애써 가꿔 놓은 어족자원을 저인망식으로 싹쓸이하고 씨를 말리고 있다. 심지어 중국 선박들은 스스로 보호한다는 명분 아래 인명 살상용 기구까지 갖추고 한국의 공권력을 위협하고 있다. 동해에서는 북한의 승인을 얻은 대가로 오징어를 마구 잡아올려 남한에까지 폐를 끼친다. 정작 안마당에서 오징어잡이에 나서야 할 우리 어민들은 일손을 놓은 채 망연자실하고 있다. 한 어민이 TV에 나와 통곡을 한다. "완전히 우리 바다가 아니고, 중국 바다예요. 중국 바다!" 성숙하지 못한 저들의 졸부 근성이 대한민국의 식량 자원을 마구 파헤치고 있다.

구 소련의 맹주인 러시아는 타국에 사는 자국민을 보호한다는 명분을 내세워 동유럽의 약소국을 침략하고 있다. 옛 패권을 되찾겠다는 심정을 다소 이해할 수 있으나 약자 입장에서는 언제 먹힐지 몰라 불안한 나날의 연속이다. 강자는 자신의 이익에 맞으면 호의를 베풀지만, 반대의 경우는 철저히 응징한다. 먹고 먹히는 무시무시한 야생 동물의 세계와 크게 다를 바 없다.

세계 경찰국가인 미국 역시 종종 겉과 속이 다른 모습을 나타낸다. 그들의 입맛에 맞춰 다른 나라들이 따라오면 OK이지만, 그렇지 않으면 불편한 속내를 감추지 않는다. 처음엔 뼈가 있는 농담을 구사하고 점차 단계를 높여 강한 톤의 화법으로 경고음을 발사한다. 때론 자신의 이익과 상관없는 분야에서 성자처럼 보이기도 하지만, 이익이 개입되면 철저히 따지고 경우에 따라 무력 행위도 불사한다. 구미(口味)에 따라 판단하는 전형적인 강자의 논리다.

기업과 근로자의 관계도 비슷하다. 특히 요즘처럼 경기침체가 계속되는 현실에서는 사측의 횡포가 심해지고 갑을관계도 뚜렷해진다. 때론 억지춘향 식으로 명분을 내세워 근로자를 압박하고 해고라는 칼날도 뺀든다. 물론 근로자를 그만두게 하는 사측 입장에서도 미안한 마음이 들겠지만, '생존'이 우선인 자본 논리 앞에서는 무용지물이다. 반면에 종업원의 시각에서 회사를 바라보면 '달면 삼키고 쓰면 뱉는' 이중적인 행태여서 그리 유쾌하지 않다. 정작 회사가 아쉬울 때는 임금도 올려주고 복지도 확대하면서 사기를 높여줬지만, 상황이 변하니까 하루아침에 용도폐기하는 것이다. 그런데 해고를 일삼다 보면 애사심이 떨어지거나 지적자본이 경쟁업체로 유출돼 회사의 토대에 손상이 오지는 않을까? 아무튼 웃을 수도 울 수도 없는 이 시대 가장들의 쓰라린 단면이다.

이번엔 금융권의 대출 환경을 살펴보자. 일반적으로 은행들은 신용도가 높은 곳에만 대출하려는 경향이 있다. 떼일 염려가 없는 우량 회사나 개인에 돈을 빌려주고 안정적인 수익을 거두려는 '땅 짚고 헤엄치기' 식 경영이기에 어느 정도 수긍할 만하다. 그런데 이런 식의 사고는 국가 경제라는 큰 틀에서 내다보지 못하는 우물 안 개구리와 흡사하다.

예를 들어 우수한 기술과 직원을 보유한 회사가 잠시 융통할 자금이 없어 발을 동동 구른다고 치자. 그런데 금융권의 태도는 약자에게 더욱 엄격한 잣대를 들이댄다. 과거 벤처기업들이 명멸해가는 과정에서 한 번 더 기회가 있었으면 미생(未生)이 아닌 완생(完生)할 수 있는 곳들이 적지 않았다. 특히 IT 기업들의 경우 지난 2000년을 전후해 안타깝게 사업을 접고 중국으로 건너가는 사례가 많았는데, 이들은 고급 기술력을 제공하고 현지 IT산업 발전에도 기여했다. 올 들어 샤오미 같은 중국의 신생업체들이 스마트폰 시장에서 삼성전자를 제치게 된 배경은 바로 이런 금융권과 정부의 근시안적인 태도도 한몫 했다고 볼 수 있다. 따라서 어떤 사안을 다루는 데 있어서 항상 부메랑이 될 수 있는지 여부를 면밀히 짚어보는 게 필요하다.

사실상 만물의 법칙은 강자가 약자를 지배한다. 대대로 내려온 역사책도 힘 있는 자의 논리로 쓰여졌고, 힘 없는 자의 이야기는 야사(野史)로만 간간히 전해질 뿐이다. 그러나 지구촌이 제대로 순항하는 선순환 구조가 되려면 약육강식의 논리에만 빠져서는 안 된다.

인간이 숲을 없애면 동식물과 작은 미생물까지 상처를 입고 생태계가 망가져 해로움으로 돌아올 수 있다. 결국 홍수나 가뭄, 이상기온 같은 천재지변이 발생할 수 있는데, 단순히 멧돼지로 인해 농작물 피해가 발생했다는 시각으로만 초점을 맞추는 건 순진한 생각일 수 있다. 고양이가 틈새를 주지 않고 쥐를 귀퉁이로 몰면 자칫 공격을 당할 수 있고, 강대국이 지나치게 그들의 이익만 앞세우다 보면 역공에 휘말리고 테러로 몸살을 앓을 수 있다.

과연 인간의 욕망을 어디까지 제어하고, 어떻게 자연의 질서에 순응해야 하는지 곰곰이 되새겨봐야 할 시점이다.

48

둥지
리더십

: 어머니는 모두의 마음속에 살아 숨 쉬는 둥지이자,
  진정한 리더다.

❄ 세상에서 가장 편하게 쉴 수 있는 공간은 어딜까?
먼저 물리적인 장소를 따진다면 내 집, 아마도 날마다 잠을 자는
침실이 아닐까 싶다. 그래서 대개 사람들은 잠자리가 바뀌면 제
대로 잠을 이룰 수 없어 몸이 찌뿌드드하다거나 피곤하다고 말
한다. 또 어떤 분들은 귀소 본능이 강해서인지 아는 사람 집을 방
문하기가 무섭게 자기 집에 가야 한다며 민망스럽게 서둘러 떠
나기도 한다. 이런 분들은 조급증이 있거나, 익숙지 않은 곳에 대
한 어색함이나 불편함을 이기지 못해 습관적인 몸짓을 하는 것
같다. 또 시골에 사시는 노인들이 가끔 도시에 왔을 때 이런 모습
을 보이는데, 무엇보다 답답한 도시 생활에 대한 거북스러움과
농작물, 가축에 대한 걱정, 그리고 한시라도 빨리 마음 편하게 집
에서 쉬고 싶다는 욕구 때문에 그럴 것이라고 추측해 본다.

그렇다면 가장 안락하게 마주할 수 있는 정신적인 공간은 어

딜까? 사랑하는 아내? 애인? 친구? 선생님? 이런 물음에 남녀노소 혹은 처한 환경에 따라 대답이 다를 수 있겠지만, 대부분 어머니의 따뜻한 품을 떠올릴 것이다. 더욱이 소중한 부모님이 안 계신 분들은 뼛속 깊이 사무침을 느낄 것이다. 어린 시절, 엄마 손을 잡고 나온 아이는 누군가와 접했을 때 낯선 환경이 두렵거나 어색해 엄마 뒤에 숨거나 아예 치마 속으로 들어가 버린다. 그 공간은 세상에서 나를 가장 잘 보호할 수 있는 곳이지 미음 편한 울타리이기 때문이다.

대학생 때 짧게 해외 연수를 다녀온 적이 있다. 태어나서 처음, 그것도 어려운 형편에 돈 한 푼 내지 않고 국비로 유명 언론 기관과 관광 명소를 둘러봤다. 당시 호텔 방에서 어머니와 통화를 했다. 참 즐거운 기분이었는데 어머니의 목소리를 듣자 그냥 눈물이 고였다.

병영 체험을 다뤄 큰 인기를 끌고 있는 TV 프로그램을 시청했다. 한 출연자가 엄마와 통화를 하면서 눈물을 펑펑 흘렸다. 평소 위트가 넘치고 방송에서 웃는 표정을 자주 보였던 그는 왜 눈물을 머금었을까? 불혹이 지나 덧없이 흘러가는 세월이 부담스럽고, 엄마 품에서 걱정 없이 뛰놀던 천진난만함이 그리웠기 때문일까? 아니면 세상살이에 대한 남모를 고달픔 때문이었을까?

남자들은 군대에서 훈련을 받다 보면 육체적으로 힘들고 때론 한계에 부딪히기도 하면서 왠지 모를 서글픔에 빠지기도 한다. 신병 훈련소에서 유격 훈련을 끝내고 '어머니의 은혜'를 부를 때 울지 않는 병사는 사실상 한 명도 없다. 그러나 그 울음에 대한 이유는 특별히 없다. 그냥 가족, 특히 어머니를 떠올릴 때 원인 모를 눈물이 흘러내리는 것이다.

TV 속 또 다른 장면. 어미 소와 송아지가 오순도순 잘 살고 있다. 그런데 돈을 벌고 싶은 주인 할아버지는 송아지를 내다 팔 결심을 하고 실행에 옮긴다. 떠나지 않으려는 송아지의 몸부림, 슬퍼도 어찌할 도리 없는 어미 소의 울음소리가 그치질 않는다. 마침내 송아지는 떠났고 어미 소의 울음소리는 날마다 이어졌다. 결국 주인 할아버지는 송아지를 팔아 돈을 버는 것도 좋지만, 부모와 자식 간의 천륜을 끊는 것 같아 속상하다며 장사꾼에게 연락해 다시 송아지를 데려온다. 마침내 마을 어귀에 도착한 송아지는, 상인이 목에 두른 줄을 놓쳤음에도 다른 곳으로 도망가지 않고 재빨리 어미 소가 있는 곳으로 내달렸다. 할아버지는 상인에게 위약금을 지불하느라 일부 손해를 봤지만, 어찌할 수 없는 귀소 본능에 두 손을 들었다. 그래도 마음만큼은 편해졌다고 한다.

범죄를 저지른 남자와 대치하고 있는 경찰. 자칫 큰 재앙을 우

려한 수사 당국은 급기야 범인의 어머니에게 도움을 요청한다. 건물에 숨어 경찰 쪽을 응시하던 범인은 갑자기 어머니가 자신의 이름을 애타게 부르며 다가오는 광경을 목격한다. "아들아, 자수해라! 자수해!" 어머니는 간곡한 목소리로 호소한다. 이때 흉악범처럼 보였던 남자도 고개를 떨구며 회한이 깃든 눈물을 흘린다. 어머니에게 가까이 오지 말라고 힘껏 소리쳐 보지만 아들의 목숨을 구해 내려는 어머니의 필사적인 몸부림을 막지 못한다. 마침내 그는 무장 해제를 당하고 자수한다. 언젠가 영화에서 본 장면이다.

누구에게나 어머니는, 자식을 만지고 달래며 안식처를 제공하는 상징적인 존재이다. 잘못을 저지른 사람도 어머니를 떠올리면 그릇된 행동을 뉘우치고 왜 바른 길을 걸어오지 못했을까 하는 참회의 시간을 갖기도 한다.

인도의 정신적인 어머니로 추앙받는 테레사 수녀. 평생 결혼도 안 하고 아이도 낳지 않았지만 수많은 가난한 사람들이 주저 없이 어머니라고 부른다. 병들고 아픈 사람, 헐벗은 사람, 죽어 가는 사람, 가족과 사회로부터 버림받은 사람들과 평생을 함께했기 때문이다.

6·25 전쟁 고아들의 어머니인 김임순 거제도애광원 원장.

1925년생인 그녀는 전쟁 통에 이화여대 은사를 길거리에서 우연히 만나 무작정 뒤를 따라갔고, 움막에 버려진 아이들을 돌봐야 하는 상황에 처하게 된다. 그녀도 난리 통에 남편을 잃고 딸 하나를 키우는 입장이었지만, 차마 아이들을 외면할 수 없었고 마침내 숙명으로 받아들이며 평생 보육 사업에 나서게 된다. 전쟁고아들을 돌보는 허름한 움막을 헌신적인 노력을 통해 어린이 시설로 확장시켰고, 장애인들까지 보살피는 안식처로 탈바꿈시켰다. 오랜 시간이 흘러 교수 등 저명인사로 성장한 고아들은 그분을 '어머니'라고 부르며 깊은 존경심을 보냈고, 물심양면으로 뒤를 따르고 아낌없이 지원했다.

5만 원짜리 지폐에서 자주 볼 수 있는 신사임당. 조선 시대의 뛰어난 유학자이자 정치가인 율곡 이이를 낳은 그녀는 훌륭한 어머니이자 교육자였고, 예술적인 면에서도 탁월한 업적을 남겼다. 후세 사람들은 그 분을 '어머니의 표상'으로 여기고 해마다 신사임당상을 제정해 그 뜻을 기리고 있다.

누구나 세상을 살다 보면 희로애락을 경험한다. 가끔 어디로 가야 할지 몰라 그릇된 유혹에 빠지거나 잘못을 저지르기도 한다. 하지만, 어머니는 언제나 자식을 믿고 끝없는 성원을 보낸다. 근본적으로 내 딸과 아들은 착하고 바른 생활을 할 것이라는 믿음이 깊게 깔려 있다. 옳지 못한 행동을 하고 나서 후회하기보다 마음이 흔들릴 때 어머니를 떠올려 보자. 인생의 좌표를 새롭게 정할 수 있고, 자칫 엉뚱한 곳으로 향하는 나를 바로잡을 수 있을 것이다. 어머니는 모두의 마음속에 살아 숨 쉬는 진정한 리더이다.

49

선행
리더십

: 인간은 빈손으로 왔다가 빈손으로 돌아가는 존재다.
  선행은 삶을 풍성하게 하는 원동력이다.

❄ 어느 목사님이 초등학교 2학년 때인 1960년대 중반의 일이다. 그분은 당장 수술 받지 않으면 죽을지도 모를 위험에 처해 있었다. 당시 병원에서는 보증금을 내야 수술할 수 있다며 치료를 거부했고, 부모님은 돈이 없어 발을 동동 굴렀다. 한창 젊은 나이인 아버지는 뾰족한 수가 없어 울기만 했고, 결국 어머니가 여기저기 뛰어다니며 수술비를 마련했다.

이때 도움을 준 사람은 다름 아닌 옆집 아주머니였다. 옆집은 불교를 믿는 집안으로 서로 종교는 달랐지만, 평소 마음 씀씀이가 좋아 전세금으로 받았던 돈을 선뜻 빌려 준 것이다. 그분의 결정을 재촉한 것은 인간에 대한 무조건적인 사랑이었을 것이다. 당사자인 목사님은 같은 교회에 다니던 신도나 친척 중에 형편이 넉넉한 분들도 있었지만, 즉각 도와주겠다고 나선 이는 없었다며 이웃에 대한 조건 없는 사랑이 생명을 구한 것 같다고 고마움을 표시했다. 이후 급속히 가까워진 두 집안은 담장에 벽을

뚫어 서로 오가는 소통 공간을 만들었고, '큰집', '작은집'으로 부르며 50년 가까이 친형제 이상으로 지낸다고 한다.

우리는 가끔 아이의 행동을 통해, 웃음이 나오지만 일면 감동을 주는 장면도 보게 된다. 콧물과 땟국물로 뒤덮인 손으로 움켜쥔 과자를 부모나 주변 사람의 입에 넣어주는 행위를 반복하는 것이다. 이때 아이의 선물을 받아먹은 사람은 더럽다는 느낌보다 그저 행복하고 즐거운 마음을 떠올리게 된다. 즉 기부란 물질의 많고 적음이나 깨끗함과 더러움을 떠난 순수성이 빛을 발할 때 참된 공감을 불러일으키는 건 아닐까?

세계적인 투자가 워런 버핏 버크셔해서웨이 회장은 2013년 7월, 빌 게이츠가 설립한 자선재단에 20억 달러에 달하는 주식을 기부했다. 그는 해마다 천문학적인 돈을 사회적 약자를 위해 선뜻 내놨는데, 지난 2008년 18억 달러를 제공한 것을 뛰어넘어 역대 최대 금액을 아낌없이 선사했다.

MS 창업자인 빌 게이츠는 재산 560억 달러 중 일부만 자녀에게 물려주고 나머지는 모두 자신이 운영하는 '빌&멜린다 게이츠 재단'에 기부하기로 했다. 그는 한 언론과의 인터뷰에서 수백억 달러가 넘는 재산이 자녀 인생에 큰 도움이 될 것으로 보지 않는다며, 세 자녀에게 각각 1,000만 달러만 상속하고 나머지는 재단에 기부할 계획임을 분명히 했다. 이어 그는 자식들이 훗날 재단을 위해 애쓰는 삶을 살았으면 좋겠다는 바람도 나타냈다.

홍콩 영화배우 성룡은 10여 년 전 재산의 절반을 자선단체에 기부한 데 이어 나머지 20억 위안을 사회에 환원하기로 결정했다. 그는 아들에게 능력이 있으면 내 돈이 필요하지 않을 것이요, 무능력하면 물려받은 재산을 탕진할 것이라며 자식에게 유산을 남기는 것 자체가 무의미하다고 말했다.

이처럼 해외 유명 기업인이나 스타들을 보면 꽤 많은 액수의 돈을 선뜻 내놓는 경우를 종종 볼 수 있다. 특히 서구 선진국들은 일반 국민은 물론 지도층 인사들도 불쌍한 이웃을 돕기 위한 '노블리스 오블리제(Noblesse Oblige)'를 실천함으로써 국민의 귀감이 된다. 노블리스 오블리제는 유럽 귀족사회에서 유래한 삶의 태도로 부자는 가난한 자들의 삶의 환경을 개선할 의무가 있음을 가리키는 말이다. 실제로 미국과 영국의 경우 '부(富)는 신에 의해 잠시 위탁된 것'이라는 기독교적 사고가 발전을 촉진했다. 따라서 국가 권력과 독립된 상태에서 다양한 기부조직들이 폭넓게 자리 잡았고 이를 통해 부의 재분배가 이뤄졌다. 예산 집행이 투명하고 생활밀착형 운영으로 신뢰를 받아온 까닭에 생활 속 기부문화가 자연스럽게 뿌리를 내린 것이다.

요즘 우리나라도 점차 사회적 기부문화가 확산되고 있지만 아직 이들 국가만큼 활성화된 것은 아니다. 유한양행을 세운 유일한 박사 등 일부 선각자들을 빼면 자발적으로 앞장서온 기업들이 그리 많지 않다. 실제로 국내 최고 기업으로 일컬어지는 그룹들도 차가운 사회적 시선과 법에 의해 반강제로 동참한 측면도 없지 않다. 다행히 시간이 갈수록 약자를 위한 배려 의식이 높아지고 있지만 제대로 정착하려면 좀 더 시간을 두고 시행착오를 겪어야 할 것으로 보인다.

개인들의 기부 문화도 활발하지 못한 것은 마찬가지. 국민 한 사람당 기부액을 살펴보면 미국 1만 3,000원, 캐나다 1만 원, 싱가포르 7,000원 등에 달하지만, 한국은 1,000원에도 못 미치는 실정이다. 인정(人情) 좋기로야 우리 국민이 으뜸으로 꼽히지만 사회적 기부 척도만 놓고 보면 이들 나라에 크게 뒤처진다.

2013년 중국을 거쳐 라오스로 건너갔던 탈북자 9명이 강제 북송되면서 세계적인 이슈거리로 등장한 적이 있다. 하지만 이곳에는 더 많은 탈북자들이 있었고 북송된 이들을 제외하고 대부분 한국으로 무사히 들어올 수 있었다. 당시 여당 의원들과 정부 관계자들이 언론을 통해 공로를 인정받았지만 사실상 숨은 주인공은 따로 있었다. 그분은 오랜 기간 라오스 정부와 끈끈한 유대관계를 맺어온 한의사로, 10년 넘게 매달 라오스를 방문해 학교를 지어주고 물품을 전달하는 등 꾸준한 나눔 활동을 전개해 왔다. 더욱이 누더기 옷에다 제대로 씻지 못해 몸에서 냄새나는 사람들을 따뜻하게 포옹해주고 토닥거려줌으로써 물질적인 기부를 뛰어넘은 참사랑 정신을 펼쳤다. 이에 감동받은 전직 라오스 수상은 같은 나라 사람인 자신들도 불결한 모습을 하고 있는 아이들을 안아줄 엄두까지는 내지 못했다며 한의사를 치켜세웠다.

결국 라오스 수뇌부와 한의사 간에 맺어졌던 믿음과 사랑의 정신은 탈북자들을 대한민국 품으로 데려오는 성과를 낳는 원동력이 되었다. 즉 마음속에서 우러난 베풂 정신은 많은 이들의 귀감이 됨은 물론 민감한 정치 사안까지 풀어주는 해법까지 제시한 것이다.

요즘 우리나라도 기부나 선행을 통해 나눔 정신을 실천하는 분들이 많이 등장하고 있다. 연예인 차인표, 신애라 부부와 션, 정혜영 부부를 볼 때마다 사람들은 칭찬을 아끼지 않는다. 꾸준한 선행과 피가 섞이지 않은 아이를 입양해 돌보는 모습을 보면서 저절로 존경심을 느끼는 것이다. 연말연시 혹은 시시때때로 선물이나 현금을 놓고 가는 얼굴 없는 천사들의 이야기는 모두의 마음을 훈훈하게 한다.

인간은 빈손으로 왔다가 빈손으로 돌아가는 존재다. 때론 물질이 부족해 다소 불편할 수 있지만, 꾸준한 기부와 선행의 정신은 삶을 풍요롭게 하는 청량제가 될 수 있다.

50

히든
리더십

: 익명의 기부천사는 사회를 훈훈하게 한다.
  히든 챔피언이 많을수록 나라가 발전한다.

❄ 어두컴컴한 새벽녘에 차를 몰고 출근을 한다. 오가는 차량의 불빛과 가로등으로 도로는 다소 환한 편이지만, 문득 옆으로 스치는 몸짓이 보인다. 바로 아침을 쾌적하고 활기차게 열기 위해 애를 쓰시는 환경미화원들. 자칫 시선을 엉뚱한 데로 돌리면 위험해질 수 있기에 운전대에 바짝 신경을 쓴다. 하나, 둘 계속되는 빗질은 간밤에 떠들썩하고 어지러웠던 도심의 길거리를 비워버리고 나그네의 마음을 상쾌하게 한다. 바로 묵묵히 흘린 땀방울이 빚어낸 아름다움이다.

본격적인 출근길이 시작되면 수많은 차량의 뒤섞임과 잇따른 경적소리로 길거리는 한바탕 아수라장이 된다. 이윽고 저 너머 어딘가에서 호루라기 소리와 함께 분주한 손짓의 향연이 펼쳐진다. 그러면 튀는 행동을 하던 차량들도 잠잠해지고 무질서한 도로는 빠르게 안정을 되찾는다. 교통경찰관과 함께 봉사의 대열에 합류한 모범운전사들 덕택이다.

익명의 기부 천사는 우리 사회를 훈훈하게 만든다. 어느 해 연말, 사회복지공동모금회 대구지회에 한 통의 전화가 걸려왔다. 기부에 대한 상담을 하고 싶다며 인근 국밥집에서 잠시 만나자는 내용이었다. 국밥을 먹고 있던 60대의 한 신사는 수표 한 장과 쪽지 한 장을 건네며 소년소녀가장을 위해 써 달라고 부탁했다. 잠시 수표를 눈여겨보던 모금회 관계자는 동공이 커지면서 자신의 눈을 의심했다. 1억 2,376만 원. 그분에게 고액기부자 모임인 '아너 소사이어티(Honor Society)'에 익명으로라도 회원 가입을 하라고 권유했지만 그마저도 손사래를 친 뒤 훌쩍 떠나버렸다.

앞서 스타벅스 전주점에는 40대 손님이 일주일에 한 번씩 찾아와 성금을 주고 갔다. 핼쑥해 보이는 이 여성은 한 달여 만에 무려 1,000만 원이 넘는 돈을 주저 없이 기부했다. 직원들이 감사함을 전하려 하자 부담을 느꼈는지 바로 종적을 감췄다. 하지만, 얼마 지나지 않아 다시 모습을 보였고 한 번에 5만 원, 10만 원씩 작은 정성을 선사했다.

흔히 일부 기업이나 유명인들이 사진기자를 대동하거나 보도자료를 뿌리면서 사회공헌사업에 앞장서는 것을 자랑하지만, 주변에는 이처럼 보이지 않는 곳에서 의미 있는 일을 하는 분들이 적지 않다.

이번엔 화제를 돌려 연일 총성 없는 전쟁이 펼쳐지는 지구촌 경제 지형을 살펴보자. 이른바 세계 경제 강국인 미국과 독일, 일본이 오래 선진국으로 군림하는 이유는 코카콜라나 지멘스, 도요타 등 글로벌 기업들을 다수 보유한 측면도 있지만, 무엇보다 소리 없는 강소기업을 밑바탕에 두고 있기 때문이다.

경제학 용어로 유명한 '히든 챔피언(Hidden Champion)'은 작지만 강한 회사로 높은 점유율을 가진 수출형 중소기업을 뜻한다. 비록 규모는 작아도 틈새시장을 적절히 공략해 세계 최강 자리에 오른 업체들이다. 국내에서는 기술력이 앞서고 성장 가능성이 큰 중소기업을 의미하는 말로 쓰이기도 한다. 독일의 경영학자 헤르만 지몬이 창안한 개념으로 저서 《히든 챔피언》에서 언급해 유행하였다. 지몬은 당시 독일의 중견·중소기업 2,000여 곳을 조사해 글로벌 경쟁력을 보유한 1,200여 업체를 '히든 챔피언'으로 명명했다. 즉 소비자에게는 잘 알려져 있지 않지만 연매출 40억 달러 이하, 세계 3위 이내 혹은 한 대륙에서 시장점유율 1위를 차지한 기업들이다.

지구촌 경제의 심장인 미국은 1930년대 대공황에 이어 2008년 금융위기까지 수차례 고비를 맞았다. 1980년대 말까지만 해도 회생이 어렵다고 여겨질 정도로 상황이 어려웠다. 하지만 예상을 뒤엎고 세계 엔진으로서의 역할을 되찾았다. 그 중심엔 바로 든든한 중소기업 즉 히든 챔피언들이 자리하고 있다. 미국은 산업구조를 재편하는 과정에서 하이테크 산업이나 창조적인 사업을 지향하는 중소기업을 다수 배출했고, 대기업과 금융기관의 경영방식을 바꾸면서 경제 회복에 박차를 가했다. 이 시각에도 벤처 요람인 실리콘밸리에는 수많은 회사들이 환하게 불을 밝히며 '아메리카호'를 이끌어 나가고 있다.

'유럽의 자존심' 독일은 상당수 유럽 국가들이 재정위기로 곤경에 처해 있음에도 꿋꿋이 버티는 몇 안 되는 나라로 평가된다. 히든 챔피언의 원조인 이 게르만 국가는 부자 한 명이 아니라 수많은 중산층이 사회를 이끌어 간다. 180년 전통의 종이회사인 그문트, 가전업계의 벤츠로 불리는 밀레, 피아노회사인 볼뤼트너, 요리사들이 꼭 써보고 싶은 칼을 만든다는 뷔스토프 등 세계적인 경쟁력을 갖춘 히든 챔피언들이 적지 않다. 이들 회사는 숙련된 기술로 품질 경쟁력을 높이면서 1년에 30일 이상 유급휴가를 주고 직원 복지에도 신경을 쓰는 등 일종의 협동조합과 비슷하게 운영되고 있다.

대대로 가업을 물려받는 장인 정신의 대표 주자 일본 역시 수많은 중소기업들이 경제를 뒷받침한다. 전통 제조업이 국가 이미지와 결합해 명품산업으로 탈바꿈하고 지역산업을 선도한다. 박근혜정부에서 중소기업 육성을 통한 창조경제 활성화를 부쩍 강조하고 있는데 이런 모델이 일정 부분 모범답안이 될 수도 있겠다.

우리나라는 대기업과 중소기업의 양극화가 심해 사회문제가 되고 있다. 삼성전자와 현대차 등 일부 대기업을 제외하면 국가를 지탱하는 뼈대가 부실하다. 한국은행이 2013년 1분기 1,581개 상장회사와 업종 대표 186개 비상장회사를 조사한 결과 전체 매출액은 401조 원, 영업이익은 21조 원이었다. 같은 기간 삼성전자 매출액은 52조 원, 영업이익이 8조 7,800억 원에 달했다. 현대차 매출 21조 원과 영업이익 1조 8,600억 원을 더하면 두 회사가 전체 매출의 5분의 1, 영업이익의 절반을 차지한 것이다.

대한민국이 저성장 늪에서 벗어나려면 수출과 내수, 대기업과 중소기업, 제조업과 서비스업 간 양극화나 쏠림 현상을 극복해야 한다. 삼성전자 한 곳이 주요 기업 전체 이익의 40%를 점유하고, 휴대폰과 반도체 등 일부 품목에 치우친 구조에서는 경제 전체에 활력과 온기가 퍼질 수 없다. 자칫 이 회사가 하향 곡선으로 돌아선다면 한국 경제 전반이 휘청거리고 성장률도 치명타를 입을 것이다.

어느 단체나 조직, 기업에는 선두에서 이끄는 리더와 함께 묵묵히 최선을 다하는 히든 챔피언들이 존재한다. 개인이나 기업, 국가가 이들의 히든 리더십을 존중할 때 지속 가능한 발전이 이뤄질 수 있을 것이다. 우리나라가 선진국으로 도약하려면 음지에 있는 부분도 꼼꼼히 살필 줄 아는 지혜가 필요하다.

51

머슴
리더십

: 머슴은 세상을 비추는 등불이다.
 훌륭한 리더로 성장하려면 먼저 좋은 머슴이 돼야 한다.

❄ 부모는 자녀가 어릴 때 지극정성으로 보살펴준다. 특히 어머니는 아이를 따라다니며 일거수일투족 감시하고 교육을 시킨다. 매사에 열심히 가르치고 잘못도 꾸짖으면서 자녀를 올바른 길로 인도하려 애쓴다. 맹모삼천지교가 대표적이다. 때로는 자녀가 투정을 부리거나 어리광을 해도 너그럽게 받아준다. 세상에서 가장 사랑하는 분신(分身)이면서 소중한 생명이니까.

자녀가 커서 출가하면 한시름 놓을 것 같지만 막상 그렇지도 않다. 김치는 제대로 담가 먹는지, 청소나 빨래는 밀리지 않는지, 2세 소식은 없는지, 부부싸움은 안 하는지 한시도 걱정이 떠나질 않는다. 어느 날 목돈이 필요하다고 부탁하면 애써 모은 적금통장도 선뜻 건네준다. 하늘이 맺어준 천륜(天倫)이기에 아낌없이 사랑을 베푸는 것이다. 그리고 보면 부모는 자녀에게 무한정 봉사하는 머슴이라고 해도 과언이 아니다. 예로부터 '사랑은 내리사랑이요, 자식 이기는 부모 없다'는 말이 그리 틀리지 않는 것 같다. 가끔 언론에 부모 자식 간 다툼이 보도되기도 하지만, 그래도 태생적인 인연은 '무한 사랑'으로 맺어졌음에 틀림없다.

공무원으로 대표되는 공직자들은 흔히 국민의 머슴으로 일컬어진다. 혈세에서 나오는 녹봉을 받으면서 국가와 국민을 위해 봉사해야 하기 때문이다. 이 시각에도 많은 선량한 공무원들은 비교적 적은 월급으로도 업무에 최선을 다하고 있다. 그러나 갑자기 어색한 메아리처럼 들리는 것은 왜일까?

예로부터 관직에 나가 높은 벼슬에 오르는 입신양명(立身揚名)은 부모에게 효도할 수 있는 최고 선물이었고 대부분 그렇게 믿었다. 권력을 쥐고 재산도 불리면서 남들이 부러워하는 출세를 하는 게 으뜸 목표였다. 이런 전통이 대대로 내려와서인지 공무원 사회를 보면 목에 잔뜩 힘을 주는 경우도 적지 않다. 물론 청빈한 생활을 통해 공직의 표본이 되는 인물도 역사 속에서 무수히 만날 수 있다.

하지만, 기업들이 어느 곳에 공장을 지으려면 여러 관청을 돌아다니며 발품을 팔아야 하고 상당한 시간도 소요된다. 까다로운 담당자를 만나면 이리저리 뺑뺑이를 돌기도 하고, 검은 돈의 유혹에 빠지기도 한다. 어떤 분야는 규제가 첩첩산중이어서 시간 낭비, 돈 낭비, 정력 낭비에 시달리다 사업을 추진할 의욕마저 잃어버리고 급기야 포기해 버리고 만다. 일부 공무원들은 쉽게 허가를 내주지 않는 게 고유의 권리인 양 '전가의 보도'처럼 힘을 휘두르고 기업인들을 지치게 한다. 박근혜 대통령이 스위스 다보스에서 외국기업들의 국내 투자를 독려하면서 가장 강조했던 것도 '대못' 같은 규제를 과감히 풀겠다는 것이었다. 어찌 됐든 과거보다 개선되기는 했지만, 여전히 공무원 사회는 부정적 뜻이 담긴 '관료주의'가 팽배해 있음은 부인할 수 없는 사실이다.

이런 '갑을관계'가 있는 파워게임은 정부기관 사이에서도 마찬가지. 특히 정권이 바뀔 때마다 정부 조직개편이 이뤄지곤 하는데, 영향력이 크고 이권이 좋은 노른자위 영역을 차지하려고 물밑싸움이 치열하다. 하지만, 결국 누가 좋은 패를 쥐고 있느냐에 따라 서열이 갈린다. 굳이 언급하자면 정치적 영향력이나 예산, 인사권을 쥐고 있는 부처일수록 막강한 힘을 휘두르고, 다른 부처들은 눈치를 보지 않을 수 없다. 예산을 더 많이 확보하고 조직을 키우려면 어쩔 수 없이 파워 있는 부처에 아쉬운 소리를 해야 하기 때문이다.

공무원의 최정점에 있는 국회의원들의 행태를 보면 점입가경이다. 우리나라는 경제규모 면에서 세계 10위권에 도달해 있지만, 정치부문 경쟁력은 한참 뒤떨어진다. 세계경제포럼(WEF)이 2013년 7월 내놓은 보고서에 따르면 정치·규제 환경지표는 평가대상 144개국 중 42위, 입법부 효율성은 118위를 기록했다.

머슴 역할을 해야 할 국회가 정치 싸움에 귀중한 시간을 보내고, 선거만 끝나면 민생에 소홀하고 백성 위에 군림하려는 행태가 수시로 목격된다.

이들은 금배지 명예로는 부족해서인지 월급을 올리는 데도 전광석화 같은 움직임을 보인다. 19대 국회의원들은 당초 30% 감액 약속을 어기고 물가상승률보다 훨씬 높은 20% 인상안을 전격 통과시켰는데 연봉이 대기업 임원급인 1억 3,796만 원에 달하고 타당한 근거자료도 내지 않아 곳곳에서 질타를 받았다. 이 밖에 보좌관 월급과 활동비 등을 합치면 1인당 연 6억 원의 나랏돈이 들어간다. 물론 공복(公僕) 역할에 충실한 분들도 있지만, 그들에겐 발등에 떨어진 이권다툼과 권력쟁취가 최우선 관심사다.

이번엔 화제를 돌려 일상생활과 밀접한 상인들의 모습도 살펴보자. 기본적으로 물건을 파는 사람은 고객에게 최상의 서비스를 제공해야 한다. 한적한 시골장터에서 갓 따온 농산물을 갖고 나온 노인들은 싱싱하고 질 좋은 물건을 싼 값에 내놓는다. 여기에 훈훈한 정(情)까지 덤으로 얹어주니 일석삼조요, 소비자는 대만족이다.

반면에 뉴스에서 종종 보도되는 얌체업자들의 얘기를 들으면 화를 참기 힘들다. 가축사료를 먹는 걸로 둔갑시키거나 소비기한이나 원산지를 속여 뻥튀기 이익을 취하는 경우가 그렇다. 이

분들은 과연 자신의 가족에게도 그릇된 행동을 할 수 있을까? 혹자는 먹는 음식을 갖고 못된 짓을 하면 가중처벌을 해야 한다고 촉구하는데 국내 법체계는 비교적 관대한 편이다. 오랜 징역형보다 가벼운 벌금을 내면 쉽게 빠져나올 구멍이 적지 않다. 그래서 이런 암적인 상인들이 활개를 치는 것이다. 적절한 비유는 아니지만, 군기가 강한 전방부대에서는 오히려 후방부대보다 사고가 적다고 한다. 자칫 느슨한 옥죄기가 불량 상인들을 양산하고 있는 건 아닐까?

결국 상인도 소비자의 충직한 머슴이 돼야 한다. 철저한 서비스 정신을 갖고 있어야 부정이 사라지고, 안전한 먹거리 문화가 확산될 수 있다. 주인 밑에서 하인 노릇을 하는 고전적 머슴이 아닌, 국민에게 최선을 다하는 머슴이 많아져야 대한민국이 선진사회로 발돋움할 수 있다.

흔히 '훌륭한 리더가 되려면 먼저 좋은 부하가 되는 법을 배워야 한다'고 말한다. 명령을 이행하는 법을 아는 것은 리더십에서 매우 중요하다. 국민은 따르고 싶은 마음이 우러나는 지도자와 함께할 때 신바람이 난다.

52

소통
리더십

: 인간은 대화를 나누는 동물이다.
  소통 능력이 없으면 불화가 싹튼다.

❄ 요즘 대한민국에 가장 화두가 되고 있는 단어가 '소통(疏通)'이 아닐까 싶다. 우선 박근혜 대통령의 국정 운영 방식을 놓고 말들이 많다. 야권에서는 대화하기 참 힘든 분이라고 하소연하고, 여권에서는 오히려 야권의 요구가 지나치다며 역공을 펼친다. 당사자인 대통령도 확고한 원칙 속에 나라를 이끌고 있다면서 반대론자들의 항변을 일축한다. 사실상 양측 의견을 조율할 수 있는 '교집합'의 크기가 너무 작아 보인다. 이해를 달리하는 집단 간에도 커뮤니케이션이 원활해야 국가가 융성할 수 있는데, 삐거덕거리는 잡음이 국민을 불편하게 한다.

정치 갈등에서 파생된 불협화음은 그 파장이 종교계까지 미치는 형국이다. 과거 독재정권 시절에는 '불의와 타협하지 말라'는 시대적 요청으로 적극적인 민주화 운동에 나섰지만, 기본적으로 중립을 지켜야 할 곳에서 파열음이 나는 것은 바람직한 모습이 아니다. 이런 흐름에 대해 천주교 정진석 추기경은 "욕심과 오해에서 싸움이 발생한다. 선입관이라는 욕심의 장벽을 내려놓을 때 진심이 보이고 비로소 상대방을 이해할 수 있다"고 지적했다. 각자의 프리즘, 다시 말해 경직된 '생각의 틀'에서 대화하기 때문에 상대방의 말이 굴절되는데, '사심'이라는 프리즘을 내려놔야 진정한 소통이 되고 리더십이 발휘될 수 있다고 내다본 것이다.

소통의 범위를 국제관계로 넓혀보면 가깝고도 먼 나라 일본이 마치 귀를 닫은 것처럼 보인다. 아베 총리를 비롯한 극우파들은 오로지 '마이 웨이(my way)'를 외치고 있는데, 과거 침략으로 인한 폐해를 아는지 모르는지 참 알쏭달쏭하다. 그들은, 위안부 피해를 당한 분들이 여전히 살아 계신데 과거 행적을 외면하는 망언을 서슴지 않는다.

나아가 언론의 정도를 지켜야 할 공영방송인 NHK의 임원진까지 "난징 대학살이 조작됐다"고 발언해 파문을 일으켰다. 이 같은 집권층과 극우파들의 그릇된 행보는 그동안 우호적이었던 미국과 유럽에도 싸늘한 바람을 일으키고 있다. 일본계 미국 하원의원인 혼다 씨는 일본 정부가 위안부 문제에 대해 진정으로 사과하거나 충분히 해결할 의지를 갖고 있지 않다며, 이제 미국 정부가 나서야 할 때라고 촉구했다. 전통적으로 '강한 자에 굽신거리고, 약한 자에 으르렁대는' 일본의 심기를 건드려 과거와 같은 우를 범하지 않도록 경고한 것이다.

　과거사와 영토문제로 갈등을 빚고 있는 중국은 아예 일본을 적국으로 상정해놓고 대립각을 세우고 있다. 중국 외교부는 공개 브리핑을 통해 "일본은 악마"라고 지칭했다. 얼마나 화가 치밀었으면 국가 간 예의를 넘어서는 극도의 표현을 썼을까? 일본 집권층은 그들의 권력욕과 침략 근성을 버리지 못하고 이웃 나라와 소통의 문을 닫음으로써 '소탐대실(小貪大失)'의 나락으로 떨어지고 있다.

　경제계에서도 소통의 중요성은 그 어느 때보다 중요하다. 금융위기 이후 경제 활성화를 위해 대규모 달러를 시장에 풀었던 미국은 자국 경제가 나아지는 조짐을 보이자 다시 돈줄을 죄기 시작했다. 그러나 문제는 남의 처지를 제대로 고려하지 않았다는 점이다. 미국 중앙은행은 불시에 100억 달러를 추가적으로 거둬들이겠다고 밝혀 세계 금융시장에 충격을 가했다. 기축통화인 달러는 세계 곳곳에 투자된 상황인데, 미국 정부가 일방적인 긴축정책을 펼치자 신흥국 증시가 급락하는 등 지구촌 경제가 요동친 것이다. 결국 글로벌 경제혼란을 도외시한 일방통행이 초강대국 미국에 대한 이미지를 훼손하는 결과를 초래했다. 역사는 힘만 믿고 세계를 호령한 초강대국에 무한 번영을 베풀지는 않았다는 점을 잘 증명해주고 있다.

사실 패전국 독일이 제2차 세계대전에 나선 원인도 따져보면 일부 미국에 책임이 있다는 시각이다. 1930년대 경제대공황에 빠진 미국이 일방적으로 해외에 투자된 자산을 자국으로 빨아들이면서 각국 경제에 마이너스 효과를 일으켰는데, 가뜩이나 전쟁 배상금 문제로 고통을 겪던 독일 히틀러를 필두로 한 군부 강경파가 득세할 수 있는 환경을 제공했다는 것이다.

이른바 잘나가는 최고경영자들을 보면 소통에 능한 사람들이 많다. 국내 모 은행지주 회장은 집무실 문에 회장실이라는 표시 대신 'Joy Together'라고 내걸어 직원들과 격의 없이 대하고 있다. 그는 남의 얘기를 잘 경청하고 칭찬해주는 것이 바로 소통의 시작이라고 강조한다.

여성으로서 첫 은행장에 기용된 어느 분은 카리스마가 부족하지 않느냐는 항간의 우려에 대해 어머니 같은 배려심과 소통 능력으로 1만 3,000여 명의 임직원을 이끌고 나가겠다고 포부를 밝혔다. 여성 특유의 섬세함으로 '소통의 한 마당 잔치'를 펼치겠다는 뜻이다.

옛말에 '가는 말이 고와야 오는 말이 곱다', '참을 인(忍) 자 3번이면 살인도 면한다'는 경구가 있다. 모름지기 내 주장을 앞세우기보다 상대방 이야기를 귀 기울여 존중할 때 제대로 된 소통이 시작될 수 있다. 올바른 이해를 향한 마음은 삶을 값지고 알차게 만드는 나침반, 바로 '무형(無形)의 리더십'이 될 것이다.

53

분수령
리더십

: 관용과 엄격함이 때론 생사의 갈림길이 된다.
 이를 헤아릴 수 있는 판단력은 그래서 중요하다.

❄

"주사위는 던져졌다. 루비콘 강을 건넜다!"

"왔노라, 보았노라, 이겼노라!"

"브루투스, 너마저!"

기원전 50년 전후로 로마시대에 등장했던 명구(名句). 세월이
2000년 이상 지난 오늘날에도 각종 연극이나 문학작품, 일상생
활에서도 널리 인용되는 유명한 글. 이 말을 처음 내뱉은 사람은
바로 줄리어스 시저다. 율리우스 카이사르로 불리기도 하는 로
마시대 정치가이자, 장군, 작가이다.

그는 갈리아를 정복해 로마제국 영토를 북해까지 넓혔고, 기
원전 55년에는 로마인 처음으로 브리타니아 침공을 감행했다.
이 과정에서 강력한 세력가로 입지를 굳혔고, 귀족정치에 물든
원로원 대표주자 폼페이우스와 대치하게 됐다. 당시 카이사르는

기원전 6세기 때부터 이어진 원로원 주도의 공화정 체제가 초강대국이 된 기원전 1세기 로마제국 현실과 맞지 않았기에 새 질서를 만들 필요성을 느꼈다. 그래서 전쟁에서 얻은 명성을 바탕으로 집정관에 올라 개혁을 추진하는 길을 택했다. 반면에 원로원은 소수 지도체제인 공화정을 유지하는 게 우선이어서, 자신들에 화살을 겨눈 그를 실각시킬 필요가 있었다.

양측의 대립이 고조된 기원전 49년. 원로원은 갈리아 총독 카이사르에 대한 소환 명령을 내렸고, 이를 어기면 사형선고를 내리겠다고 전했다. 카이사르는 자칫 목숨을 잃을 수도 있는 상황. 마침내 전면전을 선택한 그는 로마 본국과 키살피나 속주의 경계인 루비콘 강 앞에 도착해 7년간 갈리아 전쟁을 함께 치른 제13군단 병사들에게 다음과 같이 외친다.

"이미 엎질러진 물이다. 주사위는 던져졌다. 우리의 명예를 더럽힌 적이 기다리는 곳으로 가자!"

기원전 49년 1월 12일 루비콘 강을 건너면서 시작된 내전은 같은 해 4월 아프리카 탑수스에서 카이사르가 이김으로써 종지부를 찍는다. 하지만, 최고실력자가 된 그는 새 질서의 표어로 '관용'을 내걸었다. 본국으로 돌아오는 개선 행렬을 기념해 발행한 은화의 한쪽 면에 '관용'이라는 글자를 새겨 과거 통치체제와 다르다는 점을 국민들에게 널리 알렸다.

카이사르는 반대파를 처단하기 위한 살생부 작성도 거부하고,

망명자도 귀국을 허용했다. 그가 바라는 것은 아군과 적군 구분 없이 힘을 합쳐 위대한 로마를 재건하려는 것이었다. 이런 너그러운 태도는 많은 사람들의 존경심을 불러일으켰고, 정적(政敵)인 키케로조차 관대한 조치를 칭찬하는 편지를 보내기도 했다.

하지만, 매사에 지나치면 독이 된다고 했던가? 반대파로서 와신상담을 노리며 제거할 틈을 노리고 있던 원로원 세력에 의해 그는 5년 뒤 암살을 당한다.

지난 2005년 6월, 미국과 아프간 탈레반과의 교전이 한창일 때 해군 특수부대 소속 마커스 루트렐 하사와 수병 3명이 파키스탄 국경과 가까운 곳에서 비밀 정찰임무를 수행했다. 오사마 빈 라덴의 측근인 탈레반 지도자를 찾기 위해서였다. 그 인물은 140~150명의 병력을 지휘하며 험한 산악지대의 한 마을에 머물고 있었다.

이윽고 미군 특수부대팀이 임시 숙영지를 마련했을 때 농부 2명과 14살 먹은 남자 아이가 낀 민간인들이 염소 100마리를 몰고 나타났다. 미군은 총을 겨누며 죽일 것인가 살려줄 것인가 논의했고, 결국 풀어주는 결정을 내린다. 리더인 루트렐 하사는 생명을 위협할 수 있다고 지적한 모 병사의 판단이 옳다고 여겼지만, 기독교인으로서 선량한 사람을 죽일 수 없다면서 이런 결정을 내렸다. 하지만, 불과 1시간 30분이 지나 미군 4명은 중무장한 탈레반에게 포위됐고, 격렬한 총격전과 함께 루트렐 하사를 제외한 3명이 목숨을 잃었다. 또 구출하려고 온 미군 헬리콥터 1대까지 격추당해 타고 있던 군인 16명이 숨졌다. 중상을 입은 루트렐 하사는 산 아래로 굴러떨어져 간신히 목숨을 건졌는데, 11킬로미터를 기어서 한 마을에 도착해 귀환할 때까지 숨어 지냈다. 그는 훗날 당시 경험을 바탕으로 책을 냈고, 민간인을 살려준 결정을 후회했다. 전쟁 중 목숨을 지키려면 어떤 일도 지지를 수 있었지만, 관용을 앞세운 판단 착오가 전우 20명의 소중한 생명을 앗아가고 자신도 큰 부상을 당하는 결과를 가져온 것이다.

제1차 세계대전이 진행 중이던 1918년 9월 28일. 영국 군인 헨리 탠디는 프랑스의 작은 도시 근처에서 독일군을 공격했다. 그는 참호에서 피를 흘리며 누워 있는 적군 병사를 발견하고, 부상병에게 총을 쏘는 건 잘못된 일이라며 생명을 구해줬다. 그런데 이때 살아남은 병사는 누구였을까? 그는 바로 20여 년 뒤 제2차 세계대전을 일으킨 아돌프 히틀러였다. 어찌 보면 사소했을 그 결정이 세계 역사를 바꿀 운명의 순간이었을 줄이야….

역사적으로 살펴보면 적에게 관용을 베풀었던 사람에게는 칼이 돌아오고, 반면에 무자비했던 사람은 죽을 때까지 암살 위험에 덜 시달렸다고 한다. 히틀러는 수시로 자신을 죽이려 한 반대파를 적발해 무서운 보복을 가했고, '사막의 여우'로 불리며 독일인의 사랑을 받았던 롬멜 원수에게도 독약을 먹고 자살하도록 유도해 권력을 장악했다. 얼마 전 북한의 김정은 위원장이 고모부인 장성택 세력을 무자비하게 몰아낸 사실은 과연 어떤 결과를 가져올까?

현대 직장생활에서 임직원에게 명확한 목표를 제시하고 강한 추진력을 보이는 최고경영자는 분명히 성과를 내는 것 같다. 반면에 온건한 리더십을 가진 CEO는 상대적으로 획기적인 성장 스토리가 드물다. 압박이 거센 회사는 직원들이 무리를 해서라도 실적을 내기 위해 총력전을 펼치지만, 반대로 조직이 느슨하고 근무 분위기가 유화적인 기업은 '좋은 게 좋다'는 식의 업무태도가 만연해 뛰어난 실적을 내기가 쉽지 않다. 이는 생존 경쟁이 치열한 민간기업과 정년이 거의 보장된 공기업의 차이를 살펴보면 어느 정도 이해할 수 있다. 하지만, 어느 한 쪽의 리더십이 지나치게 부각되면 스트레스가 크거나 좋은 성과를 내기 어렵기 때문에 그리 바람직한 현상은 아니다.

그렇다면 어떤 리더십이 인기를 끌고 실적도 내고 전장에서 아군을 지킬 수 있을까?

너무도 유명한 제갈량의 읍참마속(泣斬馬謖)을 잠시 인용해보자. 촉나라 건흥 5년 3월. 제갈량은 위나라 군사를 물리치기 위해 대군을 이끌고 성도를 출발했다. 곧 산시성에 있는 한중을 석권하고 간쑤성에 있는 기산으로 나아가 위나라 군대를 크게 무찔렀다. 그러자 위나라 조조는 명장 사마의에 20만 대군을 주어 기산의 산야에 부채꼴 모양의 진을 쳤다. 제갈량은 사마의가 뛰어난 지략을 가진 인물인 것을 알기에 깊은 고민에 빠졌다.

이때 평소 아끼던 마속이 직접 나서겠다고 말했다. 제갈량은 사마의와 맞서기엔 부족하다고 느꼈지만, 거듭 요청하는 마속의 패기를 말리지 못했다. 대신 군율에 따라 엄중히 신상필벌할 것임을 주지시켰다. 이어 제갈량은 마속에게 산기슭의 도로를 지키도록 명령했다. 그러나 마속은 적을 유인해 역공할 의도로 산 위에 진을 쳤다. 이때 위나라 군대는 오히려 산기슭을 포위한 채 산 위로 올라오지 않았고, 마속의 군대는 먹을 물이 끊기게 됐다. 결국 마속은 포위망을 뚫으려 시도하는 과정에서 위나라 장수인 장합에게 참패를 당했다.

결국 이 사실을 안 제갈량은 마속에게 중책을 맡겼던 것을 크게 후회했다. 군율을 어긴 인재를 극형에 처하지 않을 수 없기 때문이었다. 이듬해 5월 마속을 처형해야 하는 날이 다가왔다. 이때 한 장수가 유능한 지휘관을 잃는 것은 나라의 손실이라고 설득했으나 제갈량은 받아들이지 않았다. 정말 아까운 장수지만 사사로운 정에 이끌리면 군율을 어겨 더 큰 죄를 짓는다고 판단한 것이다. 그는 아끼는 사람일수록 엄단할 필요성을 느꼈고, 대의를 바로잡지 않으면 기강이 무너진다며 처형을 지시했다.

제갈량은 공사가 분명했고, 엄격함과 온후함을 갖춘 인물이었다. 그는 충성을 다하고 이로움을 주는 사람은 적이라 하더라도 반드시 상을 줬고, 법을 어기고 태만하면 그 누구라도 벌을 주는 태도를 취했다. 또 죄를 뉘우쳐 바른 행실을 하면 무거운 범죄자라도 풀어줬고, 용서받은 뜻을 잊고 잔머리를 쓰는 사람은 경범죄라도 반드시 처단했다. 하찮은 공에도 상을 줬고, 악한 일은 사소해도 그냥 지나치지 않았다. 이는 삼국지를 저술한 진수가 제갈량의 인물됨을 평가한 것이다.

오늘날 가정이나 직장생활을 하다 보면 엄격함과 관대함을 구분해서 실행하기가 쉽지 않다. 온정을 내세우면 실적이 저조하고, 반대로 강하게 몰아붙이면 아랫사람들이 힘들어 한다. 과연 어떤 리더십이 정답일까?

54

눈물
리더십

: 눈물에도 카타르시스가 있다.
  감동을 주는 울음은 모두를 기쁘게 한다.

❄ 어릴 때 남자들이 눈물을 흘리면 '찌질이'라며 놀림감이 되곤 한다. 어쩌면 그 아이가 받았을 상처도 있을 터이지만, 강하게 커야 할 사내가 대장부답지 못하다는 뜻에서 주변에선 그리 대수롭지 않게 여긴다. 반면에 여자들이 눈물을 보이면 "여자니까 그럴 수 있지" 하는 자연스러운 반응을 보이며 동정심도 발사한다. 결국 남자에게 눈물은 금기시돼야 할 단어, 여자에겐 여성성을 상징하는 자연스러운 보통명사가 된 느낌이다.

눈물의 의미는 성별에 따라 다른 뉘앙스를 풍기지만, 요즘엔 과거와 달리 남성들에게도 친숙해진 것 같다. 다시 말해 남자들도 우는 횟수가 부쩍 많아졌는데, 직접적으론 매스컴이 발달하고 시청 도구가 다양해진 탓으로도 볼 수 있겠다.

눈물샘을 자극하는 소재는 여기저기 널려 있다. 예를 들어 영화 〈7번방의 선물〉은 어지간한 강심장을 가진 남성도 쉽게 버틸수 없는 이야기 구조를 지니고 있다. 외동딸과 함께 사는 정신지체 아빠가 갑자기 딸과 이별하면서 눈물을 흘리는 장면이나 억울하게 감옥에 갇혀 사형을 당하는 광경은 차마 눈을 뜨고 바라보기가 쉽지 않다. 여기 훌쩍 저기 훌쩍, 극장 안에서 많은 사람이 울고 있는데 남녀노소를 가리지 않는다. 어찌 보면 아직도 우리 사회에 감성을 가진 분들이 많다는 사실에 다행스럽다는 느낌도 갖게 된다. 평소 슬프거나 억울한 일을 당했음에도 울음이 나오지 않아 고민했던 분들에게 강력히 추천할 만한 작품이다.

그런가 하면 2014년 러시아 소치에서 전해졌던 올림픽 소식도 국민의 심금을 울렸다. 여자 쇼트트랙 3,000미터 계주에서 중국 선수를 극적으로 제치고 1위로 골인한 순간이나 그 영광의 주인공인 심석희 선수의 사연을 들으면 잠시 울컥하는 심정을 참기 어렵다. 그녀는 2013년 3월 무려 220만 원짜리 '특별한 스케이트'를 장만했다.

선물의 주인공은 친오빠 명석 씨. 그는 대학을 휴학하고 여동생의 스케이트를 사주기 위해 햄버거 배달과 경호 아르바이트 등을 하며 힘겹게 돈을 모았다. 심석희는 이 스케이트를 신고 몇 주 뒤 열린 국가대표 선발전을 1위로 통과했고, 월드컵 4개 대회에서 금메달 9개를 목에 걸며 당당히 세계 1위에 올랐다. 곧이어

소치로 날아가 초등학생 때부터 간절히 원했던 올림픽 금메달을 따냈다. 어린 시절 강원도 강릉의 집 근처 논두렁 빙판에서 오빠와 함께 스케이트를 배운 소녀가 마침내 세계 정상에 우뚝 선 것이다.

　여자 스피드 스케이팅 500미터에서 올림픽 2연패를 달성한 이상화 선수는 경기장 전광판에 '1위 이상화'라는 자막이 뜨자 손으로 얼굴을 가리며 흐느꼈다.
　"레이스를 끝내고 내 기록과 순위를 보면 그냥 눈물이 난다. 4년을 기다려 온 순간이고, 그동안 고생했던 게 주마등처럼 스쳐 지나가서…."
　얼마나 흘리고 싶은 값진 눈물이었을까? 그녀는 도전자였던 4년 전 벤쿠버 올림픽 당시보다 정상을 지켜야 했던 소치의 부담이 더 컸다고 한다. 결국 그 짐을 내려놓는 순간 주체할 수 없는 눈물샘을 마구 터트린 것이다.

　이렇게 기쁨과 감동이 섞인 눈물은 누구에게나 카타르시스를 준다. 여자 쇼트트랙 대표팀을 지도했던 남자 코치의 눈물은 과연 어떤 의미였을까? 우승 장면을 함께 지켜보며 눈시울을 적셨을 수많은 국민들은 어떤 감동을 느꼈을까?
　그런데 참 외면하고 싶은 눈물도 있다. 억울한 판정 탓에 피겨 스케이팅 금메달을 날려버린 김연아. 크고 작은 부상과 싸우며 4년이란 인고의 시간을 보냈을 그녀가 인터뷰를 끝낸 뒤 흘린 눈물은 제대로 바라보기 어려웠다. 또 한순간 강당 지붕이 폭설에 무너지면서 수많은 청춘의 생명을 앗아간 경주 대참사. 이제 막 꿈을 피워야 할 청년들의 부모가 슬픔에 복받쳐 쏟아낸 아픔엔 가슴이 시리지 않을 수 없다. 그런가 하면 온 가족이 모이는 명절에 인명사고 뉴스를 접하면 '왜 하필 이날에…'라는 안타까움이 진하다. 잘못을 감추려고 거짓 위선의 눈물을 흘리는 모습은 떠올릴 가치도 없다.

금강산에서 들려온 이산가족 상봉의 모습도 그리 반가운 눈물만은 아니다. 상봉의 기쁨이야 이루 말할 수 없지만, 반세기가 넘도록 생이별을 한 아픔은 과연 무엇으로 보상할 수 있을까? 서로 다른 남북의 정치체제로 인해 멀쩡한 백성이 평생 지녀온 정신적 고통은 어떻게 어루만져줄 것인가? 이산가족이 만나는 장면은 5,000만 민족의 원초적인 눈물샘을 자극하는 극적 요소이지만, 솔직히 그 장면이 그리 유쾌한 것만은 아닌 것이다.

그럼에도 눈물은 사람에게 꼭 필요한 존재다. '감성의 동물' 인간은 자연스럽게 울어야 하고, 이를 통해 맺힌 멍울과 스트레스도 풀어야 한다. 그래야 속이 편해지고 상처도 치유할 수 있다.

만일 조물주가 눈물샘을 막아버렸다면 우리네 일상은 배출구를 찾지 못해 무질서한 폭력으로 마구 얼룩져 버렸을지도 모를 일이다.

우리가 원하는 눈물은 감동의 눈물이다. 이유 없이 흐르는 눈물도 순수한 가치를 지녔지만, 마음속에서 우러나는 카타르시스 눈물이라야 진짜배기일 것이다.

한 번쯤 눈물의 참모습을 되새겨보자.

55

생명
리더십

: 한 번뿐인 생명은 매우 소중하다.
힘들다고 삶을 포기해선 안 된다.

❄ 2013년, 한국 TV드라마의 큰 획을 그은 전설적
인 PD가 스스로 목숨을 끊었다. 깊이 있는 영상, 울림이 있는 음
악, 마치 영화처럼 짙은 여운을 남긴 감각적인 연출로 시청자들
을 사로잡았던 그가 한 평 남짓한 고시텔에서 초라한 모습으로
세상과 말 없이 작별을 고한 것이다.

누구보다 화려한 스포트라이트를 받았던 그가 극단적인 선택
을 하게 된 것은 드라마 출연료 미지급에 따른 배임, 횡령, 사기
등의 혐의로 피소돼 명성과 자존심에 깊은 상처를 입었기 때문이
다. 겉으로는 인기 드라마 제작으로 최정상 PD로 입지를 굳히고
있었지만, 혼자서 말 못할 고뇌와 어려움을 겪고 있었던 것이다.

그의 돌연한 죽음에 앞서 모 TV드라마의 공동 제작자를 비롯
한 연예 제작자 여러 명이 잇달아 목숨을 끊은 사실은 방송가의

왜곡된 제작 관행에 큰 경종을 울리기도 했다. 하지만, 국내 드라마의 신기원을 창조해온 대스타이자 수많은 후배 방송인들의 우상이었던 그가 갑작스레 세상을 등지는 비극이 발생하면서 미래 PD 지망생들은 물론 그를 사랑하며 따랐던 팬들은 큰 충격을 받았다.

흔히 공인(公人)이라 함은 사전적인 의미로 국가나 사회를 위해 일하는 분 또는 공직에 있는 사람을 뜻한다. 하지만, 요즘은 미디어시대가 되면서 유명 스포츠 선수나 연예인, 연출가, 작가, 음악인 등 이름이 널리 알려져 일거수일투족 대중의 관심을 끄는 사람을 뜻하는 말로 확대 해석되고 있다. 즉 그들의 말과 행동은 수시로 주목을 받고 언론에 대서특필되며, 자라나는 청소년들에게 지대한 영향을 미치고 있는 것이다.

우리나라에는 훌륭한 리더십과 올바른 품행으로 존경을 받는 공인들도 많지만, 그렇지 않은 분들도 적지 않다. 특히 매스컴의 관심을 끄는 연예계의 경우 안타까운 모습이 종종 발생한다. 연예병사의 유흥업소 출입과 같은 군기문란 행위나 성추문, 음주운전, 폭행사건 등 볼썽사나운 일도 수시로 일어난다. 물론 이들도 평범한 사람들처럼 본능적인 욕구가 분출하는 측면도 있겠지만, 공인으로서 보다 올바른 처신이 요구되지 않을 수 없다.

특히 여기서 짚고 싶은 사안은 잇따른 자살사고이다. 겉보기
엔 화려해도 심적으로 고민이 많은 그 분들의 심정을 어느 정도
이해할 수 있지만, 우리 사회에 생명이 경시되는 풍조가 확산되
는 것은 정말 큰 문제가 아닐 수 없다. 앞서 언급한 대PD가 번개
탄을 피워 세상을 등진 것도 몇 년 전 고인이 된 모 연예인의 자
살방식과 유사하다. 번개탄으로 자살하는 사례는 지난 수년간
유행병처럼 번졌다 해도 과언이 아니다.

한국의 인구 10만 명당 자살률은 2000년 13.6명에서 2011년
31.7명으로 2배 이상 급증해 경제협력개발기구(OECD) 회원국
가운데 압도적 1위를 차지한다. 이어 일본과 스웨덴이 각각 21.2
명과 16.9명으로 그나마 높은 편이고, 포르투갈(9.3명)과 스페
인(6.3명), 이탈리아(5.9명), 그리스(3.2명) 등은 10명이 채 안 된
다. 더욱이 OECD가 1990년부터 2006년까지 조사한 자료에 따
르면 대부분 회원국의 자살률이 평균 20.4% 감소한 반면, 우리
나라는 172%나 급증했다. 특히 10~14세의 경우 2000년부터
2009년까지 약 10년간 증가율이 무려 329%에 달했는데, 20대
이상 연령에서도 정도의 차이만 있을 뿐 200% 안팎의 증가율을
보였다. 특히 1998년 외환위기를 전후로 급증했는데, 연예인의
잇따른 자살은 한국의 불명예를 나타냄과 동시에 자살률을 높이
는 원인으로도 작용할 수 있다.

일반적으로 자살은 이른바 '베르테르 효과' 등의 영향으로 전염성이 매우 강하다. 실제로 몇 년 전 유명 여성탤런트가 숨졌던 달의 자살자는 전달보다 무려 66%나 급증했다. 모방 자살이 결코 가설이 아닌 셈인데, 10대의 사망 원인은 교통사고에 이어 두 번째 순위에 올라 있다. 한 원로탤런트는 유명 한류스타의 죽음과 관련해 "어떻게 태어난 생명인데, 왜 젊은 목숨을 버리는가. 안타까운 일이지만 죽음을 두둔해선 안 된다. 이런 분위기에 대해 사회가 야단을 쳐야 한다"고 목소리를 높였다. 충분히 공감이 가는 말이다.

가끔 명동거리를 걷다 보면 유명 연예인이 팬들에 둘러싸여 함께 얘기를 하거나 사인을 해주는 경우를 보게 된다. 또 누군가 짙은 선글라스에 모자를 쓰고 지나가면 혹시 어떤 유명인이 아닌가 눈길이 가고, 아파트 어귀에 연예인 전용 승합차가 정차해 있으면 아이들이 수군대면서 우르르 몰려가기도 한다. 미디어시대인 만큼 그들의 일거수일투족은 대중의 화제가 되고, 상당한 영향을 미치고 있는 것이다.

성실한 생활과 원만한 인품으로 오래도록 대중 스타로 인정을 받는 연예인들을 보면 많은 사람들이 존경과 부러움의 시선을 보낸다. 직업적으론 치열한 노력을 통해 최고를 향해 달려가면서도 생활적인 면에서는 타의 모범이 되기 때문이다.

  공인은 매사 관심의 대상이고 그렇기에 올바른 처신이 요구되고 있다. 이들의 생활태도는 많은 사람들에게 영향을 미치고, 어떤 모습을 보이느냐에 따라 그를 따르는 팬들의 인생행로가 달라지기도 한다.
  공인들이 올바른 좌표, 바람직한 리더십을 보임으로써 사회의 빛나는 등불이 되기를 소망해본다.